IMAGINE

MARCO PURITA

I grandi dicono che l'amore non è mai per sempre. E forse non hanno neanche torto i grandi. I grandi dicono che quando s'incontra l'amore allora ci si sposa. E dopo che ci si è sposati si mettono al mondo dei bambini come segno d'amore. I grandi dicono che fare l'amore significa dare alla persona che ti è accanto tutto il bene che hai nel cuore. I grandi dicono ai bambini che l'amore è una cosa da grandi. Ma non ho mai creduto a tutto quello che i grandi dicono perché io l'amore l'ho incontrato quando ancora ero una bambina.

Incontrai mio marito per caso vent'anni fa in ospedale. Poco dopo che lasciai l'Università, riuscii a terminare il corso d'infermiera professionale e, grazie alle raccomandazioni di una mia amica, fui assunta all'ospedale del paese accanto, come apprendista presso il reparto d'ortopedia. Lui fu ricoverato circa due mesi dopo per subire un intervento al ginocchio che si era fratturato durante una partita di tennis. La sua permanenza in quel reparto fu impregnata da una serie di sguardi intensi, fuggitivi, complimenti tra me sempre più imbarazzata e lui sempre più cortese. Era una persona molto brillante, lavorava come un giornalista presso una quotidiano locale, così mi disse. Quando fu dimesso dal periodo di degenza, m'invitò a casa sua per stare un po' insieme, consapevoli del fatto che forse non ci saremmo mai più lasciati. Parlavamo e ridevamo sempre, ci sono stati momenti belli tra di noi, altri un po' meno, viaggi per il mondo, il matrimonio, abbiamo avuto due figli, un maschio e una femmina, parlavamo di circostanze e di eventi contingenti ma inevitabili, coincidenze che ci hanno fatto innamorare. Dicevamo nella nostra comune intimità che il nostro era stato un amore a prima vista. Ma la verità è che io mio marito non l'ho mai amato.

Non c'è stato momento in cui la sera, mentre lui guardava la tv insieme ai bambini, io mi richiudevo da sola in camera da letto. Al buio socchiudevo gli occhi e nel silenzio sospiravo. Un flash, una collina imbiancata, un rifugio, mani e piedi intorpidite, la magia del silenzio, il sole palpitante un pomeriggio d'inverno, un bacio improvviso sulla guancia. E da allora un vuoto allo stomaco. Profondo. Un vuoto incolmabile.

Quel giorno ritornando a casa, mia mamma stava per uscire, era lì per lì per venirmi a cercare. Preoccupata per la mia lunga assenza mi sgridò severamente e mi diede leggermente un piccolo schiaffo. Io scoppiai a piangere. Lei, presa dal rimorso, subito dopo mi consolò raccontandomi una storia. Per calmarmi mi raccontò di quando conobbe mio papà.

Frequentava ancora la scuola. Era al terzo liceo e al primo anno dei suoi studi in Italia poiché si era trasferita dalla Francia insieme alla famiglia per vivere a Milano. Nello stesso anno un nuovo alunno proveniente da Venezia s'iscrisse nello stesso istituto finendo nella classe di mia mamma. Fu un'attrazione calamita, così mi disse. Lui, durante le lezioni, si voltava spesso per cercare il suo volto e lei, imbarazzata ma complice, concedeva sguardi e non sguardi. Ardeva dal desiderio di conoscerlo più da vicino ma lui era circondato dai suoi compagni. Capitò che mi mamma si ammalò di febbre per circa una settimana e al suo ritorno la sua compagna di banco le disse che, quel ragazzo in prima fila, durante la sua assenza non si era voltato neanche una volta. Mossa dal coraggio escogitò un piano ma caso vuole che quel ragazzo, molto carino, lo stesso giorno le lasciò un biglietto nel suo diario, durante la pausa delle lezioni. Sul biglietto c'era indicato l'orario per una appuntamento. S'incontrarono un giardino di pomeriggio non poco lontano dalla scuola. Iniziarono a stare sempre più insieme la mattina, con gli amici, la sera fuori dal cinema.

Si amavano tanto, così mi diceva mia mamma e per il loro amore decisero di unirsi per avere un figlio. Abbandonarono gli studi e cominciarono a lavorare per comprare una casa dove poter stare insieme. Lavoravano tutto il giorno e s'incontravano solo la sera. Stanchi, ma animati dal loro amore, progettavano di adornare quella casa nel miglior modo possibile, la riempirono dei loro desideri.

E tutto quel tempo di sacrifici per te Shara, così mi sussurrava all'orecchio mia mamma, solleticandomi con le dita leggermente la schiena, solo per il tuo bene. Solo perché un giorno possa sposare la persona che ami. E mi diede un bacio.

Questa storia mi raccontò quel giorno mia mamma, dopo che appena rientrato in casa correndo, fuggì nella mia cameretta ficcando la testa sotto il cuscino per non vedere e non ascoltare più nessuno. E lei con la sedia seduta accanto a me. Dispiaciuta per quel gesto, lì accanto per consolarmi. Ma io non piangevo perché mi aveva tirato uno schiaffo. Mi aveva ordinato che da quel giorno non avrei potuto andare più sulla collina. Mai più. Piangevo per la paura di non poter più rincontrare quel misterioso bambino. Quello che mi aveva poco tempo prima salvato la vita.

Era gennaio. Ricordo che andavo a rifugiarmi sulla collina, dove in cima sorgeva elegante un enorme albero, con i rami che si inerpicavano verso il cielo per poi lasciarsi lasciare liberamente a terra. Fragili disegni di cristallo ricoprivano ogni cosa. Erano infiniti uniti e compatti in un velo morbido che imbiancava gli alberi tutt'intorno, la collina erbosa e il suo sentiero che portava all'enorme salice piangente.

Quel giorno, il silenzio cupo di pieno inverno fu rotto dai tanti e allegri raggi di luce. Tenui riflessi solari ma caldi appena appena da combinarsi al soffice gelo della neve per infondere nell'aria pura brividi pieni d'infinita dolcezza, carezze intime sulla mia pelle. L'azzurro del cielo era così vertiginosamente intenso da intrecciarsi con i pensieri del mio animo, per traspirarli nel vento, fino alle sue arcane profondità, pulito a tal punto da azzurrire i miei polmoni riempendoli di gaia freschezza e acceso quanto basta per bruciare ogni timore del vuoto e lasciarsi trasportare liberi nell'indicibile purezza.

La luce fioca del sole s'insinuava in ogni esile cristallo di neve vestendo la collina di un velluto liscio e tenero di diamanti. Il salice da lontano appariva come una gloriosa fontana di legno lavato che gettava in ogni direzione azzurra lacrime cristalline di vita, perseguendo quegli istanti liberi che lo rendevano una creatura vivente, cristalli di neve ghiacciati e accesi nel sole per l'eternità.

Ormai il sentiero non si riusciva più a scorgere. Allora quel giorno m'incamminai a tentoni sulla neve, le mie scarpe inzuppate d'acqua. Lasciandomi dietro la scia asimmetrica dei miei passi giunsi al salice. Due uccellini fringuettando spiccarono il volo quasi spaventati o forse mal volentieri disturbati. Un grumo sciolto di neve cadde a terra.

Lassù, attraverso una piccola breccia oscura che si apriva nel tronco vivo d'acqua, riuscivo a entrare gattonando, dalla neve bruciante alla neve fresca, direttamente nell'albero. Fu quello il mio rifugio. Fu quello il mio segreto. Fu quella tutta la mia infanzia. All'interno del tronco la luce filtrava da invisibili fenditure dall'alto per riempire quello spazio di un tiepido calore. Sottili e scanditi raggi luminosi s'intessevano tra loro avvolgendomi in un manto di luce. Era il mio paradiso. A volte m'inginocchiavo e col volto inclinato all'indietro giungevo le mani. E se stavo in silenzio trattenendo il respiro riuscivo a udire il battito sordo del cuore della natura.

Stavo ammirando quei giochi luminosi, vellicata nello spirito di quella brezza sublime quando all'improvviso sentii un sussulto violento che cercò velocemente di afferrarmi un piede. Per miracolo non riuscì a carpirmi, ma caddi per terra per lo spavento. Raggelai fino alle ossa. Continuava ad ansimare con foga e rantolava ferocemente di rabbia e io non riuscivo a voltarmi, ero bloccata dalla paura e sentivo raspare per terra e sempre più veloce e sempre più insistente ansimava con violenza e ringhiava. Tentava di entrare istintivamente nella piccola fessura ma ancora non riusciva e con le zampe continuava con un movimento rapido e fitto a scavare. Dall'agitazione mi voltai di sfuggita e vidi un grosso naso baffuto e nero e una lingua penzolante violacea e una bocca con a lato due denti giallastri e aguzzi che schiumava bava vischiosa che colava per terra. Dalla paura bollente iniziai a sudare e gridai disperata e chiamai mia mamma e mio papà e chiamai dio e piansi fino a quasi vomitare ma tutto questo non fece altro che aumentare la sua violenza.

Cercai di scalciare per quanto potevo contro il suo muso ma lui, con degli scatti impulsivi cercò di afferrarmi e iniziò a picchiare ciecamente con il suo corpo contro la piccola apertura agitandosi alternativamente con degli slanci bruschi avanti e indietro e per un attimo vidi i suoi occhi quasi ormai penetrati, due occhi assetati.

Il battito del mio cuore s'inasprì a tal punto da rimbombare nell'incavo di legno mentre l'aria si guastò dell'alito viziato di quell'essere intanto che continuava crudelmente a sfogare i suoi impeti furiosi. Mi coprii gli occhi con i pugni intorpiditi delle mani e ogni mio respiro fumava nell'aria congelato. Piangevo ormai senza alcun gemito, sprofondata nella più passiva rassegnazione.

Ma poi, come per incanto, udii solo due guaiti stridenti che si allontanavano di corsa, e poi, poi non udii più niente. Fu di nuovo pacifico silenzio. Attesi confusa per qualche minuto. L'aria tornò a rifluire e mi voltai. La piccola breccia era lievemente deturpata da quell'istinto terribile. La terra in parte dissodata, era segnata bruscamente dalla scia delle zampe di quell'animale. Sentii nuovamente le carezze dell'aria fresca di neve che sfioravano la mia pelle. Riluttai ancora ad uscire, ma per quanto riuscissi a rendermi conto in quel momento, mi ricordai che forse mia mamma era preoccupata per il mio ritardo. Più che il coraggio il timore di un rimprovero mi spinse a muovermi.

«Cosa fai dentro l'albero?» mi chiese un piccolo bambino con un piccolo neo leggermente sopra i due occhi piccoli e taglienti, un bambino con una carnagione scura e dai capelli che ricadevano graziosamente sulle spalle, un caschetto nero di seta che si scandiva luminosamente nell'immensità di neve che ci avvolgeva tutt'intorno.

Era lì in piedi a lato del salice con ancora delle pietre in mano e stava per entrare nella fessura. Io uscii con gli occhi rossi e ancora spaventata e l'univo pensiero vivo nella mia mente fu quello di correre senza voltarmi verso casa. Passando velocemente al suo fianco non gli rivolsi nemmeno una parola finché lui non cominciò a rincorrermi lungo il versante della collina acquietato e, da dietro correndo mi afferrò per un braccio e scivolammo tutti e due nella neve fresca rotolando giù per il versante in una decina di metri di capovolte e urti e piedi e mani sciolti nell'aria.

Ci arrestammo a metà discesa, l'uno vicino all'altro. Tutti e due arrossati dal gelo sul volto e dall'agitazione nel petto, tutti e due fradici e con i capelli sfumati di una bianco gelido e con le mani freddamente rattrizzite, tutti e due a ridere smodatamente e inconsapevoli, forse per l'eccesso di paura. Nei miei appariva il riflesso dolce dei suoi occhi d'inchiostro, blanditi da una sclera bianco azzurra.

«Perché scappi?» ha detto.

Lo guardai e gli dissi sorridendo «Lo sai che mi hai appena salvato la vita?».

Lui indugiò un attimo e poi mi disse «Ma io non sapevo che c'eri dentro tu nell'albero. Credevo che quel cane ce l'avesse con Shiva che è fuggita da due giorni e un mio amico mi ha detto che l'ha vista da queste parti» mi precisò.

«Ma chi è Shiva?»

«È la mia gatta! È molto bella sai? È grande più o meno così e ha un pelo bianco e morbido e un occhio verde e un occhio azzurro. Se la vedi per caso non ti spiacerebbe portarmela a casa? Io abito dall'altra parte della collina. Anche mia mamma è preoccupata tanto!»

«Ma allora tu non mi hai salvato la vita?» gli disse imbronciata.

«Bhe! Io... non lo so... forse volevo... » cercò di dirmi qualcosa ma non riuscì. Era rossissimo in volto. Era imbarazzatissimo e guardava a destra e a sinistra e in basso tentando timorosamente di deviare la prospettiva dei miei occhi ostinati.

Ma poi contro la mia volontà, una forza orrenda e misteriosa stregò come per incanto il polso del mio cuore. E il mio cuore cominciò ad accelerare i suoi battiti fino a impedirmi di parlare quasi di respirare. Io e lui sdraiati vicini vicini nel freddo invernale. Sommersi dal bianco candido della neve. La sua bocca a un palmo di mano dalla mia. Cercò di dire qualcosa, ma con fatica, non riuscì anche lui. L'aria spirata dalla sua bocca si condensava in nuvolette evanescenti di fumo, che si spargevano sul mio viso emanando un sottile fermento di calore, che s'insinuavano impercettibilmente attraverso la mia bocca colmando fatalmente i miei polmoni. Quella dolce e strana sensazione, come resina che distilla dalla corteccia, filtrava lentamente fino allo stomaco in gocce dense di calore che accendevano ogni atomo del mio spirito per bruciare ogni via di fuga e ogni esitazione perché in quell'istante indimenticabile, tutta la mia immaginazione era indistintamente disciolta nella sua. Eravamo lì, due cuccioli immobili e in silenzio, nella neve stropicciata, smarriti nel limbo della nostra calda vibrazione.

Inconsapevolmente affondai la mia mano nel freddo tenero e raccolsi un ciuffo di neve. Con quella mano accarezzai la sua guancia per ringraziarlo. Lui non disse niente.

Gli disse che volevo mostrargli il mio segreto. Lui annuì e insieme, stretti per la mano lo accompagnai di corsa al mio rifugio. Entrai io poi entrò lui. Ci sedemmo sul tappeto d'erba verde germinante. L'uno accanto all'altro raggomitolati. Gli suggerì di stare un attimo in silenzio. Un attimo dopo appoggiò le sue morbide labbra sulla pelle fredda della mia guancia. Mi concesse un bacio. L'eccesso di calore del mio corpo si condensò nei miei occhi. Nel riflesso dei suoi vidi quella goccia che scendeva lentamente carezzando il mio volto.

«Perché piangi?» mi disse, ma non riuscivo a parlare. Un nodo alla gola mi stringeva. Mi disse ancora «Sai cosa mi ha detto una volta mia mamma? Che piangono tutte quelle persone che non riescono a toccare il tempo con le dita!».

«E-e tu riesci a toccarlo?» riuscì a dirgli con voce sottile. Per un attimo tacque. Alzò il volto per ammirare le proiezioni di luce che piovevano dall'alto. Si coloravano ora di una venatura rosea brillante. Poi a stento, con un nodo alla gola e lo sguardo rapito da quei giochi luminosi, mi disse «I-io quando piango mi nascondo perché mi vergogno!». Alzai il volto e appoggiai la bocca sulla pelle della sua guancia, accarezzandogli i capelli mentre il manto di luce si stringeva di rosso. Uscimmo dal rifugio che il sole era quasi già tramontato. Restavano solo i colori sfumati nel cielo.

«Questo è il nostro segreto. Non svelarlo mai a nessuno» gli dissi, «Me lo prometti?»

Mi disse di sì.

«Veniamo qui domani?» mi disse, gli dissi di sì.

E iniziai a correre giù per la collina coperta da una neve intinta da un riflesso rossastro. Corsi verso casa dimenticando completamente l'ora tarda, ma con la mia immaginazione inestricabilmente ancora legata alla sua.

Da quel giorno mia madre mi proibì di tornare alla collina. Iniziai a odiare mia madre. E quella calda vibrazione si trasformò in un senso di vuoto incolmabile. Per tutto il tempo a venire. Quel bambino non mi disse neanche il suo nome, ma se ci penso ora non era neanche tanto importante. Da quel momento quest'immagine è rimasta indelebile come fosse plasmata nell'oro della mia memoria. Da quel giorno non lo rividi mai più fino al momento in cui la mia migliore amica me l'avrebbe fatta ritrovare.

DUE

Penso che la vita di ogni uomo sia caratterizzata da una serie continua di circostanze, eventi, momenti, profondamenti differenti tra di loro. E nella loro alternanza all'uomo è concessa un'infinità di possibilità e un'infinità di opportunità e un'infinità di sensibilità.

Per la paura di perdersi nell'infinito, ognuno cerca infinitamente appiglio e sostegno in qualsiasi altro, a sua volta in cerca di un punto di equilibrio, cercando di vincere quegli spettri di paura. E tutti insieme si ritrovano uniti nel combattere fantasmi, uniformandosi, conformando istituzioni, modi d'essere e consuetudini.

Penso che così vivendo, ognuno si renda inconsapevolmente partecipe di fissare in forme immobili le varie sfumature vive della natura, tentando di vivere naturalmente continuando a morire di paura. E questi spettri ci sorprendono in ogni momento poiché ognuno di noi continua a ricercare quello da cui sempre sta fuggendo, autolimitandosi nella paura, per la paura di scoprire la propria infinità. Dietro questi veli di sensi spettrali e sensi di smarrimento si cela una forza mostruosa capace di spezzare, stracciare e a brandelli nel vento spazzare via forme fisse e forme senza vita.

Penso che in ogni momento all'uomo sia concessa la possibilità di cominciare a vivere o continuare a morire. E io quel giorno avevo deciso una volta per tutte di vivere. Così quella mattina mi ero svegliato da un sogno infinito, lucido e sveglio come se l'universale energia si fosse radicata concentrata e focalizzata in ogni mio nervo e in ogni mio muscolo, in ogni mio istinto e in ogni mio slancio. Ma quello che mi spaventava, stava nel fatto che ero totalmente cosciente. Ancor più mi spaventava il piacere che sentivo nel gustare il calore del fuoco che dal cuore si diramava in tutte le direzioni, in modo capillare sotto la pelle, inondando il cuore bloccandomi quasi il respiro, fino ai miei occhi e alla vibrazione riflessa dalla loro luce: distruggere.

Mi ritrovavo a camminare per le vie di Milano.

Quella mattina lungo la strada che mi strascinava a scuola, respiravo già l'aria secca e stantìa e vuota dell'aula, io costretto a sopportare per ore e lunghe ore parole di greco e latino, matematica e storia, e ancora parole e parole affaticate e annaspate tra di loro, parole rigettate dalle bocche di uomini e donne con espressioni inespressive e sguardi riempiti dell'aria della stanza. Parole che imprigionano le emozioni, parole che limitano e comprimono, parole che inaridiscono il sentimento, parole di vetro che cascano a terra e senza vita, pesanti si frantumano.

Avevo il timore di guardare il mio volto negli occhi di quella gente e dei miei compagni, lì obbligati tutti dal proprio non essere a recitare ruoli di uno spettacolo che non piaceva a nessuno. Forse l'unico spettacolo che non accendeva le luci e apriva il sipario il primo di settembre.

«Con questa metodologia propedeutica, lo studente che non sarà rimandato per gli esami di settembre avrà a disposizione il privilegio di approfondire alcune discipline a propria scelta, arricchendo così il proprio bagaglio culturale, oltre a costituire un incentivo per incrementare lo studio durante l'anno!» asseriva professionalmente il preside di uno dei licei più rinomati e celebri del capoluogo lombardo, intervistato da un giornalista dei tanti giornali locali che non leggeva nessuno.

In verità, non mi ero mai capacitato all'idea che una persona così viscida e superficiale riguardasse così tanto l'educazione dei suoi studenti. Una di quelle persone che quando parlava con qualcuno tendeva vanitosamente a sciorinare ogni sorta di differenza di ruoli, costruire frasi fatte e pensieri con termini ormai inusitati, locazioni latine e a volte aforismi greci (lui avrebbe detto apòphthegma), degenerando il più delle volte in un balbettio continuo. Come per elevarsi da una condizione mentalmente plebea ad una seconda lui più aristocratica. Come se fosse maestro di saggezza e verità innanzi alla quale ogni studente avrebbe dovuto onorare con deferenza e ossequio la sua presunta eloquenza. Come se fosse l'unica persona al mondo che non si rendesse conto che ormai gli studenti non hanno più alcuna voglia di andare a scuola, se non per stare un po' in compagnia, fumare qualche joint e progettare per il doposcuola, per cercare insieme di vincere quella noia esistenziale illusa dalla fantasia e disincantata dal denaro. E forse era proprio l'avidità di denaro che muoveva segretamente quell'uomo a convocare circa trecento studenti venti giorni prima dell'inizio regolare delle lezioni, dispensando loschi sensi di sicurezza e altezzosità a quelle fortunate famiglie benestanti, o sfortunate a seconda dei punti di vista. O forse era soltanto una di quelle tante forme di conformismo esasperato che degeneravano inconsapevolmente in singolari manifestazioni deviate di eccentricità.

Ebbene, procedevo a velocità minima sul mio motorino schiacciato a terra dallo spirito di gravità, vincolato dalla forza di attrazione che quell'istituto trasmetteva sul mio senso del dovere e delle mie probabili responsabilità. Un condannato sospinto nel precipizio meccanico delle fiamme dell'inferno, tentando disperato nel vuoto una qualsiasi via di fuga, ma scottandosi si lascia trascinare recalcitrante e impotente nel vortice del suo unico ineluttabile destino. Stavo per varcare la soglia d'ingresso del parcheggio dei motocicli, ancora una volta con lo sguardo da sconfitto.

«Demon! Demon! Prestami un attimo il motorino per andare a comprare le sigarette» strillava dall'altra parte della strada il mio compagno di banco.

«Tieni! A me compra un pacco di tabacco, paga tu, poi te li rendo» dicevo con aria scoraggiata.

«C'è qualcosa che non va? Hai l'espressione di uno che sta progettando un suicidio!» ha detto.

«No, non è niente. È tutto normale» gli ho detto.

«Haa! Finalmente vi ho scovato. State studiando un'altra volta come marinare la scuola?»

Era la mia prof di storia. Piccola e grassa, sulla cinquantina, sciupata da quattro gravidanze, deteneva il ruolo più importante tra tutti i professori del nostro corso. Era lei la coordinatrice, colei che aveva deliberato in modo autoritario e inderogabile contro la mia presenza e quella del mio compagno di banco alla gita dell'anno scorso per Praga: colei che ci aveva rimandato per tre anni a settembre nella sua materia promuovendo altresì il sette in condotta, ossia il tentativo, per fortuna e per sensibilità degli altri professori mai andato a segno, di farci studiare per tutta l'estate tutte le materie dell'anno scolastico per essere esaminati nuovamente a settembre.

«Sono ormai più di dieci giorni che è iniziata la fase di preparazione per il nuovo anno scolastico in vista della maturità, e non ho ancora visto una volta i vostri volti durante le mie lezioni! Mi sono chiesta dove eravate spariti, non che m'importi in maniera particolare di voi, ma solo per sapere se compilare le vostre pratiche di sospensione o rinuncia definitiva agli studi! Vi sto tenendo d'occhio! Ho già informato il preside della vostra condotta e sto aspettando l'autorizzazione per convocare i vostri genitori». E continuando a stridere con quella voce da essere pazzo frustrato per l'inizio della menopausa, ha detto «Oggi mi parlerai delle degenerazioni ambientali che sono state cagionate dalla rivoluzione industriale fino ai nostri giorni, uno dei probabili temi d'esame; perché non posso tollerare che, se per buona fortuna sarai ammesso agli esami di maturità, un mio alunno rimanga immobile e muto davanti alla commissione».

«Non si preoccupi che qualcosa di bello si riesce sempre a combinare» ho detto maliziosamente.

«Non ti permettere di usare questo tono con me. Io non sono una delle tue amichette. Poi mi divertirò io in classe» mi ha risposto con fare altezzoso e autoritario, profondamente disgustate da come la guardavo.

In verità quella donna mi amava. Lo intuivo da come mi occhieggiava mentre mi spiegava, ogni volta che le passavo vicino e voltava lo sguardo mentre parlava con i suoi colleghi, dal modo in cui cercava di non ridere ogni qualvolta rompevo quel clima di austerità durante le lezioni con qualche battuta, dal modo con cui riprendeva le mie compagne di classe l'indomani, dopo che si fermavano a parlare con me più di cinque minuti dopo la lezione. E l'impossibilità di avermi, vuoi per la diversità di ruoli e che di responsabilità, vuoi per l'irrimediabile differenza di età, generavano in lei un senso profondo di disprezzo mischiata a un'insofferente intolleranza nei miei riguardi. Non ho mai capito il perché, ma ho sempre nutrito dell'odio per i telegiornali come per i libri di storia. E il suo atteggiamento astioso contro di me, qualunque cosa le avessi detto, non faceva altro che fomentare la sua avversione per i telegiornali, la storia e lei. Ma da quel giorno ho cominciato anch'io ad amarla.

«Quella è tutta matta. Si vede che ieri sera non ha scopato con suo marito e oggi ha intenzione di scaricare i suoi istinti repressi con noi! Va be, io vado a comprare le sigarette» ha detto il mio compagno di banco.

«Aspetta un attimo, lasciami il lucchetto e le chiavi e la bomboletta spray che sono sotto la sella del motorino» gli ho detto con decisione.

«Cosa hai intenzione di fare?» ha detto sorpreso.

«Niente! Niente! Non ti preoccupare, ci vediamo dopo» gli ho detto. In una breve porzione di tempo, sia gli studenti che si trovavano predisposti ai loro banchi di scuola che gli studenti all'interno del parcheggio, come un innumerevole sciame di tifosi che escono dalla stadio a fine partita, rifluiva a cavallo di moto, biciclette e motorini al di fuori concentrandosi dall'altro lato della strada. È incredibile quale potere di comprensione e che significato nasconda la parola "sciopero", dieci minuti prima dell'inizio delle lezioni, fra gli studenti della mia scuola in particolare.

Serravo il cancello del parcheggio, lo assicuravo con il lucchetto, e iniziavo a spruzzare vernice gialla sull'asfalto, con la bomboletta che mi era servita per disegnare sulle pareti della mia camera da letto, dopo che mio zio aveva speso tutti quei soldi per farla verniciare con un colore che a me non piaceva.

«Adesso siete liberi di andare dove vi pare! Sempre se volete essere liberi! E magari stasera rimpiangerete di non esserlo stato!» gridavo e urlavo come non avevo mai fatto, a lato della folla accalcata, e, defilandomi, riuscivo a salire sull'autobus che aveva appena sostato alla fermata vicino alla scuola. Senza sapere per dove era diretto, ma con uno strano presentimento nei miei pensieri.

«Aspetta! Aspettami! Il motorino!» berciava il mio compagno di banco di ritorno in fondo alla via mentre mi affacciavo dal finestrino semiaperto dell'autobus senza però riuscire a dirgli niente e nel voltarmi scorgevo la figura impietrita della mia prof. di storia, sbiancata e immobile davanti alla porta d'ingresso della scuola. Prendevo lo slancio e gettavo le chiavi del lucchetto in un prato lì vicino al margine della strada mentre tutti gli altri studenti ridevano per le scritte sull'asfalto.

Sciopero degli studenti del liceo classico Dante Aligheri per:

- Lo scioglimento dei ghiacciai al Polo Nord
- Il disboscamento delle foreste dell'Africa del Sud
- Il terremoto che ha colpito San Francisco nell'82
- L'eccessiva procreazione cinese
- Le pecore e le mucche pazze

Mi accorgevo di essere vivo dai fumi dell'aria che penetravo camminando, aria espirata dai miei polmoni, condensata nel gelo prematuro della nebbia dell'autunno di Milano, aria ormai passata con ogni secondo svanito nell'oblio. Quella foschia fredda ravvivava le mie percezioni dilatando i miei sensi esasperando le mie sensazioni al punto che individuavo il limite di ogni cosa.

E ogni cosa appariva, nella mia lucidità, ben definita e ben costruita, radicata in sé stessa come cosa invincibile, inveterata e fissata nella realtà concreta che mi circondava. Ma senza volerlo, quella mattina, mentre camminavo, la forza della mia immaginazione riusciva a infrangere ogni cosa, distruggeva ogni immagine fissa e dietro ne scopriva un'altra e un'altra ancora, un'altra solidità fragile nella sua concretezza.

Ombre di cemento e ombre di sguardi e parole indefinite e ombre d'individui e macchine ombrose e rumori senza vita, ogni cosa scorreva davanti ai miei occhi fluidamente e in quel fumo liquido di forme definite ogni pensiero era acqua e forza creativa, ogni immagine penetrava in se stessa trascinandomi, e con essa mi ritrovavo nella mia immaginazione. Inspiravo a pieni polmoni l'aria densa di atomi di fluido, distillando particelle di vita dai fumi anneriti, che si lasciavano andare nel calore del mio corpo fino a circolare insieme al sangue nelle vene, e il mio cuore cantava istinti di fuoco e istinti di ghiaccio.

Al mio fianco scorrevano indifferenti animali meccanici dagli artigli di gomma, schiacciati dall'alto sull'asfalto, scorrevano fra pilastri di cemento e alberi di carta, esseri che vomitavano fumi di nitro e fumi di piombo, pece civilizzata che svaniva dalla foschia purificata poiché ogni cosa in quel momento voleva apparire per quello che era. Ed erano uomini e donne e bambini quelli imprigionati tra vetri di gomma e sbarre e plastica, oggettivati nell'indifferenza, individui preoccupati per quel tempo solo di non andare a sbattere contro altre macchine. E forse erano contenti di non riuscire a pensare, e contenti di respirare aggrappati a quella preoccupazione, conducevano automaticamente fieri i loro cavalli da guerra, dominatori delle furie macchine, ormai pezzi meccanici anch'essi.

Imboccavo un'altra strada, forse una via d'uscita o ancora un vicolo cieco, come tanti altri. Sprofondavo in una vasca di melma e onde di cemento. Senza accorgermene, ero rimasto invischiato nella corrente che mi trascinava nonostante i miei sforzi recalcitranti spingendomi in avanti e indietro e fermo, poi veloce a destra e ancora a destra poi veloce a sinistra mi relegava in ogni direzione possibile, un granello di sabbia rapito dal vortice esistenziale di migliaia di sguardi e sensazioni, ansie e percezioni distorte e migliaia di risa, strida e brusii senza inizio che mi precipitavano rovinosamente giù nel fondo. Come due lastre di cemento che si univano all'orizzonte, calce e ferro comprimevano i miei pensieri ad entrambi i lati, due blocchi alti in media un metro e settanta, due lastre impersonali e artificiali e superficiali, era la gente di Milano.

Migliaia di persone affollavano quella piazza, gente consumata nell'animo dall'attrito di tutti contro tutti in ogni indefinibile direzione, gente seduta negli uffici, reclusa nelle fabbriche, gente nei negozi e alla stazione e gente per le strade, e nelle edicole e gente di malafede nella metro, nelle scuole e in galera, gente nei ristoranti e nei bar, gente che lavorava, gente che rapinava e che elemosinava, gente che si prostituiva.

Tutti smarriti in un labirinto di angoscia e cemento poiché quelle mura rivelavano segretamente i limiti che ognuno si era edificato dentro, l'equilibrio presunto di sogni e speranze fondate su una terra che odia e che ama, che ride, soffre e piange, una terra che vive. Avrei voluto prendere un martello e battere e picchiare contro quei blocchi uniformati, battere e distruggere e battere e abbattere ogni cosa più veloce del battito del cuore per morire d'infarto, ma non sarebbe servito a niente.

Per buona fortuna riuscivo a imboccare il sottopassaggio della metropolitana scendendo di corsa le scale, senza badare alle parole di giovani extracomunitari lì seduti abbarbicati uno vicino all'altro, anch'essi sorpresi dal freddo di un equinozio impazzito, con giubbotti neri e mezze maniche, sperando contenti nell'attesa di pochi soldi per mangiare. Io con passo veloce fuggivo sia lo sguardo vizioso del controllore riparato dalla guardiola sia le curiose incertezze di altra gente che scendeva lenta e immobile su scale che camminavano, ritornavo in superficie, un'altra via, un altro vicolo cieco.

Non era gente comune quella che mi circondava ora, o almeno non era gente comune per la maggioranza della gente. Erano occhi indiscreti, che guardavano, e, non guardavano, in gruppo di due o quattro fingevano di parlare tra di loro ma in realtà si concentravano per ascoltare parole sconosciute, e discutevano pensando al passato, ripensando alle loro vanità. Uscivano ed entravano da negozi post-moderni, nelle vetrine pochi indumenti preparati senza alcuna indicazione, stoffe pregiate abbagliate dalla luce di potenti riflettori, ridevano e schernivano leziosi, un mattino come tanti, loro tutti intenti nel ricercare cosmetici e indumenti a cui adattare la loro persona.

Un mattino ordinario, un giorno lavorativo per la gente comune, un qualunque giorno come quasi tutti i giorni in cui milioni di uomini e di donne sono attanagliati e reclusi e obbligati e sorvegliati in lotta tra di loro, dimenticati nelle fabbriche, milioni di uomini e di donne che per ore e ore non fanno altro per cercare di sopravvivere che ripetere e ripetere e ripetere e ripetere e ripetere lo stesso ipnotico alienante meccanico movimento, senza pensare per ore e giorni, mesi e anni pesanti, uomini e donne che sperano e soffrono nel lavoro della fabbrica, loro ormai un pezzo della catena di montaggio che assembra nelle menti sogni e debiti e preoccupazioni per i figli e per la casa e per la macchina e per ogni cosa. Piccole soddisfazioni e grandi umiliazioni, loro ormai che di giorno in giorno si perfezionano sempre di più come operai degenerando col tempo nella dimenticanza di essere per natura esseri umani, padri e madri di bambini socialmente accecati dalle mode e dalle consuetudini e dalle tradizioni e di falsi esempi del loro padre e madre.

E quella gente strana in quella via oscura in quel momento freddo, nella più completa indifferente superbia, si preoccupava di apparire nella scia di quei riflettori. Cercando di non pensarci, asfissiato dal disprezzo, rifuggivo in un negozio di musica e libri.

Pochissima gente, una decina fra commesse e impiegati, qualche cliente, uno sbirro in borghese (furbo lui, nascosto dal solito cipiglio estraneo ma concentrato), un'aria acida di detersivo profumato per i vetri, della musica commerciale a basso volume diffusa da alcune casse audio mal sintonizzate, un leggero brusio di aspirapolvere proveniente da lontano e luce, molta luce in modo da rappresentare tutto e tutti lindo e pulito e di valore, onesto. Entravo in un altro mondo, trascinato dall'elettricità e dalla luce, nuovamente disperso tra i labirinti di scaffali e gente cortese, intenzioni adulatrici e gente che si offriva, labirinti di aspettative tradite da un altro perditempo.

Mi ero diretto verso il reparto libri, indirettamente sotto circospetta osservazione, segnali radio trasmessi a bassa frequenza, immagini continue diffuse tramite un sistema di specchi, precauzioni e mezzi sguardi. Tra tutte quelle copertine multicolori sciorinate in bella vista, con tanto di frecce e cartelloni e insegne colorate risplendenti della potenza artificiale delle luci al neon, in un piccolo angolino impolverato, lontano dall'attenzione dei riflettori, riuscivo a trovare testi di poesia dell'800, dietro un libro di Keats, eccone uno di Shelley, poeta anarchico e convinto sostenitore della causa dell'emancipazione femminile del suo tempo. Aprendolo a caso con vena quasi fatalista, lasciandomi andare nel buio leggevo:

Oh tu vento selvaggio occidentale, alito
della vita d'autunno, oh presenza invisibile da cui
le foglie morte sono trascinate, come spettri in fuga
da un mago incantatore, gialle e nere,
pallide e del rossore della febbre, moltitudini
che il contagio ha colpito...

... oh spirito selvaggio,
tu che d'ovunque t'agiti, e distruggi e proteggi
ascolta! Ascolta!
Fossi una foglia appassita che tu potessi portare,

fossi una rapida nuvola per inseguire il tuo volo,
un'onda palpitante alla tua forza...

... Non mi rivolgerei a te con questa preghiera
                    nella mia dolente necessità.
Ti prego, levami come un'onda, come una foglia,
                              una nuvola.
Cado sopra le spine della vita e sanguino!
Un grave peso di ore e anni ha incatenato
Incurvato uno a te troppo simile: indomito...
«Buon giorno! Ha bisogno di qualcosa?»

Ed ecco che appena varcato il limite del "Guardare ma non toccare, se tocchi devi comprare", si presenta con fare cortese un giovanotto sulla trentina vestito tinta verde, camicia rossa e scarpe bianche, educato a pelle da una cultura borghese. Non riuscivo a guardarlo negli occhi perché appena tentavo di farlo mi scappava da ridere, ma non per piacere, dolore e vergogna per lui costretto dal suo lavoro a travestirsi in quel modo. Voltavo lo sguardo a destra e ritrovavo lo sbirro furbo mascherato che cercava di nascondersi e allo stesso tempo di curarmi, dietro di me percepivo altri sguardi indiretti, alla mia sinistra il commesso ultrà, appena uscito da Madrid dopo la finale di calcio dei mondiali dell'82.

«Sto cercando il libro di Urizen, di William Blake. Mi sa indicare dove posso trovarlo?» ho detto con scioltezza, sicuro che quel libro non l'avrebbe mai avuto, troppo bello e troppo elegante.

«Blake! Ah sì! Mi dispiace ma in questo momento ne siamo sprovvisti. Mi specifichi l'editore che lo inserisco nella lista d'ordine per il prossimo mese!» ha detto con un timbro femmineo. Sembrava un registratore che per tutto il giorno ripete continuamente le stesse canzoni, senza mai stancarsi, con un margine molto ristretto di termini e d'interessi umani. Parole impersonali tese a tutta forza per centrare il bersaglio, e il piacere di avere assecondato i suoi interessi e quelli del mercato, e il piacere di contare qualcosa, stabile e sicuro nell'equilibrio della vita ordinaria del suo ruolo, e il piacere di aver contribuito al benessere dell'umanità cercando con pudore di vendere qualcosa svendendo se stesso impudicamente.

Ora lo fissavo dritto negli occhi, cercando altresì la prospettiva dello sbirro in borghese, il furbo di turno. Non lo avrei mai fatto ma in quell'istante in me confliggevano il fuoco del bene e l'acqua del male, la terra dell'odio e il metallo dell'amore, l'aria del desiderio. Avrei desiderato ardentemente tirare fuori dalla mia sacca a tracolla una pistola e urlare «Tutti in silenzio e tutti per terra! Questa è una rapina!», ma non per rapinare, non per i loro sporchi soldi. Ma solo per far capire a quella gente truccata che il loro piacere venale e il loro equilibrio e le loro aspettative e le loro luci potevano degenerare in un istante, come un intero quartiere di case popolari abbandonate, destinato ad essere raso al suolo, sgretolarsi in polvere fumo e macerie per la detonazione spettacolare di luce e tritolo.

«Ma le piace il suo lavoro?» ho detto sommessamente.

«Mi scusi?» ha risposto sorpreso.

«No, no, non importa!» ho detto deviando la sua programmazione di frasi fatte e defilandomi, passavo a fianco di "scuola di polizia" cercando di fissarlo dritto negli occhi per trasmettergli telepaticamente "ma quanto sei scemo!".

Una strana forma d'inquietudine muta si aggirava invisibile nello spazio del locale, un sentore di qualcosa d'irrevocabile e ostile s'insinuava nell'acido vuoto denso di elettricità. Un'immagine di non ritorno e uno strano silenzio, rotto dal lieve brusio di fondo della musica trasmessa a basso volume.

Tutto il personale e tutti i clienti, ad eccezione della volpe in borghese, si erano diretti e concentrati nel reparto adibito alla vendita di Tv e Hi-Fi. Un piccolo televisore in occasione trasmetteva l'immagine in diretta da New York di uno dei più sontuosi grattacieli americani avvolto in fumi di cenere e polvere nera e cemento frantumato.

«Cosa è successo?» con una delle più originali e argute domande che la mente umana possa concepire, chiedeva l'impiegato "Non dire a nessuno che sono italiano" a un altro suo collega e pari, animato dagli stessi sentimenti patriottici e io animato dal desiderio di dirgli «perché non inserisci questa domanda nella lista d'ordine così forse il prossimo mese ti arriva la risposta!» Ma non l'ho fatto, non volevo infliggere su quello che rappresentava il terzo mondo dello spirito della specie umana. Le immagini riprendevano riproponendo l'accaduto. Un boeing si era schiantato penetrando con velocità sostenuta in una delle due torri, fendendo con una sciabola rovente le lastre di specchi e acciaio e cemento, incendiando muri e finestre e porte e fogli e alimenti e computer e uomini e donne e bambini e aggeggi vari. I pilastri che reggevano stabile la struttura s'infrollivano come un castello di sabbia irrorato da un fiotto inquinato di acqua turistica.

Ero rapito dall'enfasi con cui il conduttore di quel telegiornale appariva in quella scatola elettromagnetica. Ansimante e caldo nell'attesa di un qualcosa di misteriosamente incombente, impietrito e a un tempo affascinato dalla tragedia che si era appena compiuta. Sembrava quasi che avesse trovato un passatempo incidentale nella noia ordinaria di un pomeriggio lavorativo come tutti gli altri. Continuava a pronunciare parole cariche di significato «Può essere stato un errore del pilota! Forse è stato un attentato! Si può già stimare una cifra precisa dei danni?» Tempestava di domande gli inviati dall'altro lato del mondo cercando furtivamente complicità nell'assecondare la sua maliziosa curiosità quasi per tentare di vivere personalmente quell'esperienza «Può darci una delucidazione più chiara? Si sa con certezza a quanto ammontano le vittime?» Sputava a ripetizione frasi fatte e parole programmate motivato intensamente dall'essere il primo forse a parlare di quello che era già un evento e da considerarsi come colui che aveva vinto contro i suoi colleghi, meritata luce dei proiettori.

Mentre quel giornalista concitato parlava e ascoltava e parlava nell'immagine in primo piano, in un angolo del teleschermo, a lato del biglietto "SCONTO DEL 10%" si trasmettevano le immagini di una altro aereo che infuriava a tutta velocità annientandosi contro il superstite dei due edifici, e decine di centinaia di pompieri che accorrevano sotto quell'immensità di cemento bruciato per prestare soccorso scappavano istintivamente travolti anche loro dal crollo inevitabile di enormi blocchi armati e incandescenti, cavi d'acciaio spezzati, uomini e donne che urlavano nel vuoto, bambini di ogni paese affogati nella confusione, conversazioni stroncate e urla di panico, vetri infranti sull'asfalto, ossigeno soffocato dalla polvere.

«Attenzione! Attenzione! Un altro aereo... ».

Mi sono voltato verso "l'alzabandiera vivente" per dirgli apertamente "Perché non inserisci in questa lista qualche neurone per il nostro svelto giornalista compatriota?", ma mi bloccai accorgendomi che, per quei circa venti minuti in cui ero rimasto lì a contemplare l'ardore sadico del direttore televisivo, decine e decine di persone, italiani arabi europei e qualche americano e tanti tanti cinesi che comunicavano tra loro cantilenando, erano ormai stipati in quella stanza cinematografica.

Gente passiva con lo sguardo perso tra quelle onde elettromagnetiche, senza pensare, gente attonita e briosa, gente palpitante per lo spettacolo, gente rapita che attendeva la lieta chiusura del sipario e gente disperata per il timore di un'incombente guerra nucleare. "Anche se sono ubriachi quei neuroni non importa, tanto è lo stesso", pensavo, riprendendo la conversazione telepatica con l'inno nazionale in persona.

Erano appena crollati davanti ai miei occhi i due assi portanti del capitalismo mondiale. Non sembrava più un incidente, ormai palese traspariva la matrice terroristica. Si dispensavano già i nomi dei responsabili, nomi mediorientali. Erano appena morte qualche migliaio di uomini e donne e bambini, per la maggioranza gente ricca di potere, ma anche povera gente a cui non importava niente dell'avidità esuberante manierista del possedere.

"Perché? Per quale nobile causa? Quali profondi valori hanno ispirato un'azione di tale portata?"

Mi guardavo intorno animato da dubbi e da incertezze. Indeciso se unirmi alla minoranza araba che gioiva timorosa, o conformarmi all'opinione americana europea, espressione d'impulsi d'odio e di vendetta contro chiunque si era permesso di osare! Cercavo di non voltarmi alla vista di "Miss Italia" per rimanere ancora sicuro nell'incertezza.

Giacevo fatalmente in bilico come linea di demarcazione fra due mondi: un esercito, uno scudo, uno stato da una parte, un popolo, una spada e una religione dall'altra. Ognuno con i propri costumi, le proprie tradizioni, le proprie opinioni. Due modi d'essere distinti e separati che innalzavano bandiere comuni di valori come benessere sociale, pace politica e felicità morale. Due modi di educare in conflitto tra di loro per una sola pace e una sola felicità, il benessere per se stessi. Due metà di un cerchio che si congiungevano ai lati compenetrandosi, assorbendosi e rigettandosi l'un altro come acqua e spugna. Due semicerchi che ambivano al potere dell'intera circonferenza.

"Perché?" pensavo sempre più perplesso. "Non gli basta ciò che hanno già?" Ognuno di loro battezzava l'altro «il male». "Ma due giudizi così diversi potevano essere la stessa cosa? Uno stesso limite?"

Tentavo di non pensarci, sottraendomi dall'alito timoroso di gente convinta di un bene e di un male, ancora incerto abbandonavo quel negozio di gente, incrociando vicino alla porta d'uscita il più furbo dei furbi, rimasto solo nel locale fingendo di comprare (leggeva il libro di Shelley di nascosto). In quel momento le casse audio del locale vibravano delle note di Get up Stand up (Bob Marley).

QUATTRO

«Sì?» ha risposto.

«Ciao dolcissima come stai oggi?» le parlavo da una cabina telefonica vicino alla biblioteca centrale di Milano.

«Ciao Michelle, ti ho chiamato appena ho terminato l'esame ma non riuscivo a prendere la linea. Pensavo il peggio!» proferiva con la sua vivace sensualità italo francese di una ventenne fin già matura e molto perspicace.

«No! Non ti devi preoccupare! Forse non riuscivi a prendere la linea a causa dell'attentato terroristico di cui ho sentito parlare prima due tizi nel bar; c'è stata una grande agitazione e molta paura anche fra la gente di Milano. Ma sai qualcosa di preciso? Tu che stai dalla mattina alla sera davanti alla televisione!»

«Se stai cercando di provocarmi oggi non è giornata. Non sono dell'umore giusto!...» ha detto con un registro dolce ma indisposto a un tempo.

«Dai stavo scherzando, mi vuoi raccontare com'è andata stamattina o no?» ho detto con impazienza.

«Bene e male! Ho preso trenta e lode ma quel maiale di professore ci ha provato» ha detto Shara.

«Stai dicendo che il professore Bellini, uno degli intellettuali più rispettati dell'ambiente culturale milanese, noto per l'analisi che ha svolto sui trattati dianoetici della filosofia aristotelica, ha cercato di portarti a letto? Quel porco bastardo!»

«Non in modo così esplicito Michelle! Adesso ti racconto. Avevo intenzione di studiare per l'esame di teoretica. Sai il primo esame, ci tenevo a far bella figura. Poi me l'avevi consigliato anche tu, il primo esame traccia sempre un profilo piuttosto approssimativo su quello che sei in grado di fare. Ma appena ho aperto il libro e ho letto le prime cinquanta pagine, ho abbandonato, non ce l'ho fatta, non mi attraeva, era solo noia, noia totale e ho lasciato. Ma sono andata lo stesso stamattina dal professore Bellini per spiegare le mie ragioni di disinteresse. L'ho incontrato "Al Caffè" davanti all'ingresso centrale e con un po' di timore mi sono avvicinata e lui mi ha invitato dentro per bere qualcosa. Ero agitatissima Michelle, mi ero preparata il discorso da fargli tutta la sera ma poi a tu per tu, quasi non riuscivo a guardarlo negli occhi. Allora lui mi ha tranquillizzato e mi ha consigliato di presentarmi ugualmente all'esame. "Non si preoccupi signorina, andrà tutto per il meglio, una volta che si è rotto il ghiaccio poi verrà tutto da sé" così ha detto ma in quel momento non ci ho fatto molto caso a quello che intendeva. Allora sono entrata nella scuola e mi sono seduta. "Mi parli delle sue letture preferite?" ha detto guardandomi con un sorriso malizioso mentre il suo collega era impegnato a compilare un registro. Dopo un attimo di smarrimento ho cominciato a parlargli della critica schopenhaueriana alla filosofia kantiana e parlavo e ho parlato per circa venti minuti senza che lui intervenisse con qualche domanda. Niente. Bellini continuava a guardarmi con due occhi che a pensarci adesso capisco quale fosse l'intenzione. Pensavo che fosse solo una mia impressione ma poi, dopo avermi regalato la lode a mia sorpresa, mi ha sussurrato mentre il suo collega si allontanava per parlare con un giovane carino dai dredd biondi: "questo è il mio numero di telefonino, se ha bisogno di qualcosa mi chiami pure, non si faccia scrupoli di alcun tipo, anche solo se desiderasse uscire a bere qualcosa", schiacciando l'occhio sinistro che quasi si cadevano gli occhiali a contatto con le rughe contratte.

Li ho salutati imbarazzatissima e sono uscita dall'aula veloce non riuscendo a guardare nient'altro che i puntini bianchi e neri sulle piastrelle del pavimento. Appena ho messo piede fuori dall'Università, mi sono resa conto di quale personalità infida nascondeva quell'uomo al contrario di come appariva e sono corsa a casa cercando di telefonarti subito ma... » avrei voluto continuare ad ascoltarla ma la scheda telefonica era quasi ormai azzerata.

«Quel porco maiale bastardo! Ci vediamo domani dolcissima, non appena ti sarai calmata un po' mi dirai meglio delle sue sporche intenzioni e poi vedremo come fargliela pagare. Ora sto andando in biblioteca sperando di trovare quel libro!»

«Che ne dici alle nove al Jolly Blue?» ha detto Shara.

«Alle nove al locale ma Shara sì puntuale, non fare come il tuo solito, e se ti capita dai un'occhiata al televisore...» ho detto veloce mentre chiudevo la linea, mentre lei stava per...

«Non ci credo. Ormai sono più di tre mesi che lo inseguo dappertutto e non riesco a trovarlo da nessuna parte. È mai possibile che tra migliaia e migliaia di libri archiviati in questo deserto silenzioso di parole, non riesco a trovare un benedetto libro di Blake?» parlavo con me stessa ad alta voce, frugando tra i volumi disposti ordinatamente negli scaffali della sezione poesia, di una delle più importanti e vaste biblioteche milanesi.

«Bambini dell'età futura

leggendo questa pagina sdegnata

sappiate che in un tempo prima

l'Amore! Il dolce Amore! Era giudicato un crimine». Parole nell'aria.

«In questa biblioteca si sono estinti i libri di Blake ma sopravvivono ancora gli indiani?» ho detto al ragazzo molto carino che stava leggendo un libro in piedi e appoggiato al parapetto del piano, il giovane che aveva appena pronunciato quelli incantevoli parole, versi di Blake. Trasandato, capelli lunghi e neri raccolti in una lunghissima treccia che pendeva fino all'addome e fissata con un elastico rosso, mi guardava con due occhi neri e profondi in risalto su una sclera bianca e azzurra. Un piccolo neo leggermente sopra gli occhi, punteggiato su una carnagione abbronzata gli donava un fascino particolarmente misterioso.

«Hai perso la piuma da qualche parte? Ne ho vista una all'ingresso, forse non te ne sei accorto! Perché non te la vai a riprendere?» esclamavo con un inflessione da "Lasciami in pace!" dopo che lui aveva posato il libro sul ripiano.

«Scusa non volevo! Se mi permetti vorrei darti un consiglio! Se stai cercando della poesia forte come quella di Blake non la troverai qui ma in un negozio di musica e libri non molto lontano, si trova in Piazza Duomo. Appena entri non troverai nessuno perché sono tutti accostati uno sull'altro per lo spettacolo dal vivo e in prima visione di un tragico attentato terroristico commentato forse da uno degli attentatori. Sono tutti lì concentrati meno uno che gironzola per le luci degli scaffali. Lo riconoscerai subito dal suo sguardo più che furbo! Ecco, chiedi a lui dove si trova il libro di Shelley! Ciao e di nuovo scusa!» ha detto mentre si stava dirigendo per le scale. Ero rimasta colpita dall'energia che mi aveva trasmesso con quelle semplici parole. Non riuscivo a distogliere lo sguardo da lui che si allontanava. Nella mia mente riecheggiava il timbro nasale della sua dolce voce. E poi ho pensato: "Ma quali probabilità c'erano in quel preciso momento che al terzo piano di una delle biblioteche più grandi del mondo, di una delle città più importanti fra le città che contavano più di qualche decina di migliaia di abitanti, in un piccolo dipartimento destinato alla poesia e poco frequentato dalle tendenze edonistiche utilitaristiche che s'imponevano nella mente delle persone per consuetudine, quali probabilità avrei avuto d'incontrare qualcuno che in quel preciso momento pronunciasse quelle parole?"

«Ehi! Aspetta un attimo! Se vuoi ci andiamo insieme a cercare quella piuma?» ho detto ad alta voce istintivamente.

«No! Mi dispiace! È stata una giornata interessante ma anche molto pesante oggi, un po' strana! Forse è meglio che torni a casa a riposare. Sono già in ritardo di due ore e i miei avranno già avvertito la polizia, i pompieri e l'esercito per venirmi a cercare. Avranno già telefonato negli ospedali e nelle carceri, nei posti più impensabili! E poi sono stanco!»

«Quando ci possiamo rivedere?» ho detto con aria quasi dispiaciuta, forse per averlo offeso.

«Forse mai più! O forse chissà le Moire del destino!» ha detto allontanandosi sempre più, con un mezzo sorriso.

Ma una strana forza magnetica, pungente ed eccitante, una sensazione d'attrazione incondizionata mi trasportava nella vita di quel giovane inordinario. E quell'impulso incoercibile e istintivo e represso si stava trasformando in aggressività.

«Sono passate appena due ore e hai paura che la mamma ti castighi? Hai l'aria di un ragazzino ribelle che nasconde i suoi pensieri da bambino viziato che non accetta se stesso e si sente emarginato e per attirare l'attenzione si maschera in quella buffa maniera! Scappa a casa altrimenti papà ti picchia!» E niente più. Non ha più parlato. Attendevo un minimo gesto di reazione. Ma niente. Quella piccola frazione di seconda diveniva l'ora più silenziosa.

«Mio padre e mia madre sono morti!» ha detto dopo essersi voltato per fissarmi negli occhi, spezzando il tempo con uno sguardo lucido e cattivo, sottile ma sublime. E ha ricominciato a camminare e se ne stava andando ora forse per sempre. Non ci stavo. Non volevo perderlo. Ma non sapevo come fare. Cosa pensare. Cosa dire. Ma come per incanto quella forza ha ripreso il suo battito e la mia bocca ha seguito il suo ritmo:

«O uomo! Resta saldo nel coraggio dell'anima
attraverso le ombre tempestose della tua strada terrena,
e turbini di nuvole che ti ruotano intorno
dormiranno nella luce dei quel meraviglioso giorno,
quando Inferno e Paradiso ti lasceranno libero
nell'universalità del destino».

Sì è fermato ormai lontano e mi ha guardato con un sorriso e si è avvicinato a me. Ha offerto la sua mano per aiutarmi ad alzare dalla mia postura inginocchiata, attenta nella ricerca di un libro di Blake. Ero contenta, non so per quale motivo.

«Dove hai letto quei versi di Shelley?» ha detto.

«Dallo stesso posto dove tu hai letto quelli di Blake» ho sussurrato sempre più smarrita.

«Demon si presenta alla bella...» ha detto sorridendo.

«... Michelle» ho detto, per la prima volta nella mia vita imbarazzata.

«Marie, chi parla?» rispondeva dal telefono di casa.

«Ciao Marie sono Demon. Ho bucato una gomma del motorino e sono in ritardo lo so. Digli a mio zio che tornerò a casa verso sera perché sto andando a ripararlo e non so quanto tempo ci vorrà!» ho detto cercando di assumere un'aria disinvolta da un telefono pubblico vicino all'ingresso del parco della biblioteca.

«Guarda che tuo zio è incazzatissimo con te! Gli ha telefonato la prof di storia e... Passamelo! Piccolo bastardo dove sei? È dalle quattro di questo pomeriggio che ti sto cercando, ormai sono più di due ore che telefono dappertutto! Che hai combinato ancora? Mi ha appena telefonato la tua professoressa di storia che mi ha quasi obbligato ad andare domani mattina a scuola per parlare con lei e con il preside! Che hai combinato ancora piccolo bastardo! Se non torni a casa entro un'ora al massimo, domani ti prenoto un biglietto di sola andata sul primo aereo per l'Australia! Così rimarrai per tutta la vita con i canguri e con tua zia e io non perderò più soldi e tempo con te!»

«Ti voglio bene zio, ciao» ho detto velocemente con un registro indifferente, come se non avessi assimilato neanche una parola di tutto quel risentimento.

«To voglio qui... » Ho attaccato.

Erano i primi albori d'autunno. Camminavamo per la prima volta insieme nel parco deserto della biblioteca. Su un sentiero sterrato, forme naturali di settembre cadevano dagli alberi malinconici, foglie ingiallite sotto ogni nostro passo scrosciante, istinti d'oro variopinto vacillante intorno a noi. Avevo percorso quel sentiero decine di volte con le mie amiche e da sola, ma mai come quel giorno. L'aria sfumata dal cielo mattutino frammischiata ai brividi caldi di un sole ormai spento s'instillava dai miei sensi ai miei pensieri e ogni cosa che mi circondava appariva nuovamente viva, orrendamente bella, misteriosamente eterna. Non mi sembrava vero, ma stava accadendo anche a me. L'energia pacifica che riusciva a trasmettermi quel giovane dissolveva nell'oblio ogni mio pregiudizio e ogni mio istinto di autodifesa. Sentivo di essere tremendamente vulnerabile ad ogni sensazione, senza che riuscissi ad oppormi, stregata dal mistero. Come se fossi accesa da tutti i colori dell'estate al tramonto, ubriaca del profumo della notte, mi concedevo crudelmente alla vita di quell'alba autunnale. Erano circa dieci minuti che conoscevo quello sconosciuto e da dieci minuti circa avevo appena deposto una maschera che non mi rendevo neanche conto di avere: quella del disprezzo. Quel pomeriggio non lo scorderò mai più.

«Com'è accaduto?» ho chiesto, lasciandogli un margine molto ampio di possibili interpretazioni.

«Eravamo piccoli. Non ricordo bene. Mi hanno raccontato che è stato un incidente d'auto. Mio padre è morto sul colpo. Mia madre dopo due giorni di coma non si è più risvegliata. L'unica cosa che ricordo bene sono le sensazioni che ho provato. Il tribunale ha deciso che mio zio si pigliasse cura di me, mia sorella più grande è stata affidata a mia zia in Australia. Non la vedo da circa quindici anni!» ha detto come se fosse la prima volta che parlava di quelle cose a qualcuno.

«È inutile che ti dica che mi dispiace» ha detto.

«Tanto a che serve!» ha detto.

«Penso che comunque sei stato molto fortunato ad avere degli zii così sensibili a adulti, pronti a responsabilizzarsi. Il tribunale dei minori vi avrebbe affidato a qualche comunità, e chissà che fine avreste fatto!» ho detto cercando di sdrammatizzare.

«Sarebbe stato meglio!» ha detto sommessamente.

«Cosa hai detto?» ho chiesto come se non avessi inteso quello che aveva appena affermato.

«Quello stronzo arrogante mi tratta come se fossi una bomboniera. Un piccolo oggetto inanimato di sua proprietà che si deve comportare e si deve vestire e deve pensare come lui desidera, per ogni suo capriccio. Ed è il presidente di una delle maggiori imprese tessili d'Italia, talmente ricco di proprietà e di presunzione d'arrogarsi il potere di comandare su chiunque gli stia accanto. Mia zia ha deciso di divorziare due anni dopo che siamo stati affidati a loro, portandosi con sé in Australia mia sorella e metà del patrimonio del suo ex marito.

Ora lui convive con una certa Marie, un'altra bomboniera, abituata per convenienza solo ad obbedire. Ha riempito la mia vita fin da quando ero bambino di mille cose inutili che hanno valore solo per lui, solo per cercare di farmi sentire superiore e invidiato da tutti i miei amici, per farmi sentire a disagio, per appagare la sua sete di possesso su di me. Io sono suo per lui. Ma non per me. Mi ha iscritto a una delle scuole private più sfarzose di Milano, sovrintesa da un suo ex compagno d liceo; mi ha recluso in un catello blindato appena fuori dalla città rimpinzandolo di gente estranea che mi sorveglia notte e giorno, pagando dei professori per ripetizioni private e dei tutori che mi fanno da padre e madre. E quello che mi dà ancora più fastidio sta nel fatto che lui è convinto di essere il migliore dei padri, di amarmi come un padre e di svolgere il ruolo di padre modello, così profondamente autoconvinto di un ruolo che non gli spetta per natura per ignoranza da illuderlo di poter usare legittimamente la forza contro di me!

Ma tu cosa puoi capire di tutte queste cose! Sarai la solita fighettina borghese di città che parla tanto per parlare, carina quanto basta da potersela tirare con tutti e con tutto, che pensa e parla e si atteggia perseguendo quei valori di vanità e di bella vita tipica della mentalità milanese!» ha detto con un registro non malizioso.

Non sapevo cosa rispondergli, se stare al gioco o confessargli la verità, i miei pensieri, i miei sentimenti, le mie ambizioni. Oppure concedermi a lui senza opporre alcuna resistenza come avrei intimamente desiderato. Ma indecisa, mi lasciavo trasportare dall'istinto di un gioco pericoloso e distruttivo, di quelli con cui si rischia di amarsi o di odiarsi per sempre. E tutto questo mi eccitava come non mai, pervasa da un senso mistico di attrazione e di repulsione, vivace esaltazione e intima ripugnanza per lui, per me e per quell'eterno lasso di tempo fra i colori delle foglie del parco, per gli alberi variopinti e le siepi potate sempreverdi, le sculture profonde del bianco lucido del marmo, profondamente attente ad ogni movimento nella loro muta vivacità, e la sera che si svestiva della luce del giorno e le molecole d'aria fresca brillanti di quella magia, per tutto quello che si era rivelato al mio animo e per l'intima vergogna di quella rivelazione.

Fin dal liceo ero sempre stata molto diffidente riguardo ai sentimenti d'amore dei maschietti. Deridevo le mie amiche illuse da viziosi superficiali allupati compagni di scuola, che le lusingavano d'ogni vanità e d'ogni cortesia e d'ogni malizia per portarsele indifferentemente a letto. Giovani arcieri che scoccavano frecce fino all'ultimo piacere, ogni freccia una scopata, mezz'ora circa di piacere e poi il disincanto. E deridevo quei buffoni arcieri ogni volta che mi prendevano di mira spiaccicandogli in faccia la verità delle loro porcherie.

Non sopportavo nemmeno mio padre dal giorno in cui, da bambina, mi aveva costretto a recitare uno spot pubblicitario dove si cercava di vendere un particolare tipo di biscotti. Travestita da ragazzina di campagna con le trecce, vivevo artificialmente in una famiglia artificiosa di un sentimento apparente di felicità e allegra ipocrisia mangiando quei biscotti di plastica, ingannando milioni di persone che ogni giorno perdevano il loro tempo istupidendo nel giogo elettromagnetico di una televisione, sperando di annichilire ogni loro preoccupazione comprando quei biscotti.

Mia madre se n'era andata quando io ero ancora una bambina con un attore televisivo di una telenovela brasiliana che ora sponsorizza materassi, orologi o chissà. E mio padre continuava a spassarsi i suoi soldi e le sue vallette di sesso e vanità, in virtù del suo lavoro di direttore presso un'emittente televisiva.

Non appena terminata la maturità con il massimo dei voti, ero scappata di casa letteralmente, avevo rubato alcune migliaia di lire in contanti dagli averi eccessivi e sporchi di mio padre e mi ero rifugiata a vivere in una piccola mansarda in periferia ben arredata di quadri e vasi e capitelli dorici. Iscritta alla facoltà di filosofia da un anno e da un anno che ero intenzionata a lasciare gli studi poiché mi ero stufata di quell'indottrinamento senza alcun senso. L'andare via di casa ha comportato solo un dispiacere: non poter portare via il mio cane dobermann Orc, per non farlo soffrire in quella piccola mansarda.

Vivevo esasperatamente in uno stato di nichilismo estremo dove tutto mi appariva vuoto falso utilitario meccanico disumano. Amavo passare intere giornate nel silenzio vivo dei libri delle biblioteche di Milano a leggere poesia.

Ma in quel magico pomeriggio d'autunno prematuro ero rimasta invischiata tra apprensioni di bene e di male, tra immagini stabili di orrenda instabilità. Ero vittima di sentimenti contrari che giocavano pericolosamente tra loro fino ad annullarsi come sentimenti antilogici e antitetici per lasciare spazio e tempo combinati simultaneamente e permanentemente nella materialità di un sentimento d'amore. Uno stormo di uccelli migranti con battito d'ali e frullio si levava frusciante tra foglie vive e foglie morte verso nuove speranze colorate dal caldo d'estate, promesse di sogni da vivere…

«Sai cosa non tollero Demon della gente di Milano?» ho detto con un inflessione tagliente. Mi guardava senza rispondere.

«Non riesco a sopportare il loro disprezzo per questa splendida città, per tutto il benessere e le opportunità che offre e le ambizioni che soddisfa. Ognuno dovrebbe apprezzare questa gloriosa metropoli, uno dei simboli capitali della rivoluzione industriale. Una città discendente da una tradizione fascista di megalomania di ricchezza, seppur a favore di pochi, ma che importa.

A ognuno ciò che si merita o ciò che ha rubato. E Milano, come ogni grande metropoli industriale, è il contesto ideale per i meriti e le rapine e le sopraffazioni. Che siano sociali o morali o politici. Ma che importa il modo con cui uno si arricchisce. Ognuno dovrebbe essere contento di vivere per quello che è. Odio tutti quei disprezzatori della vanità che si credono di essere migliori di altri solo per il fatto di giudicare, non accorgendosi che sono li a giudicare la loro incapacità di essere ricchi e vanitosi e si beano miseramente del loro giudicare.

Oppure quelli come te Demon, quelli che disprezzano la ricchezza perché la amano, amano il senso che quel disprezzo dona alla propria vita. Tu Demon ami tuo zio che riempie la tua vita di disprezzo. Lo ami segretamente perché ha debellato in te il tormento di una vita priva di significato.

Si è fermato all'improvviso e mi ha guardato profondamente negli occhi. Pensavo che fosse in procinto di tirarmi uno schiaffo o di ingiuriarmi in qualche modo oppure semplicemente andarsene via senza dire niente. Mi aspettavo una comune reazione di rabbia.

Una piuma bianca, forse di una colomba che volteggiava sopra di noi in quel momento, danzando su stessa si appoggiava miracolosamente, senza che lui se ne avvedesse, sui suoi capelli.

«Sai cosa non tollero io?» ha detto dolcemente.

Riflessi colpevoli e sensi di mancanza, pulsazioni di sfasamento bidimensionali si agitavano confusamente in me. Sudavo palpitando d'ansia.

«Non sopporto quelle persone che si vergognano del sentimento dell'amore perché hanno paura di soffrire o di essere tradite. E nella loro vergogna si schermiscono con unguenti d'odio e poi smarriscono il senso dell'amore e trasformano quel sentimento nel disprezzo per tutto e per tutti. Sai cosa disprezzano queste persone? La loro paura d'amare, la paura di perdersi nel vizio di un senso insensato vaneggiare!»

I suoi occhi erano mischiati nei miei ora. Una forte melodia stringeva me a lui e lui a me e noi alle foglie e agli alberi e ai colori della prima sera. Era una melodia triste. Piangevo. Piangevo come non mai. Non avevo mai pianto se non per rabbia. Ora piangevo come una piccola bambina che ha perso sua madre e suo padre nelle strade di un mondo perverso. Una piccola bambina che piange ma perché rivuole indietro sua mamma e suo papà. Piange perché è sola in un mondo di solitari. Piange perché non ha mai avuto il coraggio, ed è triste. Piange perché ha bisogno di protezione. Piange perché ha sempre avuto bisogno dell'amore.

«Dimmi che non mi lascerai mai più!» ho detto.

«Mai più!» ha sussurrato al mio orecchio.

«Me lo prometti?» «Te lo prometto!»

«Davvero?» «Promesso!»

«Dillo un'altra volta!» «Promesso!»

«Hai promesso tre volte» ho detto baciandolo per sempre. I miei occhi cadevano su una piccola nicchia dall'altro lato del muro dove risplendeva sorridente una Madonnina col volto inclinato verso destra e il palmo delle mani rivolto verso di noi. Tenera d'una veste candida, benedetta d'un velo azzurro, circonfusa da candele nel buio, profumava d'incandescente compassione.

CINQUE

È strano come la maggioranza degli individui tende a isolarsi dalla maggioranza degli altri individui, rifiutando il confronto di opinione e il confronto di espressione, negando ogni possibilità di maturazione e accettando un unico pensiero per un unico fine di un'unica opportunità possibile: il benessere della propria famiglia.

È strano come ogni singola famiglia tenda a isolarsi dall'insieme delle altre singole famiglie, ognuna di loro curante dei propri bisogni. Famiglie imprigionate in palazzi d'appartamenti di stanze di pareti di tubi e cavi e ferro e plastica e vetri e chiodi, e brandelli di vite appese al muro per non dimenticare pasticci di pensieri della vita ormai passata. Individui di famiglie gravitanti attorno a un solo vizio, un circolo di aspettative e di stabilità e di particelle di sensazioni infrante dal vuoto vizioso di un'immagine priva di forza, l'immagine conformata dalla forza della consuetudine di un unico pensiero di un'unica famiglia: "O pensi come noi o sei emarginato".

Ebbene, iniziavo a sentirmi emarginato!

È strano come milioni d'individui si lamentino ogni giorno delle proprie obbligazioni e dei propri doveri e delle proprie fatiche. È strano perché quel giorno stavo riuscendo a sradicare senza alcuna fatica i pilastri armati di cemento della mia stabilità convenzionale. Come un fanciullo che ha sempre camminato controvento sforzandosi di arrivare a casa ma ad ogni suo passo la forza del vento s'infittisce sempre di più, e incapace e debole per lo spavento, si volta lasciandosi sospirare dalla tremenda forza del vento, disimparando a camminare quando gli manca il terreno e il sogno comincia, ubriaco della forza dell'aria frizzante di migliaia di colori e di suoni e di odori e di altre infinite percezioni, impara dolcemente a volare nell'infinito per ritornare alla sua vera casa, a quel delizioso e crudele sapore d'azzurro.

È strano perché se il mio compagno di banco stamattina non avesse finito le sigarette, e se io non avessi acquistato la bomboletta spray per colorare la mia stanza, e se mio zio non fosse stato così stupido da farsi spedire un libro di poesie di

Blake, pagandolo a peso d'oro per la transizione America-Italia, sarei forse per sempre stato trascinato controvento dalla catena necessaria di giudizi e frustrazioni della mia incoscienza. Non avrei avuto la possibilità d'incominciare a volare. Non avrei mai conosciuto Michelle.

Un'accattivante ventenne di quelle che ci si volta a guardare per forza lungo la strada, ragazzi e uomini, bambini e anziani, donne per invidia, un taglio orientale di occhi verde smeraldo incorniciati da degli splendidi capelli neri e luminosi fino alle spalle, una bocca disegnata artigianalmente dalla voluttà di Dio. Particolarmente intelligente e animata da vivace poesia, sveglia quanto basta da riuscire a bruciare un istante del mio tempo e innescare una reazione a catena di atomi di sentimenti liberi che si fondono tra loro e in loro, urtando e passando e trapassando uno nell'altro per rigurgitare dalla mia anima vita viva fatata della sua eccessiva energia.

Ormai erano quasi le dieci di sera e, un'ora in più o in meno di ritardo, non faceva più alcuna differenza. Avevo accettato di accompagnare Michelle al Jolly Blue, un pub in zona Brera molto riservato ai costumi milanesi, dove Michelle lavorava come barman da circa un anno da quando aveva deciso di andare via di casa, lavoro necessario per affrontare le spese universitarie, l'affitto mensile della mansarda, per pagarsi da vivere. Anche se non ero riuscito ancora a connettere il modo in cui riuscisse a mantenersi con un lavoro saltuario di poche ore alla settimana.

Se non fosse stato per le sue equivoche raccomandazioni per farmi entrare, non avrei ami vissuto l'odore acre e puntuto, l'aria oscura di sguardi e di attenzioni superficiale rischiarate dalla luce di lampadine al neon, la vischiosità di poltrone di vera pelle che assorbivano ogni complesso di umanità lasciando trasparire, dai volti tutti uguali e imbellettati, del sudore ipocrita patinato da creme alle erbe transgeniche e puzzo di pelli bruciate da soli artificiali. Non era un locale per gente comune.

Dislocato su due piani appariva come u grande edificio gotico caratterizzato da lastre di vetro frontali terse e trasparenti che riflettevano la luce dei lampioni del parcheggio, in modo che ogni atteggiamento e ogni movimento dall'interno poteva essere ostentato in completa indifferenza, proiettato nelle strade rimpinzate da gente comune, accondisceso da sguardi bramanti ricca superbia.

Sedevo in un angolino appartato, lontano da occhi curiosi ma scorgevo ugualmente il via vai di fuoriserie che continuavano ad affluire nel parcheggio ben illuminato del locale, disponendosi con baldanza vicino ad alberi verdi e trapiantati, fiori e piante coltivate lungo i lati, quadro privilegiato per pochi a Milano.

Ogni tanto osservavo Michelle che oltre a servire bevande sontuose di colori alla gente davanti al bancone, lasciava cadere per terra qualche bottiglia strappandomi un leggero sorriso e concentrando su di se l'attenzione ostile del forse capo-responsabile del locale e le cerimonie manierate della gente seduta. Un impianto stereo ben equalizzato vendeva della musica latina americana e io la odiavo. Per comprendere lo stato angoscioso di chi si trova in un contesto che non gli appartiene per niente ma ci deve ugualmente rimanere, rivolgevo costantemente i miei occhi a Michelle e più la guardavo e più mi accorgevo di come riusciva a nascondere il suo carisma dietro pallidi sorrisi accoglienti, di come dispensava parole e attenzioni smorte reprimendo così innaturalmente la sua energia. Soffriva ma attendeva. Perspicace e furba, sorvegliava. Aspettava l'occasione favorevole. Ne scartava tante, un'infinità di concrete e astratte senza alcuna paura. Era come una diga impetuosa di potenza distruttiva e non attendeva altro che la deflagrazione.

Un tizio ingiacchettato e insuperbito gli puntava lo sguardo da circa un'ora. Gli aveva offerto da bere, tentava di farla parlare e farla ridere e lei, mentre mi guardava di sfuggita, giostrava con dolce ironia le speranze lascive i quella rappresentazione umana borghese, rigettando incurante le sue offerte, propinandogli lei da bere.

La gente stava iniziando ad affollare il locale. I bisbisglii sommessi divenivano gradualmente parole e frasi indefinite e mescolate tra loro e l'aria quasi irrespirabile. Le mie percezioni leggermente euforizzate dal vino rosso che stavo sorseggiando in un bicchiere di cristallo. E Michelle era sempre più sciolta e disinvolta nei suoi movimenti, attrice protagonista di uno spettacolo pagato da tutti riservato esclusivamente all'unico biglietto omaggio.

Il tipo, il forse capo-responsabile, buttava continuamente gli occhi su ogni cosa che si muoveva concentrandoli discriminatamente su Michelle, forse rapito anche lui dalla sua espressiva bellezza accattivante. L'aveva appena richiamata in disparte, vicino a due porte di legno intarsiate di vetro e argento con inciso Toilette in ottone, e vicino peraltro al mio tavolino di marmo bianco, per rimproverala del suo atteggiamento provocatorio e incurante nei riguardi dei clienti, per aver sostituito il cd latino americano con uno dei "Metallica", per come io occupassi indifferentemente un intero tavolino di sei persone con tutta la gente in attesa di un posto a sedere, di come io stavo gustando contento uno dei più pregiati vini della cantina senza tirare fuori un soldo, di come io ero riuscito a entrare semplicemente in un quadro di gente vestita e pensante "per bene", di come io ero semplicemente integrato in un contesto per costume mi isolava, di come semplicemente ero.

«Se persisti in questo atteggiamento, stasera sarà la tua ultima sera!» aveva detto il tipo con un registro minaccioso più che concreto, consapevole del fatto che era lei una delle attrattive più piacevoli del suo locale.

Michelle lo fissava dritto negli occhi mentre lui le parlava, non ha risposto, ha ingoiato quell'istinto di rabbia incrociando i suoi occhi con i miei mentre si dirigeva con passo spedito verso il bancone quando all'improvviso una giovane ragazza dai capelli d'oro precipitava piangendo fra le sue braccia.

«Ma cosa ti è successo Shara? Dimmi! Smettila di piangere! Non farmi arrabbiare adesso! Ti vuoi calmare?» ha detto Michelle.

«Allora mi vuoi rispondere?» replicava Michelle quasi urlando per vincere le sonorità nell'aria mentre quella ragazza continuava a piangere sempre di più.

Riuscivo a malapena ad ascoltare, intuivo le parole dai movimenti delle labbra, scrutavo Michelle e mi rendevo conto che la miccia si era appena innescata.

«Mi-mi ha picchiato!» singhiozzava la ragazza.

«Chi ti ha picchiato? Chi è stato?» ha detto Michelle con due occhi sgranati e in preda all'agitazione, mentre la ragazza non rispondeva ma stringeva forte Michelle, stringendole lei di ricambio nelle mani il suo cuore.

L'impianto stereo si accordava, l'aria attendeva, lo spazio era pronto, il tempo iniziava. Le telecamere dell'inconscio impazzite puntate sulla batteria, poi veloce sul basso e poi sulla chitarra fino alla voce che celebrava "Devil's Dance".

«Allora vuoi andare a servire i clienti o vogliamo assistere ancora a questa scena compassionevole?» rimbrottava il capo responsabile.

«Adesso vado!» rispondeva Michelle con altri occhi e un'altra voce. Sfumature bianche di turbamento dal volto del capo responsabile. Aumentava il passo fino a correre distrincandosi con forza e velocità e spintoni tra squittii e parolacce di gente paralizzata lì in piedi, manichini abbracciati e manichini di stoffa e poi...

è saltata sul bancone rovesciando bicchieri di cristallo e bottiglie mezze vuote, bicchieri riempiti di birra su gente piena di whisky, vodka su giacche firmate e su facce unguente e profumate, facce allibite di gente impotente, alcool dappertutto. Gente seduta e gente in attesa, solita gente non comune facilmente molestata e il capo responsabile in preda a una crisi di panico insieme al deejay che diminuiva il volume della musica e io insieme alla musica rallentavo i battiti del cuore focalizzando le mie percezioni su quella suadente e cattiva fanciulla dagli occhi verde fuoco in piedi sul bancone del locale, e tutto era silenzio e un ritmo, e lei gridava fatalmente:

«Buttate via le vostre brutte maschere, tirate fuori i tamburi e i flauti e i timpani e iniziate e iniziate a suonare scaricando ogni senso di fallimento e ogni senso di frustrazione e ogni lancinante dolore per quello che ancora non siete. L'aria è densa ormai, attende solo di sciogliersi nel ritmo della vostra immaginazione. Quando di tossine il sangue pompa e l'adrenalina è in circolo pulsando viva nel caldo del cuore ogni cosa appare così com'è: dolcemente naturale, fino a gustarne l'apice della follia di sognare!».

Sensazioni contorte e distorte e perverse riaffluivano prorompendo da tutti i pori del mio corpo. Stavo affogando in un mare d'angoscia palpitante tormentate da ondate di sudore e getti d'ansia nell'oscurità fitta di un locale pervaso da gente che odiavo e che non conoscevo neanche, gente che mi guardava per non guardarmi, che mi accettava con scherno e con ripulsa e con quell'affettata compassione che doveva il senso di colpa ingenerato dalla tracotante convinzione di essere migliori.

«Ma ti è andato di volta il cervello? Cosa stai combinando? Scendi immediatamente o chiamo la polizia!» gridava raucamente il capo responsabile avviandosi con prepotenza vicino al bancone mentre Michelle, nella più completa euforia, apriva con rapidità e squillio il registratore di cassa spargendo e disperdendo nell'aria affumicata dall'odore di nicotina banconote e assegni e carte di credito fra la gente impietrita.

«Sei diventata pazza? Mi vuoi rovinare? Esci immediatamente da qui!» berciava intensamente il capo responsabile agguantando Michelle per la camicetta nera per tentare di trascinarla via tra le facce di gomma e la musica che riprendeva ritmo e volume *mentre io lanciavo con tutta la forza del mondo la bottiglia di vino offerta verso il bancone...*

Ed era buio e silenzio totale. Sprofondavo in un sol colpo in un profondo senso di smarrimento dove un'infinità di apprensioni differenti inferocivano attraverso i miei sensi, scorrendo nel sangue formicolando sotto la pelle fino alla radice di ogni capello. Il mio cervello congestionato da migliaia e migliaia d'impulsi e slanci e moti senza immagine e io ero attivamente consapevole di essere completamente irrazionale nella molteplicità d'immagini senza colore e senza logica, fino a perdere completamente la capacità di perdere il senso, fino a perdere il senso di me stesso nella mia consapevolezza di essere.

...urtando bottiglie e bicchieri e scaffali e vetrine ottonate e tutto per terra e ogni cristallo infranto...

Quel rumore scrosciante rompeva ogni silenzio e il torpore del mio animo e del mio corpo come polvere d'acqua cristallizzata che s'insinuava ferocemente attraverso i miei sensi, lacerando la pelle e le vene per sciogliersi d'impeto nel calore del sangue e inondare il mio cuore di potenza pura e straziare il mio inconscio con pugnalate roventi dal quale balzavano via, veloci fantasmi di paura.

Ora gli sguardi della gente del locale erano rivolti verso di me. Spettri in fuga oscuravano gli occhi di quella gente per quello che era accaduto e per quello che poteva ancora accadere. E in quegli occhi mi accorgevo di essere diviso tra due realtà: un'interiore e l'altra esteriore. In quella interiore dormivo da circa vent'anni accettando passivamente ogni idea e ogni immagine e ogni opinione, ligio e sicuro nella consapevolezza di tutti. In quella esteriore mi ero appena svegliato per una frazione lucida di secondo, l'istante in cui mi rendevo conto di come ero stato consapevolmente incosciente, dormiente per tutti gli infiniti istanti che da circa vent'anni si riflettevano dinnanzi ai miei occhi ciechi.

Fino a sentire lo scroscio di quel cristallo infranto, fino alla mistica unione di due realtà apparentemente diverse. In quell'istante i miei occhi discernevano il conflitto in cui ogni contrario si annullava a vicenda. Era pura follia! L'oscurità del locale confliggeva con le luci delle lampade al neon lasciando vivere del calore. La paura negli occhi della gente si fondeva col mio coraggio pe creare del sentimento. Le frustrazioni astratte della mia realtà interiore urtavano contro la concretezza attiva della realtà esterna morendo per risorgere come libera energia...

...urlando impietoso «Non toccarla» e il capo reparto sbiancato mollava la presa.

Due omoni alti all'incirca due metri, più larghi che alti, eleganti di magliette nere con la scritta "security" rossa, attillate e sudate, anatomizzate da muscoli ipertrofizzati, correvano con aria irritata verso di me.

«Attento» strillava dolcemente la giovane biondina mentre Michelle impugnava la sedia di legno nero laccato libera vicino al bancone per gettarla d'impeto contro uno dei vetri parete del locale sbrecciando la sedia e il vetro e una fuoriserie nera sicura nel parcheggio, scheggiata dai frammenti della sedia e del vetro.

E tutti e tre ne sortivano fuori crepitando sui cocci di vetri infranti, dall'attrito pesante dell'aria chiusa del pub ad inspirare l'aria tenebrosa della notte di Milano, purificata dalla stormire delle foglie d'autunno, baciati dall'alito dolce del Mistero, correndo, tre gattini danzanti sull'asfalto bagnato, sorridendo, gattini blanditi dallo spirare fioco del vento, gattini selvaggi.

SEI

«Mi dispiace! Non volevo! Non sarei mai dovuta venire!» ha detto ansimando la ragazza bionda.

«Smettila! Non ricominciare a piangere! L'avrei fatto comunque prima o poi! Non è stata colpa tua! Calmati un po'!» ha detto Michelle con un'inflessione imperativa ma indulgente a un tempo.

Avevamo appena smesso di correre per riprendere un po' fiato, fermi e sudati, umidi nella foschia della notte. In un vicolo deserto senza alcun lampione, alcune macchine parcheggiate qua e là, assediati da entrambi i lati da una schiera di palazzi che spiavano a luci spente da alti finestroni per captare ogni parola, ogni pensiero, ogni sospiro. In lontananza, luci di veicoli solitari sfreccianti che rompevano ogni tanto il silenzio di una notte senza luna e senza stelle, una notte strana.

«Mi vuoi spiegare cosa diavolo ti è successo e perché diavolo sei entrata piangendo e dove diavolo siamo?» ho detto rivolgendomi alla biondina aspramente, forse per cercare di dare u senso a tutto il casino che era appena successo. Lei teneva lo sguardo basso senza parlare, con una venatura di dispiacere sulla bocca, un senso di colpa profondo nell'animo.

«Adesso non ti ci mettere anche tu! Non è il momento né il luogo adatto per dare spiegazioni!» ha detto ostilmente Michelle, fissandomi con dolce cattiveria, paura nei nostri occhi.

«Ah! Non è il momento? Sarà quasi mezzanotte! Ho quasi distrutto la testa di una persona che non conoscevo neanche fino a qualche ora fa e che peraltro mi aveva offerto, suo malgrado, del buon vino! Smarrito in un vicolo cieco di uno dei tanti di questa assurda città! Lontano decine di kilometri da casa con una ragazza che ho appena conosciuto e un'altra che non so nemmeno chi sia! Senza neanche più sapere quante ore di ritardo ho fatto per inventarmi una giustificazione plausibile! Con mio zio che sarà incazzatissimo e agitato per casa come un matto, che camminerà avanti e indietro come un carcerato con in mano il biglietto dell'Australia e tu! Tu mi dici che non sono affari miei?»

«Sì» ha detto Michelle, secca e drastica, con il suo fare incurante.

«Comunque, se ci tieni tanto, lei è Shara!»

«Shara, lui è Demon!» Le ho stretto la mano ed era la prima volta che la guardavo e la seconda volta in un giorno che vibravo di una mistica sensazione magnetica: Shara emanava una forte e luminosa energia concentrata nella sua dolce espressione di cui il sorriso e lo sguardo e le lunghe ciglia ne erano impudicamente l'oggettivazione. E i suoi boccoli biondi venati da un color nero e raccolti da un lato con un fermaglio a forma di giglio, e il blu profondo dei suoi occhi penetranti e la sua bianca pelle sensibilmente tenera elargivano senso e vita ad ogni piccola cosa a cui lei stava accanto. Nascondeva dietro quella sua apparenza così fragile e così giovane e così bella vergogna e imbarazzo per quello che non riusciva a non concedere.

«Piacere di conoscerti!» ha detto, mentre ancora ci tenevamo per la mano, con un accento che ridimensionava ogni mio sfasamento spazio temporale, sorridendomi in modo tale da dissolvere ogni mia paura per colorare di mistero e di magia l'oscurità della notte.

«La polizia! La polizia!» sussurrava enfaticamente Michelle mentre si toglieva le scarpe col tacco gettandole chissà dove e afferrando Shara per la mano e portandola via da me mentre anche lei si toglieva le scarpe gettandole e tutti e due sull'asfalto bagnato e tutti e tre cominciavamo a correre fra vicoli bui s strade deserte, la scia di qualche macchina che passava ogni tanto e un torvo passante che camminava accanto alla strada forse con cattive intenzioni, qualche gruppo di sgualdrine imbellettate in attesa, nella notte fonda, la sirena sibilante della polizia in lontananza. Tre lame affilate penetranti nella carne viva della buia foschia delle tenebre.

«Entriamo qui, saremo un po' più al sicuro!» esortava Michelle senza alcuna esitazione.

Una fragranza d'incenso sedimentato riempiva l'aria oscura e grigia, l'atmosfera gelida di quella piccola cappella.

Dislocata crudelmente al centro di un piccolo spiazzo confuso da conduttori elettrici e cavi telefonici e linee aeree di alimentazione bruciate dall'attrito di pantografi di moderni tram via di color arancione, sporchi di fumi venefici e cartelloni pubblicitari, che camminavano rigidamente su barre d'acciaio innestate nella coltre d'asfalto consumato che ricopriva la terra ormai seppellita dalla quale fiorivano alti pali di ferro che emettevano luce annacquata e inquinata e invischiata alle luci abbaglianti e ai fendinebbia e ai motori e ai clacson di poche macchine in corsa sollecitate dall'intermittenza di fari arancione di bassi pali di ferro verniciati di verde.

Sovrastante a un sagrato che la circondava tutt'intorno, quella piccola cappella dai mattoni di argilla impermeabile racchiudeva in sé ogni distinto colore permeato da un unico profondo silenzio.

«Mi sa che il cappellano si è dimenticata di chiuderla a chiave e inserire l'antifurto! Con tutto l'oro e i quadri di valore che contengono queste chiese è strano che... » ho detto, «Non sai che le porte del Signore sono aperte ai buoni e ai giusti?» ha detto Michelle.

«Dopo tutto quello che abbiamo combinato stasera non riesco più a capire cosa sia giusto o ingi...» ho detto mentre lei mi bloccava con un bacio sulle labbra.

«Grazie per tutto quello che hai fatto!» mi ha sussurrato dolcemente mentre Shara si voltava per non guardare.

Due lavacri di pietra all'ingresso che contenevano dell'acqua santa, un candelabro di ottone da tre candele nel nostro cerchio e un crocefisso all'altare, sotto uno sfarzoso affresco che ristava sul fondo della cupola. E poi silenzio.

«Cosa è successo stamattina?» ha detto Michelle.

«Non me lo sarei mai aspettato dal prof. Bellini. Ci ha provato Michelle! Il prof. Bellini!» ha detto Shara con una voce intrigante, con la sua innocente fragilità che tratteneva i suoi impulsi più puri.

«Perché non stai al suo gioco per vedere fino a che punto arriva? Poi lo sputtaniamo davanti a tutti!» esortava Michelle con serietà.

«Ma sei diventata matta? Non dirai sul serio! Anzi! Per la verità è tutto il pomeriggio che sto pensando se continuare con l'università o lasciare tutto!» ha detto Shara guardando la fiamma affusolata delle candele.

«E tu vorresti lasciare tutto per un maniaco psicopatico settantenne che cerca di molestare una bella ragazza e che magari non gli tira neanche più?» ha detto Michelle enfaticamente e Shara arrossita ha risposto «No! Non è mica per lui! È che non sono più motivata. Pensavo che l'Università fosse tutt'altra cosa!» ora la guardava negli occhi. «E poi l'hai detto anche tu. Non ti lasciano studiare liberamente quello che ti piace ma dispensano dei manuali cavillosi che servono solo a distogliere il pensiero da ciò che veramente conta. Ti fanno solo perdere del tempo. T'impongono legittimamente una linea di pensiero precludendone altre. Penetrano nella tua anima senza che tu te ne renda conto. Ti promettono un bel voto solo a patto di studiare. Ma tu accecata dal successo non ti rendi conto di studiare il loro pensiero e non il tuo. E tutti gli altri studenti non fanno altro che impegnare con fatica il loro tempo per prevalere uno sull'altro, inconsapevoli del fatto che stanno sprecando il loro tempo per cercare di essere tutti la stessa cosa, un unico pensiero accettato e consolidato senza discutere, un'unica individualità!»

«E le parole iniziano a perdere significato, poi le immagini, poi tutto quanto non ha più alcun senso perché tutti non si riconoscono più! All'entrata del tempio di Delfi avrebbero dovuto iscrivere anziché "Conosci te stesso" il motto "Che importa di me"» ha detto Michelle ironicamente. Parole fatate dalle fiamme fluttuanti delle candele.

«E allora cosa pensi di fare?» ha detto Michelle, motivata da quell'istinto d'intolleranza per ogni parola pronunciata ma il più delle volte mai assecondata, spinta emotivamente da quella sua percezione concreta di pensieri nei fatti.

«Non so» ha detto Shara con timidezza.

«Cosa vuol dire non so?» ha ripreso Michelle. Shara non parlava, sembrava voler nascondere qualcosa.

«Guarda che sto parlando con te!» incalzava aspramente e poi con tono più severo «Mi vuoi dare una risposta o dobbiamo aspettare che si consumino le candele?»

«Voglio dire che forse vado a cercare un lavoro voglio dire che forse mio padre a fine anno sarà lasciato in cassa integrazione per un tempo indeterminato e i soldi che abbiamo servono a lui!» ha detto Shara d'un fiato.

«Mi vuoi dire che i soldi che tua nonna ti ha lasciato in eredità per farti studiare servono a lui?» ha detto Michelle con un'inflessione particolarmente irritata. Shara era azzittita.

«Guardami negli occhi!» incalzava sempre più Michelle.

«Hai capito? Rispondimi quando ti parlo!»

«Se li è presi!» ha detto Shara scoppiando nuovamente a piangere.

«Quel lurido porco bastardo!» esclamava Michelle.

Attimi di silenzio e sguardi nel vuoto.

«Da domani verrai a vivere con me! hai capito!» esortava con un tono autoritario Michelle.

«Non posso!» ha detto Shara.

«E perché non potresti?» ha detto Michelle incattivita.

«Non voglio lasciare mio padre da solo. Da quando mia madre è morta di tumore ha cominciato a bere e a bere e ora soffre e io non voglio che continui a soffrire!» ha detto Shara continuando a piangere.

«Lo sai benissimo che tua madre non è morta di tumore ma è morta perché lui la picchiava e perché lui tornava a casa tutte le sere ubriaco! Non difendere quell'uomo solo perché è tuo padre! Shara! È un frustrato bastardo e non ha il diritto di chiamarsi padre!» ha detto Michelle aspramente.

«Scusate io tolgo il disturbo» ho detto cercando di alzarmi.

«Tu stai seduto e stai zitto!» ha detto Michelle con gli occhi iniettati di rabbia.

Ed eravamo di nuovo sprofondati nel silenzio, rotto da qualche singhiozzo. Un cane abbaiava in lontananza, forza da un'altra dimensione.

Ero in compagnia di due bellissime ragazze di cui fino a ieri ignoravo l'esistenza. Io seduto di fronte a Michelle e Shara alla mia destra che dava le spalle alla mensa cerimoniale. Io, fino a qualche ora fa, uno qualsiasi disperso tra i tanti che come i tanti vagano in strade buie e strette. Strade presaghe di ombre pesanti che si nascondono, ombre che respirano alle spalle, ombre maligne che perseguono l'anima ogni istante nel tempo della paura. Strade spente e senza via d'uscita. Strade come vicoli ciechi. Strade ingannevoli che s'intersecano intrecciandosi all'interno di un cerchio. Improvvisamente mi trovavo fuori da quel cerchio come per magia.

A notte fonda, in una piccola chiesa riposta nel mezzo di una delle città più grandi del mondo, che conta migliaia di persone tante delle quali quasi tutte addormentate nel cerchio, per la prima volta nella mia vita mi sentivo sveglio e forse era davvero la prima. Mi ero dimenticato del sonno. Mi lasciavo trasportare dalle fiamme rosse e gialle delle tre candele danzanti. Una che illuminava il mio volto, un'altra che rischiarava nell'ombra il volto di Michelle e una candela nel mezzo. Ho alzato lo sguardo sopra di me e sono rimasto terribilmente affascinato dagli affreschi sulla piccola cupola. L'azzurro e il rosso e il giallo e il verde, ogni colore definito e smagliante, risplendente nell'oscurità della cappella di luce propria. Ogni colore vivo incendiato, ogni forma lineare spiccata concreta. Ogni espressione pronunciata sveglia. Sopra di noi si stava celebrando l'ultima cena. Guardandomi attorno mi accorgevo che anche le forme dei Santi soffiate sui vetri dei finestroni rifulgevano di colori accesi, senza luce. Un brivido mi ha sfiorato la pelle. Si sono spente le due candele ai lati.

E Shara senza più piangere, senza l'ombra di alcuna timidezza ha detto «Quando ero ancora una bambina, mia mamma mi sgridava continuamente perché non voleva che io uscissi fuori a giocare con le altre bambine e mi rinchiudeva in casa. Quando mio padre tornava la sera dal suo lavoro in fabbrica, correvo piangendo da lui e gli dicevo che la mamma mi aveva malmenato. Ma non era vero. E io ero contenta quando lui rimproverava lei e lei piangeva. Solo ora mi rendo conto che mia mamma voleva giocare con me, che mia mamma era sola e soffriva, sapeva che doveva morire e voleva stare solo un po' di tempo con me. Per quel tempo che le rimaneva».

E ho guardato negli occhi Shara e mi sono accorto che non eravamo solo in tre lì seduti. I suoi occhi blu intenso luccicavano in profondità. Con le mani giunte guardava davanti a sé. Con il volto rivolto verso l'alto e i capelli rivolti all'indietro, parlava con Cristo.

E Cristo sembrava che le sorridesse. Michelle ed io ci siamo guardati negli occhi e siamo rimasti ad ascoltare.

«Possono sembrare delle parole banali ma dentro di me non lo sono. È morta quando io avevo sette anni e a quell'età mi sono accorta quanto lei mi amasse. E quanto amavo lei. Amavo le dolci attenzioni. Amavo quando mi carezzava sulla fronte la sera e io facevo finta di dormire. Amavo quando lei mi spiava mentre io disegnavo. Amavo quando lei si sedeva vicino a me sul divano per guardare la tv e io mi allontanavo. Amavo quando cercava di prendermi fra le sue braccia e io mi districavo. Amavo quando lei mi riprendeva e io piangevo. Ma non sono riuscito ad amarla per davvero perché dentro di me mi vergognavo. E ora non posso mai più tornare indietro. Mai più. E morendo mi ha fatto il più bel regalo. Mi ha insegnato ad amare. Senza mai pretendere nulla in cambio».

Fissando negli occhi Cristo una scia di lacrime blu bagnava la pelle del suo volto.

La mia mente si svuotava di ogni pensiero e di ogni parola. Solo un lungo incessante penetrante profondo insistente brivido sulla mia pelle. Michelle ha riacceso le due candele ai lati. E poi silenzio. Tutti e tre zitti e rapiti dal movimento sinuoso delle tre fiamme. Si muovevano solleticate dal nostro respiro. "Lascia che sia..." lasciandomi andare ad ascoltare quel tacito silenzio. Era strano ma mi sembrava quasi che riuscissi ad ascoltare il palpito dei nostri cuori. Il sibilo del nostro fiato. I nostri pensieri più intimi. L'intimità di parole non pronunciate concentrate in un solo puntino. E quel puntino era lo stesso silenzio che vivificava le nostre parole. Un puntino distinto. E per un attimo ho avuto paura. Quel silenzio s'insinuava pacificamente dentro il mio animo comprimendo ogni immagine della mia mente cancellando ogni colore per sbiancare il mio cuore e bloccarmi il respiro fino a soffocare, nel silenzio. Come la fiamma su quella candela, consumata la cera si spegne la luce.

«Quando ero una bambina...» ha detto Michelle con un registro particolarmente dolce «... sognavo che un giorno sarei riuscita a volare. La mia tutrice mi portava molto spesso nella

casa in campagna di mio padre, appena fuori Milano. E lì
amavo camminare a piedi nudi sull'erba fresca e morbida e
appena fiorita dei fiori più belli. In fondo a quel prato c'era
una piccola collinetta inondata dall'erba anch'essa in
primavera. E su quella collinetta c'era un grande masso di
pietra e una panchina di legno, tutta adorna da primule e
viole. Rimanevo delle ore seduta sul masso cercando
d'impugnare un brandello di cielo ma ogni volta che tentavo
di afferrarlo il cielo ricompariva dietro la mia mano. Allora
sprofondavo in un senso indispettito d'intolleranza ma poi
tutto mi passava veloce perché respiravo quell'aria brillante di
luce che mi toccava con una leggera freschezza d'azzurro. E
mi divertivo molto ammirare le rondini che si lasciavano
andare nel vuoto, frusciando tra le foglie vive di un platano e
sembrava quasi che precipitassero a terra ma poi d'un baleno
dispiegavano al vento le piccole ali nere e riprendevano quota
fino all'azzurro più lucido, oltre i cumuli di nuvole, le loro
forme si sfuocavano nel sole per svanire quasi completamente
per poi risorgere verso l'infinito. Allora tentavo d'imitarle
perché volevo giocare con loro ma ogni volta che saltavo giù
dal masso di pietra ricadevo nell'erba fra le urla disperate
della donna di casa, abituata a leggere i suoi libri sulla
panchina. Ma poi un giorno ho litigato con mio padre che era
tornato in anticipo per riportarmi a Milano e sono fuggita
piangendo, da sola fino alla collina. Mi sono sdraiata supina
sul masso ma quel giorno non sono riuscita a guardare né il
cielo né le rondini perché il sole mi abbagliava la vista. E
allora ho dovuto per forza chiudere gli occhi ed è stata la più
bella sorpresa del mondo.

Le rondini sono scese dal platano e mi hanno afferrata le
mani e i piedi e mi hanno innalzata. Alcune di loro si sono
disposte sotto di me. Mi hanno sollevato per un tratto e mi
sono sentita mancare il terreno. Mi hanno portato fino a
sopra gli alberi e alle case e dall'alto quella collina mi
sembrava un puntino. Io guardavo loro e loro continuavano
ad andare sempre più in alto e a sbattere le ali sempre più
veloce fino a che, all'improvviso, mi hanno lasciato andare nel
vuoto.

Mi mancava l'aria, lo stomaco alla gola, precipitavo come una pietra velocemente e istantaneamente verso terra. Precipitavo nella paura del vuoto. Talmente ero impietrita dalla paura che mentre mi avvicinavo alla terra, la terra implacabilmente si allontanava da me. Più aumentavo velocità a precipizio più mi mancava il respiro sempre più appesantita e intimorita, e la terra che si allontanava.

Ma come per incanto, in quel momento sono riuscita a scorgere distintamente come non mai l'immagine della terra che si allontanava da me e l'immagine di me che precipitavo nel vuoto e l'immagine delle rondini che mi svolazzavano intorno e l'immagine della mia paura, tutte queste immagini fuse insieme in una sola. E come per prodigio ho trovato il coraggio per ricominciare a respirare e mi sono sentita più leggera e ad ogni sospiro venivo sospinta verso l'alto, verso il cielo ora ero io che mi allontanavo dalla terra e la terra che impaurita m'inseguiva. Ma io insistevo a inspirare, e lei tentava di attirarmi col peso verso il basso ma io salivo sempre più alta e leggera, tentava ora di carpirmi impazzita per nascondere il suo segreto, mentre ora io ridevo della sua paura volando sempre più riempita di primavera.

Ho riaperto gli occhi e sono scesa dal masso di pietra ed era contenta e felice ed eccitata nel rendermi conto di respirare ancora quell'aria fresca, ancora io camminavo leggera leggera.

E forse è stata la prima volta che sono tornata a casa con un sorriso, seppur venato di mistero».

«Ecco» ha detto Michelle, «siete le prime persone al mondo a cui ho rivelato il mio più intimo segreto». Le fiamme delle candele vibravano nell'aria fredda di quella cappella, piangendo lacrime di cera su se stesse, illuminando i nostri quattro volti.

«Ma cosa vuoi dire?» ha detto Shara «Che noi staiamo volando ma non ce ne rendiamo conto?» con voce sottile.

«No! Non volevo dire questo dolcissima. Stavo cercando di dirvi che i sogni non vanno sognati ma vanno vissuti perché prima o poi il tempo per sognare svanisce. Inevitabilmente. Per sempre» ha detto Michelle con la sua particolare inflessione suadente e risoluta.

Ho rollato una sigaretta di tabacco e l'ho accesa. Ho ispirato e l'ho passata a Michelle. Anche Shara ha fumato per la prima volta. Alle particelle d'incenso disperse nell'aria fredda della cappella si miscelava l'odore vecchio di tabacco.

E mi sembrava che stavo vivendo un sogno a pensare che se stamattina fossi andato a scuola, avrei passato un'altra noiosa giornata come tutte le altre, altri giorni come gli altri compressi dal basso verso l'alto dal peso invisibile del tempo che mi riempiva di tedio, impinguendo ogni mio pensiero. E in tutto questo tempo che mi era passato sentivo solo ora che mi era stato rubato sotto il naso ciò che mi era più caro. Non era la mia vita. Era la mia libertà.

Ma avevo paura in quel momento a pronunciare quella parola perché in realtà non sapevo cosa significasse. Perché non ero mai stato degno di quel termine. Perché fin da bambino ero rimasto sempre uno schiavo. E se cercavo di comprendere il significato lucido di quella misteriosa parola allora lo sgomento mi assaliva ancor di più. Perché subito pensavo che se fossi stato realmente libero allora avrei potuto fare tutto quello che volevo e allora sarei stato veramente felice. Ma non lo ero mai stato. Perché la libertà che mi era stata concessa non era quella che sognavo. Perché quella libertà era limitata dalla mia paura e dal mio disprezzo. Perché tutte le persone realmente libere nella storia dell'uomo erano state crudelmente disprezzate e barbaramente uccise.

Tutt'e due avevano rivelato quel giorno, in quella cappella, in quel momento, i loro sentimenti più intimi e i loro pensieri più belli. Anche a me avrebbe fatto piacere parlare dei miei sogni e delle mie aspettative. Raccontare che ogni mattina sognavo di andare sulla spiaggia fresca toccata dalle onde pulite dell'alba, o in un giardino tra alberi profumati di fiori e colori talmente belli da non aver timore di mangiarli, o in un bosco disperso e nascosto tra i meandri segreti di qualche montagna e dopo una lunga camminata leggere i libri che a me piacevano o magari pensare o solamente contemplare le ricchezze della terra, solo o in compagnia degli amici che io sceglievo.

Ma mi vergognavo raccontare tutto questo poiché in verità mi avevano obbligato fin da piccolo ad andare a studiare in un'aula grigia e bianca sverniciata, seduto e ordinato su banchi consunti e sedie di legno e ferro arrugginito, con il sole che batteva afoso attraverso vecchie finestre unte di grasso e polvere, in mezzo ad altri bambini che non conoscevo. Mi dicevano per socializzare, ma a me in quel momento non andava né di socializzare né di studiare né di ascoltare quell'uomo che cercava d'insegnarmi la storia e la geografia, che cercava d'insegnare a parlare e di tenere un certo atteggiamento, che cercava d'insegnarmi a pensare. E mi vergognavo di parlare con Shara e Michelle di questo perché non avevo mai avuto il coraggio, almeno fino ad oggi, di ribellarmi in qualche modo. Avevo vergogna di raccontargli che per paura tolleravo tutti i libri scolastici ma che in segreto li disprezzavo e con loro tutti colori che li scrivevano. Che per paura andavo quasi tutti i pomeriggi in biblioteca o in un posto appartato o dove capitava per leggere la poesia che a me piaceva. Ma mi vergognavo a dirlo perché la poesia a scuola era derisa e strumentalizzata e considerata come un qualcosa da ragazzine e per questo mi nascondevo. Perché avevo paura della morte, della punizione e del giudizio che un professore o un compagno o mio zio avrebbe inflitto. Perché avevo paura di essere emarginato senza accorgermene che un giorno sarei morto senza neanche morire.

In quel momento mi resi conto che da bambini si comincia a disprezzare se stessi senza ricordare col tempo neanche il perché. E questo ricordo viene meno perché da bambino ero stato abituato a socializzare e nel tempo e mi ero abituato ad allontanarmi da me stesso per riconoscermi tra tanti amici tutti ugualmente abituati, tutti nemici di se stessi. E in quel momento mi sentivo tremendamente una persona banale poiché, senza che riuscissi a reprimere quegli indomiti pensieri, mi accorgevo che ogni doposcuola non mi divertivo quasi mai perché non sapevamo cosa fare a parte qualche joint, gli stessi locali frequentati per abitudine e sempre le stesse bevande consumate, con un piccolo margine di scelta per non degenerare completamente. Parlavamo e sparlavamo così tanto che le uniche cose di cui parlavamo erano sempre gli stessi ricordi e le stesse banali caricature su noi stessi. E tutti amici ma nel profondo ci disprezzavamo perché ci sentivamo tutti vilmente uguali. Ognuno di noi cercava furtivamente nell'altro ciò che mancava in se stesso ma non riusciva a trovarlo perché ognuno di noi in origine era un individuo essenzialmente diverso. Fino a quando tutte quelle stesse parole smarrivano il senso, senza più ridere, illanguidiva la fantasia. Ma rimaneva la frustrazione e il disprezzo e la paura. La stessa paura che m'impediva a rivelare a Shara e a Michelle quello che era stato fino a quel momento.

Guardavamo tutti e tre l'immagine di Cristo crocefisso, la corona intrecciata di spine aguzze che s'infilzavano una per una nel capo sudato da gocce di sangue, mani e piedi dilaniati da grossi chiodi di piombo nero, le sue esangui membra scarnate. Non era il dolore la prima sensazione che suscitava.

«Ma sai che hai ragione?...» ho esclamato «sembra più che altro un avvertimento: non seguite il mio esempio altrimenti subirete la stessa fine!», meravigliato come uno che legge un libro due volte e ne intuisce illuso il significato perché dopo aver conosciuto di persona l'autore, si rende conto nella più totale angoscia che costui voleva dire esattamente il contrario.

«Chissà qual è la verità! Cosa abbia fatto di tanto atroce per meritarsi una fine del genere» ha detto Shara.

«Io avrei voluto conoscerlo per tirargli uno schiaffo e vedere se veramente se lo teneva!» ho detto sorridendo e Michelle, a sorpresa di tutti, ha detto «la sua colpa è stata quella di diffondere opinioni contrarie alle consuetudini e alle leggi dell'epoca!».

«E sarebbe?» chiedevamo io e Shara simultaneamente, incrociando il nostro sguardo con un lieve sorriso.

«Sarebbe che è stato uno dei pochi che ha rotto tutte le catene invisibili che imprigionano l'immaginazione degli uomini. Non si è limitato a prescrivere insignificanti comandamenti o formali precetti. Non dispensava massime tanto per parlare o per sentirsi migliore degli altri o addirittura per fondare i principi di una religione. Lui ha combattuto contro ogni religione e contro ogni istituzione. Non era il mago di turno che moltiplicava i pani e i pesci, guariva i ciechi e risorgeva tanto perché voleva dimostrare che tutto quello che aveva predicato era vero. No! Non credo a tutto questo! Penso che sia stato una grande persona perché ha cercato d'insegnare a ogni uomo di non vergognarsi del dolore, il dolore che ognuno ha dentro di sé, il dolore che è tutta la nostra vita!»

«Stai forse affermando che Cristo nell'uomo duemila anni fa ha trovato una forza tale dentro di sé che lo ha reso libero?» ho detto.

«Esattamente!... » ha detto Michelle «... dentro di sé ha trovato una forza tremendamente intensa capace di spezzare il giogo dell'imperio della società del suo tempo, ma da solo e giovane, è stato punito con il travaglio e con la morte!» Guardava Cristo, forse perché le donava il coraggio, forse perché in quell'istante stava tirando fuori qualcosa di cui lei stessa aveva paura, sentimenti che a fatica si reprimono ma che non possono mai morire. E ha detto:

«E né inferno né paradiso, nessun premio e nessuna condanna, ma solo questa dolce ricompensa. Rendersi conto di vivere un sogno. E nel dolore puro l'uomo piange perché avverte il presentimento che un giorno dovrà morire. Allora apre gli occhi e incomincia ad apprezzare ogni cosa, anche la più piccola e la più insignificante. Inizia a guardare con altri occhi ogni cosa e ogni essere perché si rende conto che un giorno non potrà mai più rivederli. In quel momento si rende conto che anche quell'essere soffre della sua stessa sofferenza e per questo non gli farà mai del male. E piange lacrime di gioia perché ha scoperto dentro di sé il senso invincibile dell'amore. E quel dolce dolore renderà ogni uomo individuo e ogni uomo indipendente perché ogni uomo non potrà mai aver più paura di un altro uomo. Ogni uomo sarà libero.

E allora leggi e governi e autorità non serviranno più a niente perché non ci sarà più il pericolo che un uomo forte vessi uno più debole. Perché ogni uomo potrà vivere senza essere più in condizione di aver bisogno necessariamente della protezione e della convenienza di un altro uomo. Perché l'amore naturale degenerato in possesso e gelosia e sesso con gli scudi del mio e del tuo avrà finalmente riacquistato il suo senso perduto, l'unione di tutti nello stesso dolore, nella stessa crudeltà, nello stesso amore».

Piangevamo tutti e tre col volto rivolto verso Cristo e le lacrime che gocciavano per terra, come tre bambini che solo ora iniziavano a parlare, poiché ogni parola ora era viva di un sentimento puro. Parole pronunciate tanto per gioco, un gioco orribilmente pericoloso che riempiva ogni limite di un senso pieno di acqua libera che esplodeva per gioia ed esuberanza di vita fino ad accendere in noi il senso perduto della compassione.

E Michelle ha continuato a dire «... non ho mai voluto rendermi conto di tutto questo perché non ho mai voluto soffrire. Mi vergognavo!... » e in un momento ha sbottato «... Stanno giocando con noi e noi non ce ne rendiamo conto perché siamo tranquilli nelle nostre casette, caldi e protetti dai nostri averi e dalle nostre famiglie. Hanno corrotto fin dalla notte dei tempi quest'unica spada che ci permette di sconfiggere ogni schiavitù. Oggi la compassione si chiama pietà perché divide, perché è usata come volontà di sopraffazione da un uomo su un altro uomo, perché una persona che soffre si scopre debole in se stessa e supplica aiuto e il prossimo ne approfitta. E allora il più forte dispiega i suoi artigli, si maschera da buono e penetra dentro l'anima subordinandola, soggiogandola, umiliandola, usurpandola.

Il debole allora aumenta la sua sofferenza giacché è ormai impigliato in quella vischiosa ragnatela, e non può più fare altro che inginocchiarsi, riverire, obbedire. "Tu devi" comanda il più forte e il debole ammicca. Non ribellarti al giogo che tu mi concedi e non soffrirai sussurra nelle case il più forte e nessuno ha più le orecchie per ascoltare e gli occhi per vedere e il coraggio per reagire.

Fino a quando il più forte che ha usurpato vite con la forza non viene a sua volta usurpato della vita da uno più forte perché in realtà anche lui è un debole, ha paura, soffre. Nessuno se ne rende conto ma la forza usurpatrice è un limite.

Tutto inizia con una famiglia, poi più famiglie formano una società, e più società fanno tutti gli uomini soggetti alla stessa legge che è la legge del più forte ossia del più ricco. Ed ecco che la compassione ha stracciato il suo antico significato e si è rivestita con gli stracci dell'arroganza, del disprezzo, dell'odio, dell'ambizione, della vanità, della rivalità e di tutto il resto che non conta!»

Non piangevamo più. Più che altro eravamo incazzati ma a un tempo disillusi e delusi, disgustati perché ci rendevamo conto che non c'era alcuna via d'uscita. Ho rollato un'altra sigaretta di tabacco e l'ho passata. Shara ha tirato fuori una caramella alla fragola e l'ha divisa in tre parti, la mia parte l'ho lasciata a Shara. Così, per gioco, avevamo varcato il confine. Eravamo discesi a un livello tale di profondità che a stento nessuno di noi avrebbe avuto la forza necessaria per tornare a galla. Fluttuava nell'aria uno strano presentimento. Una vibrazione dolce vibrava le nostre carni e i nostri pensieri e i nostri sentimenti. Non avevamo parlato tanto per parlare, e poi ci si rifugia a casa. Il vento infuriava e ogni tentativo recalcitrante per spegnere l'incendio non faceva che aumentarne la furia.

«Vuoi dire che Cristo ha sofferto talmente tanto dentro di sé da scoprire la radice dell'amore nel suo dolore e ha cominciato a gioire per ogni essere che vive sulla terra dell'uomo che muore? Che è riuscito a rompere ogni giogo e ogni catena e ogni barriera immaginaria che spezzettava gli esseri umani di ogni società e si è ribellato e ha cercato di distruggere ogni cosa che impediva loro di essere liberi per farli partecipare alla sua gioia infinita? Alleviandone di conseguenza il dolore?» ho detto impressionato.

«Prova a riflettere!... » ha esortato Michelle «Qual è il nostro unico destino? Dobbiamo alla fine, che lo vogliamo o meno, tutti lavorare per avere da vivere. E corriamo angosciati tutti i giorni del nostro tempo senza avvederci che non dobbiamo niente a nessuno, ne tanto meno a quello persone che ci offrono un lavoro. Siamo nati liberi perché siamo nati sulla terra e questa ci offre naturalmente i suoi frutti ma siamo diventati schiavi perché veneriamo colui che ci offre un lavoro per vivere su questa terra, per comprare i suoi frutti. E questo lavoro, se vuoi chiamarlo ricchezza o mio o tuo, ci serve solo per continuare ad essere schiavi. Ci serve solo per comprare la libertà e per comprare l'onore e per comprare l'amore. Per compare la nostra vita. Ci serve solo per dimenticare che prima o poi dobbiamo tutti ugualmente morire!» ha detto Michelle.

Silenzio.

«Comunque non saremo noi a cambiare il mondo!» ha detto Shara con il suo intrigante tono italo francese.

«Ma non sarò certamente io uno dei tanti che passa la sua vita a lavorare tutto il giorno per comprare delle cazzate e la sera esce con gli amici, gli stessi amici della scuola che vanno a bere le stesse cose negli stessi locali e parlano sempre delle stesse cose, fino al giorno in cui mi accorgerò che uno dei mie amici mi ha tradito con la mia moglie perché tutti e due si annoiavano, solo per quello! E ci ripenso mentre vado ugualmente a lavorare per non pensare, e dopo aver atteso tutto il pomeriggio la pausa di dieci minuti di un lavoro che non mi frega un cazzo e che ci sono stato costretto per forza ad andarci per tirare avanti, bevendo un caffè che scade due giorni dopo e che m'innervosisce ancora di più e fumando delle sigarette che ad ogni spiro mi ricordano senza equivoci che un giorno potrò morire di cancro, mi volto a guardare dalla finestra per divagare un po' la mente e mi accorgo che un aereo, uno di quelli grossi, mi sta sbattendo in testa senza sapere neanche il perché e avrò il rimorso per tutta l'eternità di essermi accorto troppo tardi di quello che può essere stato il mio ultimo pensiero «Non può essere vero! È solo un sogno!» ho detto con un tono di voce talmente carico da essere proiettato nello spazio della cappella in lungo e in largo, ritornando a noi l'eco dell'ultima parola "sogno, sogno, sogno...", come se a dirlo fossero i santi raffigurati nelle vetrate.

«E allora cosa pensi di fare? Domani è un altro giorno!» ha ribattuto Shara.

«No!... » ha esclamato Michelle con enfasi «... Domani può essere ancora oggi! Solo se noi lo vogliamo!»

Le fissavo lo sguardo e lei fissava Shara e Shara ha detto «No! Non posso! Non posso abbandonare mio padre!»

«Non è mica per sempre! Due al massimo tre giorni! Vedrai che capirà! Poi con tutti i giorni che ti ha lasciato da sola a casa da quando è morta tua madre, non credo proprio che sentirà la tua mancanza! Shara non puoi farmi questo, sono la tua migliore amica! O vieni anche tu o salta tutto!» dal tono di voce che usava e dallo sguardo intenso che le trasmetteva, Michelle non la stava obbligando, voleva renderla un po' felice. A quella stupenda ragazza dai boccoli di luce ci teneva in modo particolare, e me ne avvedevo dall'affetto con cui la toccava, non come un'amica ma quasi come una madre. E avevo il presentimento che Michelle era ferma e decisa a lasciare tutto solamente per far sorridere quella gran bella ragazza, fino a togliermi ogni dubbio di presentimento.

«D'accordo!... » ha detto Shara «... ma solo per due giorni!»

«Allora si parte!» ha detto Michelle eccitata e infervorata saltandomi addosso e schivando il candelabro per abbracciarmi forte e regalarmi un bacio saporito di tabacco e fragola, sotto lo sguardo timido di Shara.

«Va bè! Allora si parte... » ho detto con la bocca di Michelle a un palmo dal mio naso «... basta che non andiamo in Australia!» e Shara per la prima volta quella sera mi ha sorriso, sfiorando i miei occhi.

Michelle si è alzata ed è andata da Shara che era ancora seduta, le ha dato un bacio sulla fronte e le ha sfilato il fermaglio.

«Cosa fai?» ha detto Shara sorpresa mentre i suoi boccoli cadevano brillanti sulle sue spalle, emanando dardi di ebbrezza quasi a rallentatore in tutte le direzioni.

«Aspettate un attimo!» ha detto Michelle dirigendosi verso il confessionale. Ne è uscita dopo qualche istante con una coppa in ottone con incisa sopra una croce.

«Chissà quale furbizia ha progettato questo introvabile nascondiglio?» ha detto Michelle sorridendo.

«Si vede che a Milano gli sbirri in borghese si travestono anche da prete!» ho detto mormorando lievemente.

«Che cosa?» ha detto Shara, «No niente, niente!» ho risposto, mentre Michelle infilzava la spilla del fermaglio nel polpastrello dell'indice della sua mano sinistra per farne stillare gocce di sangue che si raccoglievano nella coppa d'ottone.

«Che stai combinando?» ha detto Shara.

«Dammi la tua mano e la tua Demon», ha detto Michelle.

«Che cosa?» abbiamo esclamato io e Shara allo stesso tempo sorpresi.

«Dopo vi spiegherò tutto» ha risposto.

Aveva riempito quella coppa per un quarto del nostro sangue miscelato. Ne ha bevuto un sorso e ce l'ha offerto. Shara ha bevuto senza dire una parola ma con una leggera smorfia, come se stesse bevendo del vino e io, io stavo per rinunciare ma non per rovinare quel momento profondamente particolare, ho bevuto svuotando la coppa. Come il gusto di carne dolce ma calda e fluida, come il gusto della libertà. Non c'è stato più il bisogno di parole e spiegazioni.

Siamo usciti da quella piccola cappella misteriosa ispirando l'alito della pioggia leggera d'autunno. Un sospiro gelido accarezzava il mio volto inducendomi a voltare lo sguardo forse per ammirare ancora una volta i colori delle vetrate e il sorriso di Cristo. Forse per l'ultima volta. Una sola candela era rimasta accesa nell'oscurità.

SETTE

Sono state solo immagini. Ma non di quelle pallide fotografie a colori svuotate di ogni concretezza che scorrono indifferentemente nella serie indistinta di secondi tutti uguali anellati e saldati e blindati uno nell'altro, colori speciosi di forme e sensazioni inespressive che sfiorano la coscienza sfuggendo per svanire senza rimpianto come molte, tante, quasi tutte le immagini nell'oblio comune del caso.

Erano immagini in bianco e nero che si tingevano di ogni indicibile sfumatura, immagini che si profumavano di acqua marina e deserti arroventati, immagini che s'infilzavano nelle vene sballando sensi e cuore, materia e mente, profondamente, divinamente. Stracci di emozioni rapinose libere di strascicare e vorticare su se stesse e librarsi nell'estensione dell'immaginazione spezzando spietate ogni anello, fissando incondizionatamente ogni istante, immagini che si stagliavano naturalmente come ombre lucenti all'orizzonte infuocato dal crepuscolo, sfumature dai colori più accesi e più intensi e più vivi. Vallate di boccioli bianchi e petali neri e spine d'oro, immagini che non si possono dimenticare, momenti.

Io che svuotavo il mio zaino a tracolla verde militare dei libri di greco e di storia accanto a Michelle, con i nostri volti fuori dal finestrino appannato dal respiro e dai fumi tersi dalla pioggia, fuori da un treno proiettato pesantemente nello spazio libero sporco di pali anneriti e cavi grigi e pietre appuntite che scricchiolavano fra loro, un treno preso di corsa e per caso e per chissà quale destinazione dal quale fuoriuscivano pagine e pagine di proposizioni morte che precipitavano gravemente sulla ghiaia appuntita, per ogni parola una lapide scricchiolante, mentre Michelle rideva e urlava e rideva buttando al vento gli unici e pochi soldi di cui disponevamo e che avevamo preso a casa sua insieme al piccolo stereo cd a pile, soldi che le servivano per pagare gli studi e l'affitto, soldi di mance e maneggi furtivi e soldi rubati dai capitali in eccesso al Jolly Blue che svolazzavano nell'etere annuvolato ripiegandosi su se stessi insieme ai biglietti appena comprati del treno e le facce allibite di me e di Shara ubriachi dell'euforia di Michelle nel contemplare fogli di carta che rappresentavano le nostre fondate sicurezze, fondamenta sradicate e impolverite e disperse nel vento trascinati dalla furente velocità del treno e del tempo che confliggevano con la statica inerzia dell'erbacce e dei pali e dei pezzi di ferro dello spazio immobile.

E Michelle che mi abbrancava dal braccio spingendomi all'indietro contro il sedile macchiato e consunto e mal odorante serrando il finestrino con un gesto violento per gettarsi dolcemente fra le mie braccia, schiacciato ora dalla forme morbide e sinuose del suo corpo e del sapore caldo di crema del suo alito e dal profumo dei suoi capelli bagnati dalla pioggia mentre le gocce autunnali penetrati dal finestrino inebriavano l'aria secca dello scompartimento schiarita altresì dal bianco umidore della terra pulita del primo mattino.

Un uomo allampanato a baffuto, il controllore, colto dallo strepitio, si affacciava di sorpresa sbattendo la porta dello scompartimento quasi strappando le tendine ricamate da arabeschi scoloriti e pretendeva i biglietti da Shara che bella e intimidita non sapeva cosa dirgli farfugliando gesti e parole incomprensibili, e allora lui serio e austero reclamava i nostri documenti sicuro nell'uniforme, allietato dal prestare un servizio di fedeltà alla patria ditta e ai suoi principi morali, quelli del codice delle ferrovie dello Stato, e allora Michelle prese i documenti d'identità dal mio zaino e riaprì il finestrino con una mano slanciandosi con un gesto di reni e il vento furioso e il rumore dell'aria violentata che raffreddava lo scompartimento ed esasperava i nostri sensi tutti quei fogli di carta con i nostri nomi incisi gettati al passato.

L'espressione del controllore incollerito che si avviava di fretta a chiamare altra gente come lui e Michelle che agguantava d'un guizzo ridendo elettrizzata la mano bianca di Shara insicura, «Andiamo via, forza!» sollecitava e io afferravo il piccolo stereo cd a pile mentre Michelle e Shara erano già mischiate fra la gente lungo il corridoio, «Aspettate!» esclamavo e tutte e tre correvamo in fila indiana in senso contrario a quello del treno fra gente seduta nei seggiolini a parete e spintoni e schivamenti e «Mi scusi!» e gente all'in piedi immobile davanti al finestrino e passiva dallo scorrere istantaneo del tempo e gente indifferente, gente parassita che leggeva il giornale dedicato con particolare interesse alla strage del giorno precedente, gente indispettita e gente giudiziosa, putrida gente assonnata e rinchiusa al sicuro negli scompartimenti riempiti di sguardi e parole non ben definite e percezioni ancora in letargo dopo un altro risveglio lavorativo.

Michelle, Shara ed io che fuggivamo come fantasmi smaglianti dalle macerie e le rovine di stati emotivi confusi e complesse di emozioni corrotte, scivolando ubriachi delle finissime particelle d'acqua autunnale contro corrente, nel buio gelido di mani e braccia annaspanti e lamenti inaudibili di ombre rassegnate che frignavano in silenzio, ombre spettrali ipnotizzate dal rumore dell'attrito lubrico di sfere di piombo che scivolavano su barre d'acciaio, anime oscure toccate fatalmente da un fascio di energia che lasciava dietro di sé sfumature opalescenti di nobile luce, raggi azzurri e bianchi e rossi che s'intrecciavano tra le note di "Alabama Song" fondendosi con la voce di Morrison diffusa dallo stereo cd che danzava con noi.

Le dita affusolate e bianche di Shara, due mani morbide che strappano scrosciando la busta rosa e panna di un pacchetto di caramelle appena afferrato con disinvolta eloquenza fra le innumerevoli confezioni di caramelle di ogni forma e barre di cioccolato di ogni tipo e sofisticati dolciumi di ogni sapore chimico che giacevano disposti in fila indiana tra gli ordinati scaffali di un grande centro commerciale condizionato dall'aria dei freezer, aria tiepida sbuffata da levigati canali di latta che scorrevano come binari lucidi lungo le pareti grigie andando a nascondersi dietro il controsoffitto a pannelli, aria immobile e riscaldata negli uffici addetti al personale.

Il sorriso pieno di Shara che offriva una caramella a una piccola bambina dalle trecce rosse che piangeva intristita e seduta sul seggiolino mobile di un carrello a pedaggio, due fessure socchiuse e nere, una lacrima e un volto da bambina increspato da una smorfia incattivita e un gemito soffocato il tutto inasprito dall'indifferenza assorta della madre dispersa tra le variegate tipologie di detersivi e prodotti detergenti e odori acidi ossidanti che ne alteravano la sua sensibilità concentrandola verso le cifre nere stampate su cartoncini giallo fosforescenti, prezzi truffa e sconti occasione che richiamavano completamente l'avidità e il desiderio e la soddisfazione di una donna condizionata dal suo unico concreto destino di padrona della casa e madre della spesa e tutrice di una figlia che sognava solo una mamma.

Shara ripresa aspramente da un tipo basso, calvo e occhialuto sulla cinquantina, sicuro di un camice verde con l'etichetta arancione che sciorinava a tutti il suo nome e il nome del centro commerciale per cui fiero lavorava, per cui contento respirava l'aria riscaldata, mentre quella bambina deliziosa e sorridente offriva a lui una caramella e lui verde gliela strappava dalla mani con un gesto di stizza. La fantasia della piccola bambina era delusa, frustrata nei suoi occhi sgranati, nel sorriso violentata.

Michelle che afferrava la mia spalla precludendomi dall'agire mentre Shara infilava d'un guizzo il braccio tra le confezioni plastificate di caramelle assortite disposte e ordinate sullo scaffale iniziando a correre lungo il corridoio rovesciandole per terra una per una fra le urla e gli applausi euforici della bambina e la consapevolezza del mio corpo impassibile che ancora non credeva alla percezione degli occhi.

L'ometto verde zoppicante urlava e inseguiva Shara che s'avviava tremando dall'eccitazione verso la porta rossa dell'uscita di emergenza e l'apriva, innescando il lampeggiante blu fissato al muro sopra la porta e il sibilo continuo di una sirena di emergenza che diffondeva l'allarme in tutto l'edificio.

Gente sbigottita e gente colta di sorpresa, gente intimorita per lo scoppio di un probabile incendio o per l'ansia di un nuovo attentato che fuggiva sulla scia di Shara inondando le scale di sicurezza. Panico totale. Io che approfittavo dell'occasione per intascarmi tra le tante esposte un paio di pacchi di pile per lo stereo mentre Michelle m'incalzava a fuggire incalzata dall'energica reazione di Shara, Michelle che lungo la corsa riusciva a sfilare da un banco d'esposizione vicino alla porta di ferro rossa due bottiglie di spumante e un pan farcito il tutto preparato in un involucro di cartone bianco prestampato e arricchito da un nastro e un fiocco rosso e stelle dorate l'augurio per un buon natale.

Io che riuscivo a sgusciare da dietro il tipo verde che berciava biliosamente pressato dalla confusione generale «Chiamo la polizia! Chiamo la polizia! Chiamo la polizia!» per volare sulle scale ferrate fino a Shara che gli rispondeva istintivamente «E chiamala!»

Sorrisi cattivi di gioia e passi spediti frenetici vicino all'asfalto lavato della strada principale, fra macchine pulite alte e piccole, lunghe e larghe, macchine metallizzate che sfrecciavano scivolando su pozzanghere solleticate dal vento. Ai margini Shara e Michelle e io con le scarpe inzuppate dell'acqua dell'erba verde rilucente, affondavamo nella terra infrollita dalle infinite elementari gocce di pioggia che precipitavano dal cielo imbiancato.

Una Diana azzurra due cavalli, aerografata da entrambi i lati con i colori sabbiosi e le forme sinuose del deserto al tramonto si fermava. Dal finestrino socchiuso, un signore con la barba bianca e folta sulla sessantina ha chiesto a un angelo biondo «Dove stai andando?»

«In paradiso» ha risposto sorridendo.

Shara che parlava e gustava il pan farcito strada facendo con il suo nuovo amico. Michelle ed io seduti sul tetto apribile della Diana, schizzati dalla follia della pioggia, un botto dopo un altro e una spuma frizzante pioveva e schiumava come orgasmo su quei due indomiti cavalli.

«Ciao Marie, sono Demon, lo so, sono in ritardo di brutto ma ti posso spiegare...»

«Tuo zio se ti prende questa volta ti uccide! Non ha dormito per niente, è da ieri sera che cammina come un matto avanti e indietro per la casa, ha telefonato dappertutto... Passami quel telefono... piccolo bastardissimo ti voglio subito a casa muoviti!»

Ero al telefono con mio zio, da una cabina telefonica doppia adorna di scritte colorate come ad esempio "Se vuoi una fellatio potente chiama il numero 0362991717" oppure "Sono Biancaneve sto cercando un nano grosso, chiama subito il numero 036233740127".

Lo ascoltavo senza rispondere. Dall'altro lato della cabina Shara discorreva con suo padre. Michelle sfoggiava i suoi occhi carica di sensualità e il suo corpo snello recitando brani dell'"Antigone" di Sofocle vicino a una gelateria, in mezzo a un gruppo di studenti arrapati a cui non importava niente delle tragedie greche, ma importava a Michelle spillare quattrini a quegli illusi per farci telefonare.

«... stamattina sono andato a parlare con la tua insegnante di storia e mi ha detto che hai chiuso i cancelli della scuola e che... » strillava disperatamente mio zio.

Ero ubriaco ed ero stanco ed ero incantato dagli occhi di Michelle. Verdi, brillavano di un'ammaliante energia e con un sorriso, indicava agli astanti dove portare le monete. Ardevo dal desiderio di penetrare nella sua mente per bearmi del suo calore, fino a sentire il battito vivo del suo cuore per bruciare incondizionatamente ogni mia pudicizia, per liberarmi completamente da ogni sorta di timore e insieme a lei godere di un unico sublime estremo straripante pacifico sentimento.

«... mi stai ascoltando! Ho detto che la tua professoressa di storia ha proposto al consiglio di classe di non ammetterti all'esame di maturità...» sbraitava intensamente mio zio dall'altra parte del mondo, talmente forte che le sue parole riecheggiavano nell'aria affumicata e compressa della cabina rimbombando nel mio pensiero.

«... Si zio, dille che l'amo!» ho detto raucamente sbuffando il fumo sul vetro plastificato che svaniva come assorbito dallo spazio liquido per lasciare trasparire il dolce sguardo timido di Shara che mi toccava dall'altro lato della cabina, intrecciando col suo dito il cavo a spirale della cornetta, e abbassava per paura lo sguardo.

«... ha telefonato un tuo amico per il motorino... » continuava a sgolarsi imbestialito mio zio.

«Digli che glielo regalo!» ho detto, continuando a contemplare il riflesso amorevole di Shara che stropicciava il torpore dai miei occhi.

«... se non torni immediatamente a casa entro mezz'ora avvertirò la polizia!» ha detto mio zio infuriatissimo.

«Ma in questo mondo cercate sempre qualcuno che vi difenda dal vostro dolore?» ho detto.

«Piccolo bastardiss... ».

Ho attaccato.

Shara che conversava piacevolmente con un immigrato marocchino conosciuto per caso all'interno di un edificio fatiscente nascosto tra le querce e i pini di un bosco situato in periferia, una zona marginale del capoluogo toscano frequentata da gente di strada.

Un materasso sporco e sdrucito; una sedia a dondolo e un tavolino in legno, con sopra un portacenere annerito e una lattina di birra aperta, accostati alla finestra; uno specchio incrinato fissato al muro sotto il quale sporgeva un lavandino ingiallito senza rubinetto; alcune riviste fradice disperse per terra; niente luce; niente acqua; niente televisore.

Le fiamme di un piccolo fuocherello acceso da Michelle, con la legna secca dei resti di una sedia riposta dentro un baule nero con due maniglie circolari ai lati, crepitavano deliziosamente vicino alla parete di fronte al materasso dissolvendosi comodamente in una scia di fumo che defluiva attraverso una piccola crepa muschiosa nel soffitto. Giochi di ombre buie ballavano sull'umidità della parete temperata dal solletico delle fiamme.

Ristavo seduto e appoggiato con la schiena al muro. Stanco ma sveglio. Michelle riposava raggomitolata con la testa accostata sulle mie gambe.

Accarezzavo con il pollice il palmo freddo della sua mano e lei stringeva la mia. Non so se teneva gli occhi aperti. So che dentro di me era come se avessi trovato la pace dopo due anni di dura guerra. Una battaglia all'ultimo sangue con me stesso. Ora, ogni mio pensiero e ogni mia immagine erano rafforzati dalle fibre d'oro di un'attraente sentimento indimenticabile. E quella forza magnetica che attirava a sé ogni mia sicurezza proveniva impercettibilmente dalla presenza vertiginosa di Michelle.

Il nostro piccolo stereo faceva vibrare nello spazio limitato della stanza sempre la stessa musica dei Doors, di una cassette assemblata da Michelle con le sue canzoni preferite rimasta inconsapevolmente nel vano giranastri. Ora era il giro di note di "the Hitchhiker".

La pioggia cadeva leggera, e fine, e incessante, senza tregua, compenetrando ogni zolla di terra, ogni foglia, ogni sensazione, di un'intima dolcezza. Brividi nell'ascoltare il brusio piovoso, ipnotico, di un pomeriggio d'autunno.

Il suo nome era Hamid, sulla quarantina, non tanto alto, non tanto snello, non tanto nero.

«Come mai parli così bene l'italiano» ha chiesto Shara in un registro sottile. In effetti, quando parlava, ad eccezione del tono meccanico con cui connetteva le parole, sembrava quasi fosse doppiato come uno di quegli attori di colore stramigliardari americani che recitano perfettamente l'italiano sul grande schermo.

«Anche se non si direbbe sono in Italia da più di vent'anni. Ho studiato all'Università di Padova e mi sono laureato in psicologia e lettere» ha detto impassibile.

«E come mai vivi in questo posto? Non che sia brutto ma non mi sembra il luogo più adatto per vivere, soprattutto per uno che ha due lauree» ha detto Shara.

Lo stavo guardando negli occhi per capire se mentiva. Ma a giudicare dalla risoluzione che infondeva col suo sguardo, dal suo accento italianizzato e dalla sua pacatezza di spirito non ne era il tipo.

«Vedi ragazza... come hai detto che ti chiami?»

«Io mi chiamo Shara»

«Vedi Shara questo paese è un bel paese per chi ha amici e conoscenze. Le considerazioni che contano non sono le capacità o i meriti ma sono le raccomandazioni. Questo è il motivo per cui senza generalizzare, gente così tanto imbecille governa l'Italia! Anzi, generalizziamo pure, governa l'Europa e si vanta nelle televisioni, governa tutto il mondo e si nasconde dietro i manichini! È una delle tante imperfezioni della specie umana!» ha detto Hamid rollandosi una sigaretta di canapa indiana.

«Ma scusa, non sei riuscito a trovare nessun posto di lavoro?» ha detto Shara con un trasporto sincero di solidarietà.

«Se mi stai parlando di andare a lavorare in fabbrica allora preferisco vendere della buona erba ai giovani operai e ai vecchi studenti! Non ho scelto di abbandonare la mia famiglia dopo le scuole superiori e lavorare con fatica per mantenermi gli studi per poi terminare il resto dei miei giorni a schiacciare pulsantini come una macchina per assemblare pezzi di un'altra macchina! Non è roba per me!»

«Ma vendendo quella roba non hai paura della polizia e della galera?» ha detto Shara preoccupata.

«Pensi che vivere in galera sia peggio che vivere in questo posto?» ha detto Hamid con un leggero sorriso.

«Ma con i soldi che guadagni potresti almeno trovarti una casa in affitto o almeno andare a dormire in albergo o non so, un posto per... »

«Shara!... » ha esclamato Hamid dopo aver sorseggiato un po' di birra «Ascolta! Un'altra delle tante imperfezioni della specie umana è quella di confidare nei tutori della legge. Sono persone come noi, per la maggior parte sono peggio di noi perché far rispettare la giustizia per loro è un lavoro e il lavoro che non è una passione è una delle più atroci molestie della specie umana. Non molto tempo fa ero andato a trovare dei miei connazionali in una fabbrica abbandonata vicino a Pisa e la sorte ha voluto che in quel momento arrivasse la polizia che ha sgomberato di prepotenza il locale e ci ha trascinato con la forza in caserma. Insinuando senza alcuna prova che i miei documenti fossero falsi, me li hanno sequestrati e mi hanno cacciato senza che io riuscissi a difendermi in qualche modo. L'indomani ho avvisato il rettore dell'Università dell'accaduto che mi ha garantito che ci avrebbe pensato lui. È passato più di un anno e li sto ancora aspettando! E come sai, senza documenti nei paesi all'avanguardia si hanno le porte chiuse! Niente alberghi o case in affitto!» ha detto hamid sbuffando nell'aria fumi resinosi, e continuava «... Se li tengano pure i loro documenti e le loro sedicenti opportunità! Non so se è il modo più giusto per tirare avanti e fino a quando riuscirò a vivere in queste condizioni ma di una cosa sono certo: ogni volta che mi sveglio dove capita, apro gli occhio e osservo gli altri e mi sento bene. Sono povero ma mi sento più leggero!» disperdendo lo sguardo nella profondità della fiamma del fuoco, passando lo spino a Shara che lo rifiutava.

«La vuoi sapere una cosa Hamid? La vedi quella mia ragazza che dorme appoggiata a quel mio amico con la treccia?» ha detto Shara guardandomi con mezzo sorriso.

«E allora?» ha detto Hamid.

«E allora ha appena buttato fuori dal finestrino di un treno in corsa tutti i nostri documenti!»

«Perché?» ha chiesto Hamid incredulo.

«Perché è pazza!» ha esclamato Shara con un sorriso.

«Cosa vuol dire che è pazza?» ha chiesto Hamid incuriosito.

«Vuol dire che anche lei si sente più leggera!» ha detto Shara.

«Stai dicendo che anche io sono pazzo?» ha esclamato Hamid, mentre stava per inspirare dal pugno chiuso della mano appoggiata alla bocca.

«No! Non voglio dire questo, ma anche se lo fossi che male ne verrebbe? Di solito sono le persone normali le più pericolose» ha detto Shara con un tono simpatico.

«Valle a capire le donne... » ha detto Hamid ricambiando il sorriso e continuava « ...ma dimmi un po'! Non è una cosa normale per tre giovani ragazzi venire a ripararsi dalla pioggia in un pomeriggio di un giorno qualsiasi in una casa abbandonata dispersa tra i boschi e per lo più abitata da un uomo di colore sconosciuto?» con un inflessione accentuatamente rilassata.

«È perché noi siamo persone anormali» ha detto Shara sorridendo.

«Bhe! L'importante è esserne consapevoli!» ha risposto Hamid tossendo dal ridere e piangendo per il fumo che bruciava negli occhi. Della cenere era caduta per terra.

Shara si è alzata ed è venuta a sedersi accanto a me. Senza dire una parola mi ha sorriso e ha appoggiato garbatamente la sua testa leggera sulla mia spalla. Percepivo il calore del suo respiro. Si è addormentata nel momento in cui Hamid ha buttato nel fuoco l'ultima gamba rotta della sedia di legno. Bagliori sfavillanti svanivano nel silenzio.

«Io vado a fare un giro!» ha detto a fatica Hamid, barcollando su se stesso e mormorando «Quello sì che è un ragazzo fortunato... »

Non è più tornato.

Mi sono svegliato di colpo confuso e stordito, con il cuore che mi pulsava in testa, ancora non mi rendevo conto dove mi trovavo. Un brivido freddo ha sfiorato il mio volto. A un palmo di mano c'era Michelle col dito appoggiato alla bocca come per dirmi di non parlare. Mi ha stretto nella mano e siamo usciti in silenzio. Shara è rimasta a dormire con la testa appoggiata al mio zaino a tracolla. Sul tavolo Hamid aveva dimenticato una busta mezza vuota con dentro dell'erba. Ho pensato che doveva essere davvero buona. Il fuoco emetteva gli ultimi sospiri di calore.

Pioveva. Atomi liquidi fusi in gocce d'acqua distinta si posava sulla nostra pelle ancora asciutta. Non parlavamo. Ammiravo i suoi capelli intinti di pioggia che cadevano squisitamente sulle spalle. Contemplavo i suoi occhi smeraldo schiariti dal biancore lucente di nuvole dense d'acqua che ricoloravano in quel momento quella piccola parte di terra.

Nei suoi occhi ritrovavo i miei e lei ha avvicinato le sue morbide labbra alle mie. Mi ha stretto forte. Tremavo dal freddo e dall'eccitazione mentre la pioggia si faceva più intensa. Ha iniziato a strofinare sensibilmente la sua dolce vita vicino alla mia mentre il cuore pulsava sempre più velocemente e il sangue induriva il mio sesso.

Ci siamo contemporaneamente lasciati andare sull'erba succosa e verde e raggiante d'acqua. E la terra tenera e fertile profumava della freschezza del fango. E il cielo infuriava il suo pianto spontaneo. Un lampo cattivo e poi un tuono tremendo! Un corvo inzuppato fendeva le vie del cielo gracchiando e volteggiando, piumato da gocce nere di pioggia. Gli alberi scossi dal vento che inferociva il suo grido. Michelle continuava a toccare appena la mia lingua con delizia. Strofinava sempre di più la sua vita contro il mio sesso e nell'attrito il mio istinto si fondeva con il suo combinandosi in un tutt'uno con quello della terra.

«Mi vuoi bene?» ha sussurrato tremando.

«E tu mi vuoi bene?» ha bisbigliato all'orecchio.

Si è alzata con la schiena, mi ha sbottonato i pantaloni e ha preso in mano il mio pene duro. Ha scostato da un lato le mutandine blue da sotto la gonna e piano piano lo ha appoggiato e con fatica lo ha infilato placidamente. Mi stava facendo male ma non avevo il coraggio di fermarla. Ero sciolto ormai nel fuoco liquido del suo ventre, bruciato da un disciolto sentimento liquefatto di passione incoercibile. Un fremito nel fango della terra. Anche lei soffriva ma non voleva fermarsi. E così la stringevo forte per i fianchi e lei serrava vigorosamente le mani nelle mie, fino a scaricare quel dolore nelle dita, fino a incidere la mia pelle con le unghie, fino a venire nell'ebbrezza sensuale del dolore.

Michelle si è fermata lasciandosi andare pacificamente su di me. I suoi capelli lucenti e bagnati e cadenti sul mio volto gocciante cingevano il mio sguardo direttamente nel suo.

«Lo sai che è stata la prima volta?» ha sussurrato dopo un attimo di silenzio.

«Anche per me!» ho detto.

«Davvero?» ha detto teneramente.

«È così importante per te questo?» ho detto. Mi guardava teneramente senza parlare. Si è sdraiata al mio fianco.

«Michelle!... » ho detto «... non è che sto cercando in tutti i modi di rovinare questo momento particolare ma i mie pantaloni si sono macchiati di sangue!»

«Perché non te li togli?» ha detto con ironia.

«Guarda che è una cosa seria!»

Si è seduta con la schiena eretta su di me. Lei ed io bagnati fradici, io e lei eccitati dalla pioggia, lei ed io stretti per le mani nell'erba fangosa. Ha strappato un ciuffo d'erba e l'ha sfregata sulla parte macchiata.

«Ecco, così non si vede nulla!» ha mormorato con un registro dolcissimo, come se stesse rivelando un segreto.

«Guarda che se continui a sfregare va a finire che ricominciamo daccapo!» ho detto con i pantaloni inzaccherati di acqua e di terra, sangue ed erba.

«Bhè! Almeno questa volta sarà più divertente!» ha detto tappandosi la bocca con una mano.

«Perché vuoi dire che... » mi ha azzittito con un bacio sulla bocca.

«Schhh... » ha sussurrato, «... Non parlare... » ha detto stringendomi forte.

Alzai lo sguardo e Shara era nascosta nella penombra. Ci stava osservando dalla finestra.

OTTO

E io quei giorni in paradiso ci sono stato per davvero.

Una dimensione in cui il cielo era sempre bianco e cumuli di nuvole fumavano tutt'intorno e intorno a tutti giacevano esseri volanti vestiti di bianco, sempre felici e mai discontenti. Esseri con la pelle bianca che sbattevano le ali dalla mattina alla sera di un giorno che non terminava mai, lodando e incensando osannamente dio affinché li preservasse dall'umano dolore, affinché li perdonasse dal peccato e senza alcuna penitenza li affrancasse per quello che la terra offriva e giudicava come malefica tentazione. Un paradiso fatto di santi con tuniche sfarzose e aureole d'oro e un dio assiso su un trono gemmato e ravvolto da un mantello drappeggiante che lasciava fatalmente brullo un dito col quale dio ingiungeva e gli apostoli seduti intorno a lui eseguivano.

Ma non era di questo colore il paradiso che ho vissuto. Il mio premio eterno era fatto dell'aria del cielo e la sua notte fonda buia brillante di stelle, tenebre e luce diluite nell'azzurro, il colore del sentimento salubre quando il vento soffiava e le nuvole bianche erano spazzate via come fumetti che giocavano tra loro e si mischiavano e si cancellavano e risorgevano quasi a volermi rivelare un arcano mistero, quasi a volermi parlare e ridevano giacché mi facevano pensare. E il rosso e l'arancione che suggellavano l'inizio e la fine di ogni nuovo giorno, e poi quel grigio umido e fresco di pioggia: quale furia! Quale potenza! Quale rabbia e quale oblio e quale spasimo nascondeva in sé quella foschia; e la nebbia, gioiosa e spettrale come il candore silenzioso della neve e infine l'arcobaleno, che racchiudeva in sé ogni colore, ogni segreto, ogni sospiro.

Ognuno di questi colori respirava un vivo intenso sfumato spontaneo dolce dolore. Erano i colori che spiravano nel sentimento di Dio toccando il mio animo per rivelarmi che il paradiso fiatava dentro di me come un soffio di redenzione.

E in quei giorni i miei polmoni erano eccitati dall'alito timido ma sincero di una bocca apollinea e riempiti dell'aria effervescente di un cuore felino. Un battito selvaggio che disciolglieva ogni mio limite e ogni mio dubbio per regalarmi quell'ardire necessario per lasciarmi andare come polvere al vento. Ma in quel paradiso il mio cuore è stato rubato da un angelo biondo.

Uno sbalzo di pressione mi scuoteva le membra svegliandomi. Fuori era tutto buio denso a parte una scia di luce che scorreva come flusso continuo in alto alla mia destra. Uno stridore sordo s'insinuava nel mio udito compresso. E dopo qualche istante di confusione nella mia mente un bagliore mi accecava.

Riaprivo gli occhi e Shara era appoggiata col capo al finestrino. Il suo sguardo era proiettato nell'estensione del paesaggio in movimento che scorreva come una serie molteplice d'immagini differenti e colorate, immagini senza fine in continuo divenire.

Ma eravamo noi a muoverci. Avevamo deciso di prendere il treno per lasciare l'Italia. Pienamente consapevoli di non disporre né di denaro né di documenti, eravamo riusciti a salire sul primo treno in partenza dalla stazione centrale di Firenze per... il treno si sarebbe fermato ad Amsterdam. E noi consapevoli del fatto che, durante le probabili dieci ore di viaggio, avremmo incontrato inevitabilmente il controllore e che avrebbe preteso senza riserve ciò di cui noi eravamo rimasti forse per sempre sprovvisti, stavamo seduti belli e tranquilli in prima classe, fra signore inorpellate e uomini sofisticati, inordinari prodotti sociali viventi, aspettando con ansia il momento della disputa.

Non pioveva più ma l'odore incombente di un temporale fluttuava nell'aria grigia di quella mattina autunnale. Michelle ascoltava, per mezzo di due auricolari collegati alla sua poltrona, della musica trasmessa dall'impianto installato sul vagone. Una tazza di caffè e un panino erano appoggiati sul tavolino apri e chiudi. Un ometto baffuto e pelato con giacchetta rossa distribuiva con un carrello a ruote in mezzo al corridoio dolciumi e bibite varie, tutto incluso nel prezzo del biglietto. Un quadro con raffigurata l'immagine di una piantina grassa era appeso in alto sopra la testa di Shara.

Per quale motivo ieri Shara ci stava spiando dalla finestra? O magari era stata solamente una mia impressione? E se non lo era? Mi chiedevo se anche in questo momento i suoi pensieri indugiassero ancora in quella scena e non so per quale oscura tentazione ma ero deciso in qualsiasi modo a scoprirlo, senza però a scorgere alcun espediente.

Mi ero lasciato andare alle immagini più eccentriche, ammirando la sua pelle tenera e liscia, immaginavo di essere trasformato in materia per essere toccato tattilmente dalle sue mani, per essere destinato a diventare uno dei suoi pensieri, un pensiero vivente che le regalasse un sogno estremo da realizzare, un pensiero che si smarrisse col tempo nei pensieri del suo passato per essere poi ricordato come un dolce sogno, un sogno senza fine.

Era lei che mi chiamava. Più le stavo accanto e più mi accorgevo che era preoccupata. Il suo sguardo era profondo ma da quella profondità abissale riuscivo a udire uno strano grido. Era lei che mi trasmetteva quella misteriosa sensazione ma non sapevo come fare perché forse lei non se ne accorgeva nemmeno. Forse era una mia impressione ma se la guardavo attentamente, i suoi occhi erano corrugati da una tristezza tagliente perché in realtà quella strana sensazione era un grido di aiuto. Questo non faceva che aumentare la mia confusione.

«Vuoi un po' di caffè? Fa un po' schifo ma è meglio di niente!» ha detto Michelle con un'insolita tonalità. Forse era la voce del suo essere coscientemente represso. Quell'essere una donna.

Michelle era felice. Finalmente aveva iniziato a concretizzare i suoi sogni. Finalmente aveva trovato delle persone con cui farlo poiché fin da piccola era rimasta da sola. Troppo bella, troppo intelligente, troppo energica. Andava a duemila giri quando la gente che le girava attorno non raggiungeva neanche i cinquecento, bastava parlarci un minuto insieme per capire che l'aggettivo troppo era ancora troppo insufficiente.

Era insoddisfatta della gente con cui viveva, delle opportunità che il mondo le offriva, era scontenta del suo presente. E questa solitudine era una delle principali cause della sua ribellione, di quel senso di avversione verso un mondo e la gente di un mondo che non l'accettava per quello che era: una ragazza diversa dalle altre. Ora stava sfogando istantaneamente quell'eccentrica energia compressa fin dai tempi dell'infanzia, un'esuberanza tale di energia da trascinarla in un vortice violento d'impulsi e desideri istintivi che dalla terra si espandeva nell'aria aumentando prepotentemente d'ampiezza fino a penetrare nel cielo per svanire nello spazio.

Ed ero felice e intimorito. Felice perché ero parte integrante dei suoi sogni e intimorito da quella forza vitale e selvaggia che mi rapiva annullando ogni mio freno, che mi abbandonava ad un orrendo senso di vuoto allo stomaco e dallo stomaco alla gola e io prostrato da un senso di potenza tale che ogni mio sforzo recalcitrante ne avrebbe aumentato impietosamente l'energia, io libero da ogni impulso di autoconservazione, io libero di morire per lei senza alcuna paura.

Ma tutto questo non era amore, e non glie l'avrei mai detto perché non avrei mai osato deluderla. Non era la stessa indecifrabile attrazione che sentivo per Shara.

«Demon mi stai ascoltando? Ti ho chiesto se vuoi un po' di caffè?» ha ripetuto Michelle buttandosi con affetto sulle mie gambe.

«Si volentieri!» ho detto mentre lei accostava la tazzina alle mie labbra e io sorseggiavo.

«Senti che bella questa canzone?» ha detto appoggiando un auricolare al mio orecchio. Era la triste e dolce melodia di Lousing my religion, in una performance live dei Rem.

Shara continuava impassibile a scrutare le immagini che scorrevano veloci dall'altra parte del mondo quando mi ero accorto dal riflesso della lastra di vetro che i suoi occhi guardavano i miei. Ho rollato una sigaretta mentre Michelle posava la testa sulla mia spalla per ascoltare insieme questa canzone. Sulla lastra di vetro ammiravo quella figura che sembrava la forma di uno spirito nella luce autunnale, un angelo biondo che intercedeva tra me e Shara proiettando il raggio diretto degli occhi blu di lei di riflesso ai miei, filtrando la forza di quel raggio.

Pensai a quello che ci raccontò ieri sera quando io e Michelle, tornando nella stanza di Hamid dopo la doccia fangosa nel prato dietro la casa, ci spaventammo nel cogliere Shara seduta e appoggiata al muro, con il mento sulle ginocchia, che piangeva nel buio fitto. Il fuoco era spento. Nell'aria si era alzato una scia di vento leggero ma pungente che inaspriva il gelo sulla mia pelle, fino alle ossa. Fradicio, tremavo dal freddo.

«Ma che ti è successo dolcissima?» disse Michelle inginocchiandosi vicino a lei e afferrando con tensione le sue mani.

Ero incerto. Di primo acchito avevo pensato che fingeva. Era lì un attimo prima nascosta che ci spiava. Ero andato tranquillamente a sedermi sulla sedia a dondolo, avevo incollato due cartine e le avevo riempite con tutta l'erba che Hamid aveva dimenticato sul tavolo. L'avevo chiusa leccando la colla sulle cartine e carezzandola con un movimento intrecciato delle dita. Avevo sfregato un fiammifero sul tavolo e avevo inspirato. Avevo bevuto un sorso di birra mentre fissavo Shara che continuava a piangere. Ma quasi si strozzava dal pianto, quelle lacrime stavano vivendo realmente.

«Mi vuoi rispondere?» sollecitò Michelle alterando la voce.

«È morto!» disse Shara singhiozzando.

«Chi è morto Shara?» rispose ansimante Michelle.

«È morto... » piangeva insistentemente «... sono tornata casa ed ero contenta di rivedere mio padre e ho suonato il campanello ma nessuno rispondeva perché il campanello non squillava ed ero io da sola sulle scale davanti alla porta di casa. "Papà! Papà! Sono tornata!" gli ho detto ma non rispondeva nessuno e ho continuato a suonare più volte ma niente, forse si è rotto ho pensato e ho pensato che forse era uscito e avevo tutto il tempo per imbandire la tavola e preparargli una bella cenetta perché magari era arrabbiato con me perché non lo avevo avvisato... »

«Cosa vuol dire che non l'hai avvisato Shara» aveva detto Michelle «... non hai mica avvertito tuo padre da quella cabina vicino alla gelateria?»

«... non ce l'ho fatta! Non ne ho avuto il coraggio... » aveva detto Shara piangendo mentre Michelle non aveva mosso un ciglio.

«... ho preso le chiavi dalla tasca per aprire la porta e cercando d'infilarle nella serratura mi sono accorta che la porta era aperta e allora sono entrata e ho cercato di accendere la luce ma la luce non si accendeva e ho pensato che forse la corrente era saltata... era tutto buio e c'era un odore viziato nell'aria e allora mi sono diretta verso la finestra per cercare di aprirla ma non riuscivo a vedere niente se non le ombre del tavolo e delle sedie in mezzo alla cucina e la lucina rossa del televisore accanto al frigorifero e allora ho seguito quella lucina e sono arrivata quasi vicino alla finestra e c'era... » si era interrotta tremando dal freddo. Piangeva.

«Cosa c'era? Cosa c'era Shara?» aveva detto con foga Michelle.

«C'era una sagoma dritta e ferma che mi ha fatto spaventare e ho gridato perché pensavo fosse un ladro o qualcuno che mi volesse fare del male e per paura ho provato a chiedergli chi fosse ma quell'ombra non mi rispondeva, non si muoveva. Allora ho pensato che forse era mio padre che non era uscito ma che si nascondeva in punta di piedi perché mi voleva fare una sorpresa e ho cercato di non far rumore per stare al gioco e mi sono avvicinata piano piano e ho allungato la mano per prendere la sua ma la sua era fredda e molle, e l'ho guardato dal basso e lui mi guardava dall'alto con la testa inclinata e gli ho detto "Papà! Sono tornata a casa papà! Ma lui non mi rispondeva e sono caduta in ginocchio a piangere perché pensavo che si era offeso e non mi voleva più parlare quando mi sono accorta che i suoi piedi non toccavano per terra... ho iniziato a urlare con tutta la forza che avevo in corpo e sono corsa via ma sono inciampata nel piede di una sedia e sono caduta a terra e mi sono voltata e ho visto due occhi bianchi sgranati nel buio che mi fissavano e mi dicevano "È colpa tua!» e allora ho cercato di chiudere gli occhi e tapparmi le orecchie ma quegli occhi e quella voce continuavano a essere dentro di me... »

«Shara! Shara! Hai fatto solo un incubo! È stato solo un brutto sogno Shara! Tuo padre è ancora vivo!» aveva detto Michelle abbracciandola forte.

«Dopo andiamo ad avvisare tuo padre per avvertirlo che stai bene! Sarà preoccupato, ormai sono due giorni che non ti fai più viva!» aveva detto Michelle.

«Tieni! Bevi un sorso di birra!» avevo detto seduto sulla sedia a dondolo cercando di guardarla con gli occhi assopiti.

Michelle era venuta di me, aveva preso la lattina dal tavolo e mi aveva fatto cenno con gli occhi come se mi volesse dire qualcosa e aveva portato la lattina a Shara.

«Va meglio ora?» aveva detto Michelle coccolandola dolcemente.

«Si!» aveva risposto Shara con u registro debole.

«Sai a cosa sto pensando? Che dovrò di nuovo a mettermi a fare la scema per trovare i soldi per telefonare!» aveva detto Michelle.

«Ehi Shara vuoi fare un tiro? Vedrai che ti sentirai meglio dopo!» avevo detto espirando fumo bianco e denso e tossendo e ridendo.

«Sì!» disse Shara, sorprendendoci entrambi. Mi ero alzato dalla sedia ed ero andato con passo incerto accanto a loro per fumare l'erba del buon Hamid, e dopo qualche frase stanca, si eravamo addormentati...

Un cambio d'aria impetuosa ha riportato i miei pensieri agli occhi di Shara riflessi sul vetro schizzato dalle gocce di pioggia asciutte e un attimo dopo i lineamenti definiti del suo viso illuminati dalla luce chiara delle lampade al neon si stagliavano perfettamente sul vetro del finestrino ora pulito dal buio fitto della galleria. Si era accorta che le rivolgevo il mio sguardo ma lei non distoglieva i suoi occhi dai miei. Era al sicuro dietro la lastra di vetro.

«Prego, mi favorisca il biglietto» si udiva da lontano. In noi ha squillato la sirena d'allarme. Michelle si è alzata come una saetta dalle mie ginocchia ed è andata a sedersi sulla poltrona accanto alla mia, alla sinistra di Shara. Una fredda stretta ha afferrato come una mano il mio cuore, quasi impedendogli di battere, quasi ostacolando completamente il flusso del sangue. Ero sbiancato e il mio cuore dallo sforzo innaturale sparava a ripetizione insistente proiettili a vuoto. Shara ha raccolto le gambe sulla poltrona appoggiando il mento sulle ginocchia. Michelle si è alzata di scatto e forzando con i pugni sui bracciali di pelle ha esteso il suo addome in modo tale da estromettere al di là dello schienale i suoi occhi per valutare attentamente la situazione, per cronometrare mentalmente il tempo residuo per un nuovo insanabile impatto. Il treno diminuiva gradualmente di velocità nelle vicinanze forse di un altro treno. Un vocìo indistinto e alcune grida di bambini provenivano da in fondo allo scompartimento.

«Non vi preoccupate! Arrivo subito!» ha detto Michelle con determinazione, alzandosi e andando nella direzione del controllore. Stavo per fermarla ma lei se n'era già andata. Shara ed io siamo rimasti per la prima volta da soli nel silenzio dell'ansia. I suoi occhi miravano alla parchettatura logora del pavimento, i miei si sperdevano nell'immagine insulsa delle striature rosse e nere della poltrona. I suoi fissavano le luci al neon che iniettavano dall'alto raggi acidi in tutto lo scompartimento, e io posavo gli occhi sulla cenere calpestata per terra vicino al sedile vuoto di Michelle. I suoi occhi osservavano i titoli in grassetto di un giornale piegato ed dimenticato su una delle poltrone dall'altro lato del corridoio e io alzavo la manica del maglione per leggere l'ora ma mi ricordavo in quel momento di non avere l'orologio perché non l'avevo mai sopportato. Ognuno di noi cercava furtivamente di fuggire lo sguardo dell'altro. Scostai non veloce il mio volto verso la scia di luce che si alternava sempre più alla mia destra e lei, col volto rivolto verso il finestrino opposto, smosse inafferrabilmente i suoi occhi. Per quella labile frazione di secondo le nostre percezioni si mischiarono intensamente le une nelle altre, per arrendere gli orizzonti dei nostri occhi nel riflesso del vetro del finestrino. Tutto era nettamente così definito. La nostra immagine carnale congiunta nella luce e l'immagine spirituale di noi dimezzata nel buio. La galleria sembrava interminabile.

Il tempo allentava lentamente la sua morsa invisibile fino a sprigionare simultanee e continue percezioni in ogni interminabile secondo, slanci che congestionavano convulsamente la mia mente, ogni pensiero era annebbiato da un altro e da un altro ancora, confuso non riuscivo a non concentrarmi in ogni suo indefinito movimento. L'ansia era degenerata in paura e sentivo trapelare minuscole particelle di sudore dal naso mentre cercavo di chiudere gli occhi ma l'immagine scandita di lei raggomitolata sulla poltrona con quei boccoli biondi che incorniciavano la pelle liscia del suo volto continuava a persistere dentro di me. Ho preso dalla tasca una busta di tabacco e ho rollato una sigaretta. Il treno si fermava docilmente lungo i binari della galleria. Un attimo di smarrimento e...

«Perché ci siamo fermati?» ha detto Shara sottovoce.

«F-forse il macchinista ha paura del buio!» ho detto istintivamente biascicando. Mi ha graziato con un sorriso e la paura quasi per miracolo si è dissolta nel nulla. Ora riuscivo quasi a percepire chiaramente l'attrazione che quella ragazza esercitava inconsciamente su di me.

Laggiù, dall'abisso ignoto dell'inconscio schizzava fuori l'immagine effimera di alcuni raggi luminosi che ammaliavano fatalmente le fibre oscure del mio subconscio. Un flash misterioso lampeggiava istantaneamente abbagliando l'estensione intera della mia immaginazione e pronto per esplodere implacabile riempiendo la mia coscienza d'infinite sfumature colorate di emozioni dopo aver disintegrato ogni sensazione presente.

Non sapevo cosa dire. Di nuovo quella frase misteriosa "lascia che sia"... e mi sono lasciato andare alla prima cosa che mi è venuta in mente.

«Cosa ti piacerebbe fare?» ho detto intanto che sfregavo un fiammifero sulla pelle del sedile.

«In che senso?» ha detto guardandomi dolcemente mentre ancora appoggiava il mento sulle ginocchia raggomitolate.

«Voglio dire... che cosa ti piacerebbe fare ora? In questo momento?» Dopo averci pensato un po' ha detto «mi piacerebbe tanto se il controllore arrivasse qui e si sedesse tra di noi!»

«Bello!» ho detto «...è un bel sogno!» e un'evanescenza di sorriso appariva fra le sue labbra. «Magari ci porge anche le scuse per il contrattempo di esserci fermati nel buio pesto di una galleria e ci piglia per mano per rassicurarci. È una bella cosa sai! Anche a me piacerebbe tanto!»

«Ma noo! Non volevo dire questo scemo!» ha detto.

«Cercavo di dirti che magari invece di farci la multa o cacciarci dal treno ci parlasse di qualcosa... non so... » ha detto con l'ombra di un rossore che deliziava le sue guance.

«Perché non gli dici di raccontarci una bella poesia d'amore?... Ahh!...» ho detto mentre il fiammifero finiva la sua corsa bruciandomi un dito e Shara iniziava a ridere con gusto.

«Perché invece non me la racconti tu?» ha detto in un registro risoluto.

«Ioo! Ma io non sono mica capace!»

«Dai adesso non fare il timido! Michelle mi ha raccontato tutto! Mi ha detto che ti piace molto la poesia, mi ha detto che i libri di storia sono la tua passione come lo è l'amore per la tua prof di storia, o forse è meglio dire la tua ex-prof! Mi ha detto che hai messo in subbuglio una scuola intera, che moriresti per tuo zio...»

«Sì! Morirei dal ridere nel pensare che adesso sta camminando avanti e indietro per la casa come un carcerato» ho detto ridendo.

«Pensi che sia preoccupato ora?» ha detto.

«Non è preoccupato! È solamente incazzato!» ho detto.

«È una bella differenza» ha esclamato Shara.

«Certo! Se consideri che le persone preoccupate vogliono il tuo bene mentre le persone incazzate vogliono il tuo male!»

«Ma tu sei mai stato preoccupato per qualcuno?»

«Credo di no! Credo di essere stato sempre incazzato!»

«Anche questa è una cosa molto bella!» ha esclamato.

Venature di sorrisi, sensazioni apprensive e sguardi intensi scaturivano visibilmente dal nulla.

«Voglio dire che è più facile essere incazzati con qualcuno che preoccupati!»

«Davvero?» ha detto Shara.

«A cosa serve preoccuparsi per qualcuno? Se vuoi bene a una persona difficilmente lei te ne vuole! Perché sa che tanto tu gli vuoi bene e allora se ne approfitta e ti cerca solo quando ha bisogno!» ho detto, guardando il buio fuori del finestrino.

«Per me cerchi di risparmiarti le delusioni!» ha detto.

«No! Evito di soffrire per niente!»

«È un bel ragionamento però mi hai fatto venire un dubbio!» ha detto.

«Quale dubbio?» ho detto.

«Tu non vuoi bene a Michelle» ha detto mordendosi le labbra.

«Devo ammettere che sei molto sveglia ma non volevo dire questo. Poi con Michelle è una situazione molto diversa».

«Sì! Sì! Dicono tutti così! Poi si stancano e non si fanno più vedere! Voi maschietti!» ha detto Shara.

«Dì un po'! Ma tu visto che sei così esperta allora vuol dire che sei stata con molti maschietti?» ho detto.

«A te cosa importa questo? Non dirmi che ancora non ci conosciamo neanche è già sei geloso!»

La guardavo negli occhi senza sapere più cosa dire. Mi aveva quasi sconfitto ma non volevo fargliela vincere così facilmente.

«Perché? Non ti piacerebbe se io fossi un po' geloso per te?» ho detto tirando fuori un altro fiammifero che sfregavo sulla pelle della poltrona.

«Secondo me non riesci a fumarti la sigaretta senza bruciarti tutte le dita!» Ha detto Shara sorridendo.

«Perché cerchi di sfuggire dal discorso?» ho detto.

«Quale discorso? Ah sì! Quello della gelosia! Penso che a tutti farebbe piacere! Una persona che scopre di essere gelosa dimostra anche il suo bene!» ha detto.

«Io credo che una persona gelosa scopra anche la sua incazzatura!»

«Allora vuol dire che tu sei incazzato con me?» ha detto Shara.

«No! Io non sono incazzato con te! Ma perché poi io dovrei essere incazzato con te?»

«Non lo so, lo stai dicendo tu che sei geloso per me!» ha detto con un mezzo sorriso.

«... Ahh!...» ho gridato un'altra volta mentre lei è scoppiata a ridere.

«Te l'ho detto! Sui pacchetti di sigarette dovrebbero scrivere pericolo di cancro e pericolo d'incendio!» ha detto Shara continuando a ridere.

«Vuoi fare la spiritosa? Ma guarda che io non fumo i pacchetti di sigarette!»

«E perché?» ha chiesto incuriosita.

«Perché mi danno un senso d'incoerenza con me stesso! Mi sento partecipe della politica consumistica».

«È bello quello che dici sai? È bella la coerenza che dimostri ed è bella questa iniziativa di profonda ribellione! Chissà se a Wall Street saranno tutti in allarme perché tu non fumi i pacchetti di sigarette?» ha detto appoggiando una mano davanti alla bocca per cercare di trattenere il sorriso.

«E va bè, mi arrendo, per questa volta te l'ha do vinta! Così almeno posso fumare in pace».

«Allora?» ha detto cambiando espressione.

«Allora cosa?» ho detto.

«Allora credi che mi sia dimenticata della poesia? Vuoi farmi credere di aver vinto quando non è vero?» ha detto penetrando con il blu dei suoi occhi nei miei.

«Allora facciamo una cosa! Io te la scrivo su un pezzo di carta poi tu la leggi. Se non ti piace allora accetterò la sconfitta!» ho detto.

«Però mi devi promettere di essere sincera!»

«Promesso» ha detto.

«Ho un dubbio però».

«Che dubbio?»

«Ma tu mantieni le promesse?» ho detto.

«Se continui a parlare non lo capirai mai!» ha detto con la sua dolce inflessione italo francese.

«Aspetta qui un attimo!» ho detto mentre mi alzavo velocemente e mi dirigevo dalla signora impellicciata seduta dietro di noi, «Ma dove vai?» ha detto Shara.

«Eccomi qui! Ecco la penna ed ecco la carta!» ho detto risiedendomi. Non mi veniva in mente niente. Ero agitato perché non sapevo cosa scrivere. Poi ho guardato nel buio e intorno a noi e poi ancora gli occhi di Shara. Lei mi osservava dolcemente incuriosita. Ho iniziato a scrivere.

«Guarda che non devi mica scrivere i Canti di Leopardi!
Bastano tre o quattro versi!» ha detto Shara sorridendo dopo
circa dieci minuti di silenzio.

«Ecco, ho finito! Tieni! Questa è per te! leggila ad alta voce
così vediamo se funziona!» ho detto.

«Allora posso leggerla?» ha detto carezzandomi di tenerezza
il volto con la sua ingenua espressione.

«Il mio sguardo rapito dalla beltà della tua forma informe.
Nel tuo silenzio assopito, profondo, tremendo,
Perché non parli?
Nello spazio esplodi con disinvolta armonia
Da un seme di zucchero mille raggi di speme
Quelle ore per le quali nulla si teme!
E una goccia d'acqua viva
E una zolla di terra fertile
E una scintilla di luce calda
Fiori rigogliosi ogni petalo un sogno.
Appari inerte piccola capricciosa
Scappi vanitosa danzando solerte,
Misterioso verde nel buio risplendente
Compagna di solitudine periremo per niente
Per acqua o per luce o per scarsa attenzione
Il mio cuore disciolto nel tuo ora freme
La tua voce la sento in questa pura emozione
In quelle ore per le quali nulla si teme»

«È bellissima Demon!» ha sospirato.
«Davvero ti piace?»
«Sì!» ha detto, confondendo amabilmente i suoi occhi nei
miei.
«E allora?» ho detto.
«E allora cosa?»
«Allora la promessa!» ho detto.
«Ah sì... la promessa!» Si è alzata appoggiando
graziosamente i piedi per terra e ha disteso verso di me il suo
volto. Mi cercava con gli occhi a un palmo di mano senza dire
niente. Avvertivo il suo respiro profumato di latte. Mi
aspettavo un bacio. Ha preso la sigaretta dalla mano e mi ha

chiesto un fiammifero, ha acceso la sigaretta inspirando e sbuffandomi negli occhi il fumo denso di tabacco e latte, ha spento con un gesto veloce il fiammifero e mi ha detto «Tieni!»

«E questa sarebbe la mia ricompensa?» ho detto con un tono di delusione.

«Perché cosa ti aspettavi?» ha detto sorridendo.

«Aspettavo che tu... aspettavo che tu mi dicessi "Ma è dedicata a me?" e io ti avrei detto "Non proprio a te ma a quella pianta disegnata nel quadro sopra di te!"» ho detto bagnandomi le labbra con la lingua e sbuffandole il fumo negli occhi. Lei dopo un colpo di tosse mi ha spinto con tutta la sua forza contro il sedile fingendo di essere arrabbiata.

«Lo vedi che anche tu sei incazzata adesso?» ho detto sorridendo.

«Scusate! Prego, favorite i biglietti!» ha detto un uomo barbuto e allampanato, con due occhialini rotondi che gli cadevano sulla punta del naso, vestito con pantaloni verdi e una camicia bianca a strisce con il cartellino pinzato sul taschino, la foto e il suo nome: un borsello nero di pelle consunta a tracolla. Forse era arrivato il controllore, senza forse.

Shara ed io restammo seduti e impietriti con il battito del cuore fuori polso.

Dopo un attimo di smarrimento, lui ha detto «Ma quella stramba ragazza che sta recitando nel vagone a fianco l'"Inferno di Dante" è una vostra amica?»

Era Michelle, non ci potevano essere dubbi. Però facevamo finta di non capire per comprendere meglio la situaizione.

«Perché?» ho chiesto incuriosito.

«Perché mi ha appena pagato i biglietti per lei e per un ragazzo con la treccia e una ragazza bionda con i soldi ricavati dalla sua interpretazione. Mi ha detto che li avrei incontrati nel vagone a fianco. E qua di ragazzo con la treccia e di ragazza bionda ci siete soltanto voi!» ha detto sorridendo.

Shara ed io ci guardammo tirando un sospiro di sollievo.

«È davvero stramba la vostra amica. Sono stato per circa venti minuti buoni a spiegarle che nel regolamento è previsto il divieto di disturbare i passeggeri durante il viaggio e lei mi ha detto semplicemente che non stava disturbando nessuno perché stava recitando della poesia. Mi ha chiesto di farle leggere l'articolo del regolamento che proibiva la libertà di poesia sul treno. Ha chiesto a tutti i passeggeri del vagone se li stava disturbando con la sua poesia e tutti in coro all'unisono hanno dichiarato di No! Poi mi ha detto di non insistere con tutte queste storie del regolamento perché non eravamo più in viaggio ma ci eravamo fermati. Cosa potevo dirle? Ho potuto solo farle pagare i biglietti ridotti».

«Sì, è una ragazza molto particolare» ho detto con aria incredula. «Se si vuole sedere a scambiare due parole si accomodi pure! Le avrei chiesto se sa recitare delle poesie ma da quanto ho capito non è che le piacciono così tanto! E in fondo avrei preteso un po' troppo dalla fortuna!» ho detto sorridendo verso Shara.

«Non ci credo!» ha mormorato Shara appoggiando il volto arrossito fra le mani.

«Poesie? Non fanno per me le poesie! Non si mangia di poesie!» ha detto il controllore con aria matura e con un tono di beffa, sedendosi accanto alla poltrona vuota di Michelle.

«Ma non si mangia neanche col lavoro! Si mangia con la bocca! E oltre a questo con la bocca si parla, si ride, si respira, si beve, si vomita e si dicono le cazzate, e si dicono anche le poesie!» ho ribattuto seccamente mentre lui rimaneva allibito.

«Ma si dicono anche cose che non si vogliono dire!» interveniva Shara raddolcendo col suo tono l'atmosfera e guardandomi di bieco come per dirmi "Stai zitto che già ci è andata bene!"

«Anch'io avevo il sangue caldo quand'ero più giovane! Ora purtroppo il tempo è passato e non tornerà mai più!» ha esclamato rattristito quell'uomo.

«Lei è mai riuscito a toccare il tempo con le dita?» ho detto fissando i suoi occhi. Shara ora mi guardava cambiando totalmente espressione.

«Scusi?» ha replicato.

«Le ho chiesto se lei è mai riuscito a toccare il tempo con le dita?»

«Ma cosa vuol dire toccare il tempo con le dita? Mi sa che non è stramba solo la sua amica sa?» ho ribattuto sorridendo.

«Vuol dire...» ha detto Shara bloccandosi di colpo senza più parlare.

«Perché tu sai cosa vuol dire Shara?» ho chiesto rivolgendole gli occhi. Mi scrutava in silenzio. La tinta dei suoi occhi s'accendeva in modo tale da lasciar svestire ogni pensiero del suo animo. Nella luce blu di quell'attimo osservavo il calmo ondeggiare del mare poco prima dell'alba, il riflesso scorrevole dei colori della notte appena appena schiariti da un bagliore di luce invisibile ma presente.

«Coi tempi che corrono mi sa che è più facile toccare il cielo con le mani!» ha detto quell'uomo in divisa sfiorandosi con le dita la barba.

«Se sta parlando di quell'attentato in America allora è meglio precisare "cadere dal cielo!"» ho detto accennando un sorriso. Ho distolto i suoi occhi dai miei concedendoli al di là del vetro, nel buio tetro.

«Se fosse stato lei direttamente coinvolto on quell'attentato ora non farebbe battute di spirito. Anzi credo che sarebbe profondamente preoccupato soprattutto se non ricevesse più alcuna notizia da parte di suo fratello da due giorni a questa parte!» ha detto con aria corrucciata.

«Lo scusi ma sa alcune volte dalla bocca si dicono le cazzate!» ha detto Shara sgranando gli occhi verso di me.

«Sì! Mi scusi, non volevo! Però ora non è che vorrei intromettermi nella sua vita ma suo fratello lavorava in quelle torri?» ho detto cercando di stemperare la tensione.

«Mio fratello era impiegato come barista in un ristorante bar di una di quelle edifici. Partì per l'America dopo essersi laureato in economia e commercio. Disse che non gli piaceva l'Italia perché era un paese di mediocri governato da gente mediocre. Ribadiva spesso che non voleva consumare tutto il tempo della sua vita per propiziarsi le simpatie dei più ricchi e avere qualche raccomandazione per cercare di vivere un po' più serenamente!» affermava con un'inflessione lievemente malinconica.

«Mi scusi ma per uno che va via dall'Italia, l'America non credo che sia il posto migliore per cercare di cambiare la vita!» ho detto.

«Questo era quello che gli consigliavo. Ma lui aveva la testa dura. Credo anch'io che non sia stato molto contento della realtà americana ma conobbe una ragazza con cui si sposò due anni dopo, così mi scrisse. È per questo motivo che non tornò più in Italia» ha detto con rammarico.

«Significa che voleva molto bene a quella ragazza se ha sacrificato di non rivedere più la sua famiglia!» ha detto Shara.

«Può darsi che all'inizio l'amasse ma non credo che questo amore sia durato poi molto. Dopo cinque anni di matrimonio divorziarono per poi riavvicinarsi due anni più tardi per amore die bambini che avevano concepito quando ancora erano sposati!»

«Dev'essere molto bello mettere al mondo dei bambini» ha detto Shara.

«Non credo che quei bambini ora siano molto contenti sa! Anche la madre lavorava insieme a mio fratello in quel ristorante bar!» ha detto, i suoi occhi ora luccicavano tristemente.

«Io spero con tutto il cuore che suo fratello e sua moglie quel giorno non siano andati al lavoro. Spero per loro che si siano sentiti male e che entrambi si siano presi alcuni giorni di risposo. Ma se devo essere sincero e se la posso consolare in qualche modo le dirò che anch'io e mia sorella siamo rimasti orfani da quando eravamo ancora bambini. E sa all'inizio quando muore qualche persona cara è difficile da crederci. Pensi che sia un brutto scherzo, pensi che qualcuno si stia prendendo gioco di te nel modo più brutto e ridi ma piangi nello stesso tempo perché in realtà non sai cosa pensare. Non ho fatto niente di male per meritarmi tutto questo! Non può essere successo a me! Cosa vuol dire che sono morti! Loro non possono essere morti perché non possono morire! Sono queste le sensazioni che provi in quei momenti.

La speranza si accende di te come non mai. E inizia l'attesa. Una lunga e interminabile attesa. Non si dorme e non si mangia perché si attende che quelle persone tornino a casa al più presto. E s'inizia anche a sognare in quei momenti. Sogni di abbracciarli forte al loro ritorno. Per dirgli "Perché siete stati fuori così a lungo? Cosa è successo? Ci avete fatto preoccupare!" Sogni di dire loro apertamente e senza vergogna "Non lasciamoci mai più, vi voglio bene!" perché hai il rimorso di non averglielo mai detto, perché pensavi che tanto non ce n'era bisogno, loro ti volevano bene perché erano cose normali e per questo da loro pretendevi. E volevi dimostrare a loro il tuo bene con il pretendere senza accorgerti che nel frattempo ti allontanavi da loro. Ma ti convincevi che tanto loro avrebbero capito.

E in quei momenti inizi a rimpiangere tutte le volte che pretendevi e tutte le volte che ti vergognavi di manifestare tutto il bene che gli volevi. E giuri a te stesso e giuri a Dio di riportarli a casa perché da lì in poi cambierai, per non lasciarli mai più. Ma più il tempo passa e più diventi consapevole che loro non torneranno mai più.

Inizi a pigliartela con il mondo intero e non vuoi più vedere nessuno e inizi a soffrire. Un senso di vuoto ti cresce dentro sempre di più. Ti senti scoppiare. E senza accorgerti scoppi a piangere consapevole che tanto non serve a niente.

Man mano che piangi quel senso di vuoto svanisce lentamente. Col tempo inizi a capire che il senso di vuoto che si nasconde dentro di te e che si rivela nei momenti più brutti, nei momenti del dolore, in quei momenti capisci che la morte è quel senso, quell'immagine vuota che portiamo continuamente dentro di noi».

«Lo sa che lei mi piace quando parla?» ha detto quell'uomo.

«Scusi? Non ho capito?» ho detto.

«Ho detto che lei mi piace quando parla perché mi sembra sincero!» ha detto con un registro rauco.

Shara che stava seduta sulla mia destra dal lato opposto, raggomitolata su se stessa, ha appoggiato i piedi per terra e con gli occhi lucidi si è avvicinata determinata verso di me, ha afferrato con le mani il colletto del mio maglione e mi ha tirato con forza contro di se baciandomi sulle labbra. Sono rimasto di sasso.

Ma non quanto basta per lasciarla andare via. Ho infilato la mano nei suoi boccoli biondi e ho ricominciato a baciarla affondando il mio respiro nel suo. Coi denti lei mi afferrava il labbro inferiore e lo stringeva appena appena per pizzicarlo e lasciarlo andare delirante su se stesso. Toccava la punta della mia lingua con la sua in modo così sensuale da trasfondermi immagini musicali di colori incendiati e senza forma alcuna che dal nulla scoppiava e sprizzavano e schizzavano e s'intrecciavano tra loro, concentrate vibrazioni spirituali piene del calore di un angelo biondo.

Riaprivo gli occhi e il controllore era scomparso e Michelle ci guardava immobile e impietrita, in piedi nel mezzo del corridoio, colpita dall'acidità elettrica delle onde di luce al neon. Ancora fermi nell'oscurità della galleria.

Mi fissava e i suoi occhi erano piatti e i miei occhi erano attoniti e i suoi erano lucidi e i miei erano vuoti e i suoi occhi erano tristi e i miei dispiaciuti, i suoi occhi infuriati e i miei occhi spezzati, in frantumi.

Ha iniziato a correre verso la porta automatica che portava nell'altro vagone dopo aver lasciato cadere debolmente per terra i soldi fra le mani. Mi sono alzato di scatto per inseguirla ma Shara mi ha bloccato istantaneamente afferrandomi per la mano e trasportandomi verso di lei. Mi ha dato un bacio sulla bocca sussurrandomi «Sono io che devo darle una spiegazione, non tu!» con un tono estremamente deciso da far dimenticare ogni sua apparente timidezza.

Nove

Nell'aria tiepida non si udiva alcun suono. Solo il rumore penetrante di ogni nostro passo. Alcune lanterne non in funzione si lanciavano elegantemente a mezza altezza in volte e giravolte fiorite sui muri infreddoliti delle case rinascimentali che incorniciavano i margini di quella via assopita.

Altre lanterne, alternate da pioppi imbruniti disposti in fila indiana lungo il fianco opposto da dove stavamo camminando, emanavano una giallastra luce soffusa dalla quale si riusciva a spiare in segreto la ricca sera che piangeva. Preziosi cristalli d'acqua esondavano dai suoi occhi lucidi, e con incanto sospinte liberamente da un'inafferrabile brezza, danzavano nel buio per dileguarsi con rimpianto sulla terra ferma.

Uno strato denso di burro rigonfiava e abbelliva tetti e case e alberi e lanterne, la strada e il marciapiede, gli anelli intrecciati di una catena che scorreva ad arcate cadenti dall'altro lato della via, dove passeggiava incappottato un solitario dotto l'ombrello.

A terra la neve impudente rubava con malizia le spoglie ballerine della sera regale vestendosi nei suoi abiti brillanti di un bianco incandescente. Così si presentava Vienna davanti ai nostri occhi in quella sera di settembre.

Camminavamo attenti, senza parlare, attenti a non sgualcire le sonorità di quel silenzio nevoso. Le dita affusolate di lei avvolgevano impudicamente le mie nella tasca tentatrice del mio maglione di lana, stringendoci in un clandestino senso d'intimità. Ogni sospiro era assorbito dall'accattivante bellezza muta di quel tenero silenzio estremo.

Da lontano, l'eco sordo del coro di antichi violini sibilanti, ebbri della neve autunnale, celebrava delirante il canto triste di una terra in cordoglio.

Due occhi verde smagliante brillavano alla mia destra sul tetto rimbombato di neve di un auto in sosta. Poi son balzati via velocemente. Erano gli occhi felini di un gatto.

Michelle aveva parlato a Shara nel bagno di quel treno dicendole che io ero un grandissimo stronzo e che non mi voleva mai più rivedere. Che l'avevo tradita con la sua migliore amica e la colpa non era di Shara ma che lo stronzo ero io. Che se mi fossi azzardato a comportarmi nello stesso modo con Shara mi avrebbe scorticato vivo. Che se le cose erano andate in quel modo in fondo non potevano andare altrimenti e che era contenta per Shara di aver trovato un ragazzo intelligente che poteva farla felice ma che restava pur sempre un grandissimo stronzo. Che lei andava ad Amsterdam per dimenticarmi e che mi odiava con tutta l'anima e che noi eravamo liberi di fare tutto quello che volevamo ad eccezione che non scendere di corsa alla prima fermata. Pena un feroce omicidio. Ed eccoci a Vienna, io e Shara a camminare in una via desolata.

«Credi che si sia offesa?»

«No, non si è offesa, si è incazzata Demon!» ha detto Shara scalciando una pallottola di neve che si frantumava in soffice polvere bianca su altra neve.

«Ma io non volevo farle male!»

«Mettiti in testa che tu non c'entri niente. La colpa è solo mia che mi sono lasciata trasportare senza badare alle conseguenze. E poi tu non hai fatto del male a nessuno. Fare del male vuol dire volere fare del male a una persona. E io non penso che tu abbia mai nutrito l'intenzione di voler far soffrire Michelle» ha detto con la sua spiccata inflessione italo francese.

«Questo è chiaro ma questo non toglie che Michelle stia soffrendo in questo momento!»

«Ascoltami. Michelle è la mia migliore amica Ci conosciamo fin dai tempi delle scuole medie. Non so se te l'abbia mai detto, anche se non ha molta importanza, ma lei è un anno più grande di me. Frequentava il secondo anno e io il primo. Ero molto timida allora, molto più di adesso, era appena morta mia madre. E avevo molta difficoltà a stare in mezzo ai miei compagni di classe perché ogni volta che parlavo o che venivo interpellata da qualcuno iniziava a battermi il cuore per l'ansia e mi sentivo bollire dentro e più cercavo di reprimere questo e più il mio cuore batteva e più mi sentivo scoppiare. Non potevo farci niente e col passare del tempo le cose sono peggiorate.

Al liceo Michelle ed io facevamo ancora parte dello stesso corso, ma lei era del secondo anno e io del primo, lei sempre più sola e io sempre più chiusa in me stessa. Avevo iniziato a vedere la cosa come un problema serio. Ero ormai in paranoia, non c'era istante in un cui io non ci pensavo. Pensavo alle mie amiche che mi dicevano apertamente che mi sentivo troppo bella per stare nel loro gruppo e ogni volta che cercavo di avvicinarmi loro si allontanavano perché non riuscivo a parlare e affermavo che io le giudicavo e che cercavo di stare in mezzo a loro solo per confrontarmi e per sentirmi superiore.

I miei compagni di classe mi dicevano che me la tiravo troppo e il più delle volte si avvicinavano e allungavano le mani e io scappavo in bagno a piangere. Ma un giorno una prof., se non sbaglio quella di storia, mi ha visto in lacrime che correvo lungo il corridoio, e ha dedotto tutto da sola prendendo l'iniziativa di far sospendere per una paio di giorni dalle lezioni un mio compagno di classe. Questo ha contribuito a far aumentare il loro odio nei miei riguardi e ad esasperare le mie paure. Vivevo in uno stato di confusione totale al punto che se una persona animata dalle più sincere intenzioni mi iniziava a parlare, interpretavo a modo mio le sue parole e questo mi portava ad allontanarmene. Questa persona cosa poteva pensare? Se non ci fosse stata Michelle in quel periodo credo che ora non sarei qui a parlare con te. Ho pensato al suicidio ma non ne ho avuto il coraggio.

Ma un giorno, mentre stavo tornando a casa dopo la lezione, mi successe una cosa terribile. Come al solito, avevo scelto la strada più breve attraversando il Parco Nord di Milano e, vicino a un vecchio scivolo, mi aspettava quel ragazzo che avevano sospeso. Era un giovane bulletto che s'imponeva con la forza per attirare l'attenzione delle ragazze. Uno di quelli che costruisce le frasi con tre parole di cui due sono "cazzo" o "figa" o qualcun'altra dello stesso genere.

Feci finta di non vederlo ma lui mi venne dietro e mi afferrò per un braccio minacciandomi che un giorno me l'avrebbe fatta pagare cara. No riuscivo a guardarlo negli occhi perché avevo troppa paura ma lui insisteva, voleva a tutti i costi che io lo guardassi negli occhi ma non ci riuscivo, con tutta la mia buona volontà non avevo il coraggio di alzare la testa di un millimetro. Al che si alterò e mi afferrò dal mento alzandomi il volto con la forza ma i miei occhi dal timore si chiusero e lui iniziò a urlare prepotentemente frasi del tipo "Cazzo, apri quegli occhi, aprili ti ho detto! Cazzo!" ma io riuscivo solo a piangere involontariamente e lui a gridare con più rabbia fino a quando un cane dalla bocca pronunciata non lo carpì per un braccio trascinandolo a terra.

Un dobermann curato e addestrato, molto elegante quando si muoveva e ti posso assicurare anche molto feroce quando attaccava. Orc, questo era il nome che Michelle gli aveva dato. Ho sempre avuto paura dei cani fin da quando ero una bambina, ma non di questo. Orc non era un cane comune come tutti gli altri, gli mancava solo la parola. Da quel giorno io e Michelle siamo diventate amiche inseparabili, lei è stata più che una sorella per me, senza me stessa non ce l'avrei mai fatta a sopportare me stessa. Sono l'ultima persona al mondo che cercherebbe d'infliggerle qualsiasi genere di sofferenza».

«Sai qual è il significato del nome Orc?» ho detto.

«Vuol dire... cosa vuol dire?» ha detto Shara.

«Orc simboleggia la volontà di emancipazione morale che espressa immediatamente si attua, lo spirito di ribellione della poesia blakiana. Orc combatte contro Urizen, il dio di questo mondo che s'identifica nei codici morali repressivi. Urizen pone in catene di gelosia Orc; Orc sebbene incatenato rimane in vita e spezza le sue catene; Orc, il potere anarchico che solo può rendere l'uomo libero. Il mondo di Urizen è la neve, quello di Orc è il fuoco, la ribellione, l'energia. Ma Orc viene trasformato in serpente e bollato dalla morale legale con il nome di satana, il male!» ho detto tirando fuori le mani dalla tasca una sudata e l'altra intorpidita, per rollare una sigaretta mentre camminavano accarezzati dai petali di neve.

«Vorresti dire che Michelle è consapevole del fatto che il termine male rappresenta una convenzione strumentalizzata a seconda delle parti in gioco, che il male in sé non esiste e che sa pertanto che non le abbiamo arrecato nessun tipo di male? Io non credo che in questo momento stia pensando a tutte queste cose! Anzi credo fermamente che se in questo momento gli capitassi fra le mani ti farebbe molto male! Poco ma sicuro!» ha detto con un leggero sorriso.

«Devo aspettare che si calmi un po'! Domani andremo a cercarla! Ti va?»

«Non è che voglio fare la guasta progetti ma è meglio che domani torni a casa altrimenti mio padre... » ha detto emettendo un sospiro.

«Ma io non posso lasciare che tu torni a Milano da sola in treno! Dopo Michelle mi ucciderebbe per davvero!»

«Allora pensi che sono ancora una bambina?» ha detto guardando il manto nevoso ai nostri piedi.

«Allora vuol dire che domani ci penseremo!» ho detto sbuffando il fumo che si mischiava all'aria condensata.

«Allora lo sai che sei davvero uno stronzo?» ha detto Shara stringendomi forte per il braccio e accarezzando dolcemente la pelle della mia guancia con la sua mano ripiena di neve.

L'eco di una lontana melodia vibrava nell'aria quietata filtrando direttamente nella nostra attenzione inconscia e spingendoci, nostro malgrado, in un locale non molto lontano dove un pianoforte e una batteria e due violini si univano divinamente in una perfomance live dei Beatles. Erano quattro signori piuttosto anziani vestiti tutti allo stesso modo con una marsina nera gessata e uno di loro portava una rosa bianca nel taschino. Cantava "Yesterday".

Da un piccolo palchetto appena entrati alla nostra destra, riscaldavano di musica i pochi astanti che riempivano appena due tavolini di legno dei circa dieci disordinati nel piccolo ambiente. Un uomo e una donna non giovani, seduti in fondo alla mia sinistra, nella penombra, si lasciavano trasportare dalla fiamma della candela tremante sul loro tavolino. Brividi ravvivati dalle fredde note fatte vive che ondeggiavano nell'oscurità calda di quel piccolo locale, spogliando ogni pensiero per lasciar via libera all'acqua nuda della memoria. Due ragazze conversavano sommessamente sul lato opposto e osservavano un piccolo teleschermo silenzioso che trasmetteva senza intermittenza le immagini della tragedia americana. Un vello nero di capra rivestiva il pavimento fino a un piccolo bancone a semicerchio rivestito da specchi lucidi che allargavano le percezioni dello spazio in un lungo e profondo corridoio di fiaccole e misteri, lusinghe per le anime in cerca. Lumi di candele ai tavoli, lumi di candele ai muri.

Un uomo basso dalle guance pronunciate e gli occhi da bambino e il braciere acceso di una pipa che sbuffava fumo alla menta, forse il gestore, si avviava verso una piccola finestra dai drappeggi vellutati per contemplare la pace di una sera che piange di bianco e bianco, bianchi ricordi.

Shara si sedette a un tavolo di fianco al bancone e io di fronte a lei e lei accese la candela. Con i suoi occhi blu infiammati percorse le stracce incise nel legno del tavolo di sorrisi e di pensieri e di nomi di fantasmi.

«Cosa ti piacerebbe fare in questo momento?» ha detto Shara sorprendendomi.

«Mi sembra che questa domanda te l'abbia già fatta io! Non vale!» ho detto sorridendo. Ma poi, uno sguardo alla neve che fioccava al di fuori della finestra, nella mente le vibrazioni delle note e le ho detto senza pensare «Vorrei tanto incontrare dio per fargli sentire cos'ho dentro in questo momento!»

«E cos'è che hai dentro?» ha detto toccando con le unghie le incisioni nel legno.

«Se guardo la neve che cade e poi guardo i tuoi occhi ascoltando questa musica e poi riguardo le immagini al televisore, sento che questo è ingiusto, che tutto questo non abbia senso! E ho paura Shara, a volte mi chiedo se vale davvero voler bene a una persona!»

«Ma di che cosa hai paura?»

«Che un aereo ci piombi addosso all'improvviso prima ancora di aver ordinato del buon sai? Aver fatto tutta questa strada dopo aver rotto con la scuola, con mio zio e con Michelle e non riuscire all'ultimo momento a sorseggiare un po' di vino viennese mi farebbe angosciare!» ho detto sorridendo mentre l'uomo con la pipa si avvicinava al nostro tavolo con una bottiglia di vino rosso e due calici di cristallo fra le dita. Con un'espressione simpatica li appoggiava sul nostro tavolo non lontano dalla candela versando del vino per Shara e del vino per me, mormorando «For this night your lucky! The house pays!»

«Secondo me ha paura anche lui... » ha detto Shara sorridente «... Non hai visto come guardava fuori prima dalla finestra? Avrà pensato che con questo tempo non si riesce a vedere niente!»

«Ma sei mai stato innamorato di qualcuno Demon?» ha detto senza un attimo per pensare. Nei suoi occhi blu il riflesso delle fiamme vibranti.

«Scusa?» ho detto fingendo di non capire.

«Sei mai stato premiato da qualcuno?»

«Non mi hai mica chiesto se sono stato innamorato?» ho detto.

«No! Ti ho chiesto se ti sei mai drogato?» ha detto.

«Se continui così comincerò presto!»

«E con che cosa ti drogherai?» ha detto Shara mettendo del tabacco in una cartina per rollare una sigaretta.

«Ma dimmi un po'! Tu mica eri una ragazza timida?»

«Solo quando ho paura!»

«Guarda che io sono molto cattivo!»

«Per questo non mi fai paura!» ha detto strappando con le dita la cartina e il tabacco che cadeva sul tavolo. Ho allungato le braccia per prendere le sua mani.

«Si fa così» ho detto e abbiamo preparato insieme una sigaretta. Con i gomiti sul tavolo, e le dita fra le dita, la pelle sfiorata dalla fiamma. I violini intonavano le note di "Michelle".

«Se sono mai stato innamorato di una ragazza la risposta è no! Non è che non è mai successo, ma non è mai durata più di due o tre mesi. All'inizio è bello, è come se sentissi vivere l'altra persona dentro di te! ma poi col passare del tempo questo vivere degenera in piombo. Lei col timore che tu te la voglia portare soltanto a letto inizia a farti ingelosire per testare se le vuoi veramente bene; tu per paura di essere tradito inizi a dubitare di lei e a essere geloso, inizi a rimbambirti e sei fregato. O sei diventato un burattino nelle sue mani o tutto degenera nell'incazzatura oppure sopraggiunge la pace e la tranquillità e la monotonia di un matrimonio, un lavoro, una casa, e per completare il quadretto dei bambini per la stabilità della coppia e un cane per la stabilità dei bambini!» ho detto accarezzandogli tattilmente le dita.

«Perché non ti piacerebbe fare dei bambini?» ha detto fissandomi negli occhi.

«Mi piacerebbe sì ma non in questo mondo! Non in questo! Sarei un incosciente» ho detto ricambiando lo sguardo.

«Secondo me tu hai paura!» ha detto sottovoce.

«E di che cosa dovrei aver paura sentiamo?»

«Hai paura di quello che sei dentro, hai paura di aprire il tuo cuore, hai paura dell'amore!» ha detto guardando l'alone della fiamma.

«Non è proprio come dici tu! L'amore è molto pericoloso in questo mondo! Voltati Shara! Voltati e prova a guardare in quel teleschermo quel grande aereo pieno di gente umana che colpisce senza alcuna umanità quella torre piena di gente umana! Ecco quello è l'amore dei grandi! E anch'io un giorno diventerò un grande, ma non avrò il coraggio di amare, mai!»

«Ma allora che cos'è per te l'amore?» ha detto mentre la cartina e il tabacco non si sentivano più tra le mie e le sue dita.

«L'amore è un sogno, il sogno più bello di tutti i bambini!» ho detto mentre lei soffiava sulla candela spegnendola. Anche le altre fiamme svanivano nel buio.

In quell'istante la sera sfogava il suo rimpianto inondando la finestra di un bianco incandescente. Il teleschermo nero, in silenzio, continuava a trasmettere le immagini della gente che muore, e il signore dalla rosa bianca, con gli occhi chiusi e il volto assente, incarnava il suo rancore sui tasti del pianoforte per regalare alla gente che vive una preghiera per sempre. ("Imagine").

«Demon, ti posso chiedere una cosa?...» sussurrava Shara avvicinando la sua bocca alla mia. Il calore del vino rosso s'insinuava impercettibilmente dal respiro delle sue parole ai polmoni dei miei pensieri, come il tocco delle otto zampe di un piccolo ragno che cammina sul dorso della mano per comprendere l'indicibile peso dell'amore.

«... ma cosa vuole dire che l'amore è quell'immagine vuota che portiamo continuamente dentro di noi?»

Un sospiro e uno sguardo «lo vuoi sapere per davvero?»

«Non sei obbligato a dirmelo» ha sussurrato.

«Quando mia madre e mio padre morirono, io non volevo più vedere nessuno. Ero indignato col mondo. Avevo schifo del mondo. E allora chiusi gli occhi e giurai a me stesso di non riaprirli mai più. Passai molto tempo con gli occhi chiusi, forse tre quattro giorni, non ti so dire con precisione. E mia zia era molto preoccupata per me al punto che non dormiva neanche, stava accanto al mio letto per consolarmi e sentivo le sue lacrime sulla pelle del naso e sulla bocca e sui capelli. Mi portava da mangiare ma io rifiutavo, cercava d'imboccarmi ma io gridavo come un pazzo. E mi scongiurava di reagire, continuava a ripetermi che mia sorella stava male per me, ma io non volevo sentire nessuno. Non m'importava più niente di nessuno, non volevo più pensare a niente e volevo soltanto morire così con gli occhi chiusi: con quegli occhi mi addormentai. Fu una sensazione tremenda. Mi sentivo piccolissimo e leggerissimo, dentro di me non c'era alcuna gravità. Mi sentivo come svuotato di ogni peso, di ogni cellula di carne, di ogni goccia di sangue. E questi pesi riempivano l'esterno che mi comprimevano e mi pressavano e mi schiacciavano senza alcuna pietà, da ogni lato e da ogni direzione. Ero come un foglio di carta dimenticato sullo scrittoio.

E quella sensazione ha camminato dentro di me con passi pesanti fino a farmi svegliare. Con gli occhi chiusi disgustavo ancora quell'orrenda sensazione, la mia bocca era schifosamente pervasa da un senso di vuoto ma la mia lingua era pesantissima. Sveglio ora dentro di me mi accorsi con sgomento che stavo osservando l'oscurità della morte. Riapersi gli occhi d'un guizzo e d'un guizzo cosa vidi atterrito? Vidi i colori delle cose, della morte».

DIECI

Nietzsche affermava che l'amore vuol essere donato e mai ricambiato, pensavo, e cercavo in ogni modo di pensare. Sola, nella notte gelida di Amsterdam, camminavo lungo il marciapiede.

Un passo dopo un altro e un altro ancora senza mai stancarmi mentre lo stereo che tenevo in mano seguiva il mio passo. Dallo stereo partiva sinuoso un filo nero che scorreva nell'aria lasciando trascorrere attraverso di esso impulsi di blues che penetravano a tutto volume dal mio udito direttamente al mio spirito. Ancora i Doors, ancora "Strange Days".

La mia pelle era scalfita dalle lame taglienti del freddo ghiacciato che si disciolievano a contatto dei brividi di fuoco che bruciavano dentro il mio corpo, carne bruciata che alimentava il fuoco, vampe di calore che scoppiavano in istinti permanenti di energia sulla pelle.

Fissavo i mozziconi consumati di sigarette e le stringhe annerite e le vecchie cicche appiccicate sull'asfalto e appiattite dal tempo, e macchie di alcuni sputi salivosi qua e là e alcuni fogli di giornale picchiati dall'aria acuminata, la luce ombrosa dei fari di qualche macchina in corsa e la luce giallastra dei fari nella notte.

Nella mia mente continuava a scorrere l'immagine del viso abbronzato di Demon, con la treccia nera legata da un nastro rosso lasciata andare sulle spalle, seduto sul treno con le dita avvolte fra i capelli di Shara. L'immagine smarrita dei suoi occhi sorpresi che cercavano in qualche modo di giustificarsi ma si lasciavano istintivamente scoraggiare dall'evidenza.

Quell'attimo di silenzio orrendo e immobile, come un serpente che sta mirando la sua preda e di scatto velocemente l'assale penetrando nella bocca della vittima insinuandosi coi denti aguzzi nella carne per iniettare il suo veleno, la mia angoscia veenefica che rallentava percettivamente i battiti del cuore sedimentando come piombo allo stomaco, scaraventandomi a terra, senza alcuna via di scampo, niente più speranze, la fine tragica del sogno.

Le lacrime dallo stomaco inondavano i miei occhi ora lucidi come una diga dal cemento incrinato che cerca con un debole sforzo di reprimere la costante forza impetuosa dell'acqua alle spalle che spinge e tende ad eruttare con impellenza, lì per lì, ed aumenta sempre più debole lo sforzo recalcitrante e rinvigorisce la forza dell'acqua in modo schiacciante.

E per quella sensazione di vuoto che ti assale in quegli attimi interminabili di ciò che stai apoditticamente osservando e di ciò che non vorresti mai neanche nella mente pensare, e per la vergogna e per la concretezza e per l'umiliazione di una fiducia tradita. Tutte queste immagini impulsive continuavano istantaneamente a vivere e a respirare dentro di me di un alito che non avrei mai voluto fiutare, dell'immagine di una vita che non avrei mai voluto immaginare. E tutte queste immagini tentavo di reprimere pensando ad altro.

Nietzsche affermava che la natura dell'amore è simile a quella del sole. Il sole per sovrabbondanza di luce ed energia conquista la sua felicità spontaneamente, elargendo del calore, venendo così alleggerito, liberato da quella sovrabbondanza superflua, donando spontaneamente senza fine alcuno, senza pretendere nulla in cambio. E questo donare non è un dovere e non è un principio e non è una morale ma è una necessità fisica del sole. Volevo essere in questo modo, di questa natura voleva essere il mio amore, illudendomi di aver donato il mio amore a Demon senza pretendere ora alcunché e cercavo di convincermi di essere contenta per come erano andate le cose e un attimo prima mi pareva che ci ero riuscita e un attimo dopo come il sole ero tramontata nella disillusione più cupa, quell'immagine di due occhi color inchiostro, quello sguardo tagliente di Demon la prima volta che c'incontrammo.

Ricordavo il parco della biblioteca investita dai mille colori delle foglie che sfumavano tra i baci caldi dell'estate per cullarsi tra le carezze tiepide dell'autunno. Ricordavo il sangue che si fermò arreso nel mio cuore insieme ai secondi che scappavano impuntandosi contro il tempo futuro che avanzava, per vibrare eternamente dei brividi di quegli occhi quando i versi di Shelley ci unirono per la prima volta intensamente. Stavo quasi per svenire a ricordare, avrei voluto tanto ritornare indietro di corsa per prenderlo e ricominciare tutto daccapo ma non avrei mai potuto obbligarlo perché ora lui era con Shara.

Chissà cosa stanno combinando in questo momento? Mi chiedevo. Forse si sentiranno in colpa per come sono andate le cose? Forse allora sono tornati a Milano? O magari saranno in giro a cercarmi? Allora sono dietro di me che si nascondono perché non si vogliono far vedere! Voltandomi di scatto quasi contenta, iniziai a correre lungo la strada già percorsa tra i giornali e i lacci delle scarpe e i mozziconi agitati dal vento, ma non c'era nessuno. Pensavo, magari mi avranno vista e si saranno nascosti bene per non farsi vedere ma più cercavo e più correvo e più mi accorgevo che non c'era nessuno, la strada era buia e l'orizzonte dei miei occhi altalenato dalla luce dei fari delle macchine vagabonde alla più tetra oscurità. Una profonda solitudine concreta nella mia coscienza. Una tremenda sensazione d'angoscia e perdizione per il tempo a venire. Una moto sfrecciava in mezzo alla via sollevando con il ruotare delle gomme il pulviscolo piovoso depositato sull'asfalto annerito.

Il basso profondo di "The End" trasportava la mia anima in una direzione parallela dove la realtà sensibile svaniva sovrastata dai pensieri della mia immaginazione.

Nietzsche affermava che l'amore dell'uomo è un'abitudine convenzionale senza vita perché prende a modello l'amore come dono di dio. Dio dona il suo amore all'uomo e questi cerca di ricambiare questo dono pregando dio. Ma l'amore di dio per l'uomo è infinito e la riconoscenza degli uomini per esso non può mai essere soddisfatta, essi non possono che sentirsi continuamente in debito. Verso un amore che dipende da un altro superiore ed esterno donare, verso un amore incommensurabile che bisogna per Dovere contraccambiare. E come individuo soffrivo perché si schiariva sempre più nella mia mente l'idea di quell'amore a cui ero stata abituata sin da piccola, un amore artificiale e pesante, travisato dalle convenzioni e impastato di consuetudine e mischiato all'avidità e alla sete di possesso, passioni piene di vanità.

E questo peso si era inveterato dentro il mio stomaco, era il fiato e i pensieri e il battito del cuore ancora caldo di Demon, e le sue paure che insieme alle mie vivevano nell'anima mia. E avevo paura perché ogni volta che cercavo di lasciami andare, come spettri pesanti le immagini di Demon s'infittivano e si appesantivano mi schiacciavano nel disgusto di me stessa, pressandomi nell'apatia del non volere, fino alla nausea di me stessa impotente. A fatica quasi respiravo. Bruciavo dalla voglia di morire.

Ma anche questa era un'idea astratta che perdeva nel disprezzo dell'amore. E quel disprezzo era fomentato dal sottile presentimento che così come ogni cosa che prima necessariamente vive poi muore, anche l'amore per Demon che stavo vivendo dentro di me, si stava allo stesso tempo dissolvendo in particelle d'aria, un amore accoltellato nel vivo dal tradimento e dal disinganno. Un amore perso che con il tempo avrebbe perso di significato relegandosi in una zona ignota della memoria come ricordo, per poi non ricordarsi che l'ignoto.

Volevo gridare in quella via oscura: "Ma che senso ha quest'amore? Perché dal primo momento che s'inizia ad amare inizia inconsapevolmente anche la tua sofferenza? Allora vuol dire che tanto più profondo sarà l'amore tanto più profondo sarà il dolore?"

Ma l'amore che Nietzsche sosteneva era un'energia che liberava dal senso d'impotenza, chi riceveva incominciava ad amare chi elargiva dall'esuberanza e chi donava per esuberanza amava per la gioia di amare: il dolore era alleviato giacché ognuno partecipava alle nostre gioie. Ma chi era capace di tutto questo? L'oltreuomo? Quell'amante della vita, quel danzatore, quell'uomo dignitoso e sempre sorridente che ama e si delizia e si compiace di ogni piccola sfumatura e di ogni piccolo pericolo e ogni piccolo dolore di una vita troppo breve per ogni piccola creatura. Ed egli allora va oltre ogni ostacolo, leggero nell'oltrepassare e danzante nel suo superare fino a superare se stesso donandosi per l'eccesso di gioia e di amore che sgorga inesorabile dentro di sé, per dire ancora una volta e per sempre: "Ricominciamo!" per l'eterno ritorno del divenire. Il creatore fanciullo che ride e gioca senza alcun accanimento, non prendendo troppo sul serio alcunché e persino se stesso, un creatore con una tremenda virtù, la virtù che dona.

E un attimo era come se niente fosse accaduto, leggera come una piuma, ubriaca dei miei pensieri e sorridente per iniziare a creare e un attimo dopo ero distrutta dal risentimento che nutrivo, da quel peso e da quell'angoscia. La presenza di Demon ancora dentro di me, dentro i versi di Blake pronunciati di sorpresa nel silenzio di una biblioteca, e ancora la sua promessa di non lasciarmi e le frasi dolci che vibravano in ogni mio nervo, lo sguardo santo della madonnina quasi volesse eternare quell'istante e la bottiglia lanciata con violenza senza badare la sua persona ma soltanto per proteggere la mia.

I miei pensieri si agitavano confusamente trascinati in ogni direzioni e straziati da ogni parte e sconquassati dalla forza del mare che era tutt'uno con l'impeto del vento e io, scoglio fisso e duro, spigoloso alla deriva, perdevo senza alcuna possibilità di reagire la forma del mio sentimento. Erosa e consumata da uno stillicidio continuo d'impulsi e d'accessi rabbuiosi fino a non rimanere di me che polvere al vento dissolta in finissimi corpuscoli di vuoto abissale. E in quell'oscurità senza fondo ritrovavo ma stessa ascoltando le note ripiene di tristezza di "People are Strange".

La virtù che dona, ossia un valere e non un dovere, un donare disinteressato e autonomo, un alito d'oro e una pioggia d'oro perché il cuore della terra è d'oro. Così parlava Nietzsche. E questo oro era il sorriso perché ridere di una cosa è segno di una vita psichica superiore, un fiume d'amore che trascina il lago solitario che è dentro di noi verso il mare; una virtù che dona come il miele perché il miele è un'oggettivazione di energia che si offre agli uomini naturalmente, non come sacrificio ma come un dono; una virtù che non vuole sopraffare o dominare su altri ma vuole solamente esprimere le proprie capacità, le proprie potenzialità individuali. Una virtù che rende chiara la missione di tutti gli spiriti liberi: "SPAZZARE VIA TUTTE LE BARRIERE CHE SI FRAPPONGONO A UNA FUSIONE DEGLI UOMINI: RELIGIONI, STATI, ISTINTI MONARCHICI, ILLUSIONI DEI RICCHI E DEI POVERI, PREGIUDIZI IGIENICI E DI RAZZA[1]"; una virtù che dice: "NON AVERE RAPPORTI CON NESSUNO CHE PRENDA PARTE ALLA BUGIARDA IMPOSTURA DELLE RAZZE[2]".

Ma era anche vero che la virtù che dona era una passione migliore della virtù meschina ma io ero vinta dalla meschinità perché mi sentivo indigente, non riuscivo a creare e non ce la

---

[1] Nietzsche, *Frammenti postumi 1885-'86*, Milano, Adelphi, 1984.

[2] Idem.

facevo a reagire e accettavo questo peso fisso nello stomaco, perché mi aspettavo un contraccambio per la mia mansuetudine con Demon, perché mi sentivo senza carattere e sentimentalmente prefabbricata, perché il risentimento scorreva nelle mie vene, perché stavo criticando le bassezze degli uomini, perché non riuscivo più a comandare me stessa.

Ancora lui ed io che giocavamo sotto la pioggia, plasmati nel fango dell'amore carnale, i nostri occhi feriti dall'aria sferzante del treno in corsa mentre bruciavamo ogni segno del passato per unirci nella fiducia del presente e ancora quella fiducia spezzata dall'immagine di Shara e Demon uniti in un bacio. Non riuscivo neanche più a pensare.

La mia coscienza così sentenziava: "Anche la cultura è un'imposizione della società! Non cercare di fuggire dal dolore! La cultura è una sovrastruttura! Biasimi le consuetudini sociali poi ti rifugi in esse per non soffrire!". Mi sentivo impazzire! Mi sentivo scoppiare! Mi sentivo svenire!

E iniziavo a correre piangendo per la strada fra le sedie e i tavoli bianchi e sporchi della pioggia disposti lungo il margine di un canale e i tetti a picco delle case e le vetrine e le luci al neon che riflettevano vari colori lungo la via. Betulle in ansia per l'improvviso freddo invernale e le luci rosse di una piccola imbarcazione lontana che beccheggiava sulle acque turbate del canale in cui si riflettevano le forme annaspanti di fantasmi di legno, le ombre della notte lunare.

Ma non era la mia coscienza quella che giudicava. Quella voce spettrale incalzava e pungeva spinosa dall'inconscio per battere d'ansia e di sudore e nel tempo e nello spazio. Non era vero! Non poteva esserlo! Tutte le idee che giustificano la mia esistenza non potevano essere l'artificio di ciò che io tentavo da sempre di combattere e di fuggire! Il solo pensiero di questo sobillava impotente rassegnazione per uno stato di cose da cui difficilmente si sarebbe potuto scampare, scappare via lontano da questo stato d'essere. Muri di cemento armato e lastre di piombo penetravano invisibilmente dai miei sensi filtrando furtivamente nell'anima per porre d'assedio la mia volontà, per manipolare la coscienza. Angosciante prigione di pensieri, animata da sentimenti corrotti della cattività, sostrato necessario del pensiero.

E tutto questo per colpa di chi?

Pensieri che si scontravano contro pensieri distruggendosi in frammenti di parole spezzate e costrutti incrinati e rocce contro rocce che si disgregavano in volubili schegge di rocce e caos d'impulsi confusi che mi sballottavano, mi sbalestravano gettandomi nell'abisso del non ritorno ma di getto ora risalivo dalla voragine trasformata, d'odio e d'impeto caricata.

"Bisogna avere il caos in sé per partorire una stella danzante[3]", così echeggiavano ancora nella mente le parole di Nietzsche ma la stella che avevo appena concepito sciava nel cielo dell'indignazione più cupa.

L'indignazione fondava la morale per tutti quei bastardi fascisti che avevano alterato il concetto di superuomo da uomo che si supera a uomo di razza ariana, che avevano travisato il concetto di genio trinciandone le parti, e avevano rubato la poesia e la verità per risarcire il tempo d'infamia e di menzogne.

Gradavo nelle fiamme la rabbia al mondo e al dio! Con quel tale che veniva incontro a me sulla strada, sorridendo di lussuria. Avrei voluto rompergli con un pugno i denti sciorinati per fargli capire e non dimenticare che una donna non deve mai essere presa in giro, perché può diventare cattiva.

Avrei desiderato ardentemente far assaggiare nella carne l'eterno ritorno della passione e morte di Gesù Cristo a ognuno, uomo e donna che sia, a ognuno di quei nazi-fascisti che alzavano tese le braccia come spade verso i baffetti vanagloriosi di un maniaco. Avrei voluto iniettarli nelle arterie la spada di una siringa appuntita sospingendo fino al cuore che pulsa l'immensa ebbrezza materiale della volontà di potenza, per fare delle loro ossa e dei loro denti e dei loro capelli un colorito Big Bang.

Avrei voluto quel giorno incontrare tanto Dio per dirgli «Guarda che fa male!»

---

[3] Nietzsche, *Così parlò Zarathustra*, Milano, Adelphi, 1996.

Non era giusto che io soffrissi in questo modo per un ragazzino appena conosciuto, una sofferenza che assorbiva ogni vano tentativo di reazione. Non era giusto che ora io non potevo fare a meno di preoccuparmi di lui quando lui si trovava indifferentemente chissà dove. Non era giusto quel senso di vuoto pesante allo stomaco che s'addensava in tutto l'addome come una cosa verde e vischiosa che mi appiccicava e mi tratteneva e mi avvolgeva nell'immagine degli occhi vivi del sorriso di Demon. Ma quello era ancora l'unico legame che mi univa ancora a lui e io, intorpidita nel corpo e illanguidita nella mente, non riuscivo più a capire né a decidere, senza sapere più cosa fare...

...ritrovavo a fissare il mio volto lontano nel riflesso distorto del gioco ombroso di specchi di un bagno angusto, la porta serrata da dentro e un fumo di hascisch che passava da un filtro di carta ripiegata alla bocca fino alla mente per non pensare. Lontana dal tempo, lontana da Demon, tra le braccia di una tipo che non conoscevo neppure e che articolava insensibilmente le sue dita gelate fra le mie gambe infreddolite.

UNDICI

Eravamo tornati a Milano.

Dopo aver preso il primo treno nella notte che partiva dalla stazione centrale viennese, ci eravamo diretti a Torino per poi cambiare per Milano. Questa volta sarebbe stato un viaggio pacifico senza la sorpresa di alcun controllore. Shara e io ne avevamo approfittato per riposarci e per riprendere un po' di fiato, per ritrovare il coraggio e andare a chiarire la situazione davanti alle nostre rispettive famiglie, per poi andare a cercare Michelle.

Cullati dal vuoto tram tram meccanico del treno in movimento, sicuri del calore misterioso della notte che spegneva le luci di una parte di mondo per regalarci momenti d'intima solitudine.

Il profumo della pioggia d'autunno, distillato dalla piccola apertura del finestrino, ubriacava di sentimento le parole proferite e i pensieri intimiditi, lei appoggiata con la sua testa sulla mie gambe, io che accarezzavo i suoi capelli, le sue mezze frasi e i suoi sguardi d'imbarazzo, il mio sorriso ritrovato fuso nella sua vibrazione inconscia di donna. Lei che spremeva la pelle del mio avambraccio con pizzicotti di rabbia, io che le tiravo i capelli, lei che mi accarezzava le guance violentemente. Lei distesa e disinvolta con i suoi capelli disparsi nell'odore di pelle della poltrona, io che sfioravo con le dita i suoi capezzoli duri da sotto la maglietta, lei che mordeva il lobo del mio orecchio freddamente, lei che succhiava come una bambina ingenua e istintiva la pelle del mio collo, intensi brividi di tenerezza sulla schiena. Io che pizzicavo il seno di lei e lei che mi mordeva sul collo, io che gridavo e lei che premeva la mano sulla mia bocca, io tutto rosso e lei che tratteneva il sorriso a fatica, mentre il vento olezzo sussultava sibilante dalla piccola fessura del finestrino.

«Come la prenderà tuo zio Demon?» ha detto rompendo un attimo di vuoto, lei seduta tra le mie gambe.

«Non lo so e sinceramente non me ne importa più di tanto! Ho deciso ormai! Della mia vita d'ora in avanti deciderò io! Altrimenti che senso ha? Comunque non posso ripresentarmi a scuola davanti alla coordinatrice come se niente fosse. Qualcosa è cambiato in me in questi giorni. Non riesco ad essere chiaro con me stesso ma sento che qualcosa si è acceso! Sai, un po' come una scintilla in una foresta arida che anela al fuoco, una foresta infinita di legna sacrificale! E una volta accesa...»

«Allora vuol dire che ti cercherai un lavoro?»

«Mai! Peggio che andare a scuola» ho detto con un registro determinato.

«E allora?» ha detto.

«E allora non lo so! Per prima cosa andrò a cercare Michelle per vedere come sta e per darle una qualche giustificazione! Se vuole capire?»

«MI sa tanto che lei non sarà molto disposta a capire!» ha detto, movendo un dito sulla tempi come per pensare.

«E allora dipende da cosa farai tu!» ho detto guardandola negli occhi.

«Io... non lo so... comunque sono certa che non andrò più all'Università!»

«Ti troverai un lavoro?» ho detto trattenendo un sorriso.

«No, andrò a fare le rapine!» ha detto seriamente.

«E per curiosità, chi andrai a rapinare?»

«Se te lo dico che rapinatrice sarei? E poi verrai anche tu con me!»

«Ma io non sono capace di fare le rapine!»

«Allora sarai la mia vittima perché ti rapinerò per tutta la vita!»

«Ma io sono povero. Cosa vorresti rapinare a uno come me! Non ho niente di valore!» ho detto sfiorandogli la guancia col dorso della mano.

«Voglio rapinare la tua poesia!»

«E una volta che l'avrai rapinata a cosa ti servirà?» ho detto.

«Mi servirà per toccare il tempo con le dita!» ha sussurrato Shara al mio orecchio stringendomi forte la mano.

«Ma allora hai capito cosa vuol dire?» ho detto.

«Vuol dire che...»

«Vuol dire?» ho detto.

«Vuol dire ma perché non me lo dici tu cosa vuol dire?» ha detto lei con un sorriso.

«...perché mi vergogno!» ho detto, e mi ha stretto forte avvolgendomi nel calore del suo corpo.

Dopo esserci lasciati alla stazione centrale di Milano, ero decisamente convinto per andare ad affrontare a viso aperto gli impulsi schizofrenici di mio zio.

Dalla metrò, presi la linea rossa fino a Sesto S.Giovanni, poi l'autobus, dopo circa venti minuti di attesa, affollato da figure per bene di studenti sovraccarichi e muti, immagini di gente di cui mi ero dimenticato in quei giorni. Passo dopo passo camminavo lungo il sentiero di un parco che tagliava tutto il paese e sbucava direttamente nella via accanto a casa di mio zio, dopo una brusca salita.

Una brusca discesa, ancora il sentiero, l'attesa di venti minuti e finalmente l'autobus, la metrò e ancora l'aria umida e risonante della stazione di Milano. Non appena avevo intravisto la gola del camino fumante della casa di mio zio sbucare al di sopra dei castagni del parco, mi era passata francamente la voglia di parlargli. Non era stata né timidezza né vigliaccheria ma soltanto l'improvvisa consapevolezza che cercare di parlare a una persona che non ti sta per niente ad ascoltare ed è convinto delle proprie ragioni come comandamenti impartiti da dio agli uomini, come se fosse lui a tirare i fili delle mie mani e delle mie gambe e dei miei pensieri, come se fosse lui a decidere della genesi e dell'apocalisse e della palingenesi di ogni essere vivente del pianeta terra che graviti nell'orbita della sua volontà, era solo tempo perso. E mi ero reso conto che qualsiasi cosa avessi fatto contro la sua volontà sarebbe stato indiscutibilmente il male. E tutto quello che avevo fatto in quegli ultimi giorni era decisamente contro la sua volontà.

Pertanto ero tornato senza sorta di dubbio nel centro di Milano per passare a prendere Shara a casa sua e insieme andare a cercare Michelle.

Vecchie sensazioni tornavano a galla in mezzo a tutta quella gente preoccupata. Erano passati appena tre giorni eppure mi sembrava fosse passata un'eternità intera da quando avevo serrato il cancello della scuola con il lucchetto. Quella gente che continuava imperterrita ad entrare e ad uscire e a guardare e non guardare e fermarsi e stropicciarsi la polvere e l'aria di benzina. Macchine che sfrecciavano e si affiancavano e s'intrecciavano e si fermavano e tutti si agitavano senza alcun motivo. Macchine ammaestrate da gente addomesticata che correva sulla terra scavata e ricoperta e cementata bloccando blocchi d'aria, imprigionando se stessi in forme fisse di cemento. Gente convulsa e gente irritata, gente comune in fila indiana, gente che lavorava senza fermarsi dalla mattina alla sera, gente nei bar assorta nei giornali dello sport e della cronaca, gente impegnata da chiacchiere incidentali incise nella mente per tutta la giornata. Gente al telefonino e gente sospettosa, illusioni di gente comune che viveva per amore. Quale amore? Gente lusingata dal sesso di uno stesso allevamento uguale per tutte le coppie che si amavano di notte per poi lasciarsi e tradirsi e odiarsi di giorno. Preoccupazioni di gente felice.

Stavo per impazzire!

Corso Buenos Aires, poi Corso Venezia e di corsa attraverso il portone d'ingresso aperto del palazzo di circa otto piani dove abitava Shara, fra lo sguardo curioso e bieco della vecchia portinaia apparentemente concentrata nella lettura di un giornale. Spingevo il pulsante dell'ascensore e lei in piedi appoggiata a un banco mi squadrava, cercava di capire da dove venivo e dove sarei andato, un attimo di acuta tensione tra i suoi occhi e i miei che guardavano in ogni direzione, le scale il soffitto la pianta ogni cosa guardavano cercando di eludere i suoi occhi investigativi. Invasato da sensi di fuga e impulsi inconsci di paura, ricercavo solamente il calore tenero di Shara. La portinaia stava per avvicinarsi, sospettosa del mio insolito atteggiamento, due lastre di alluminio si aprono, un trillo, «Mi scusi, ma lei dove sta andand... », le lastre che si richiudono «...do?» spezzando la prospettiva delle sue intenzioni.

Bruciavo dalla voglia di stringere forte tra le mie braccia Shara. In sole poche ore di distacco stavo vivendo il più inquietante degli incubi. Come se alcuni maligni fantasmi trapelassero di forza dal mio non essere senza che io potessi opporgli resistenza. Un ordito spinoso di fili di ferro che mi avvinghiavano in una rete elastica di paure, fantasmi che deterioravano i miei pensieri cercando di succhiare il loro sangue e spremere il mio cuore in tutta la sua carica e offuscare permeando la coscienza di gocce pallide di carne.

Tutto il mio passato era impregnato dall'odore acre di quelle ombre tenebrose che s'infiltravano in ogni ricordo per cospargerlo di una velenosa inconsistenza, e quest'angosciante sensazione d'inanità era scomparsa per tre giorni come se mai fosse esistita così come da sempre era stata e in un attimo ricompariva all'improvviso come se mai fosse svanita.

E l'unica via d'uscita era soltanto la mia Shara. Finalmente la porta dell'ascensore si apriva e mi ritrovavo al piano quinto di quell'edificio sverniciato dagli anni, mattonelle punteggiate di nero ricoprivano il pavimento, tre porte blindate forse per piano. Una lampada al neon spargeva sulla lampada delle scale e sul giallo ruvido dei muri del piano della luce annacquata. Ero ansioso come un bambino che comincia a giocare perché stavo per farle una insperata sorpresa. Shara non mi avrebbe mai atteso a quell'orario insolito del mattino poiché ci eravamo dati appuntamento nel tardo pomeriggio davanti a casa di Michelle.

In quel momento mi rendevo conto di non conoscere il suo cognome o per lo meno la porta dove bussare e andando per esclusione c'era una porta senza nome e mi stavo dirigendo verso quella quando un urlo sommesso sfiorò le mie percezioni attirandomi verso la porta opposta. Avvicinandomi mi ero accorto che non era un urlo. Era un pianto ed era una voce femminile, un pianto soffocato mischiato a grida d'impotenza e con l'orecchio appoggiato al legno della porta, ormai era chiaro. Non era un'impressione bensì un richiamo concreto e disperato e forte ora scandito nella mia mente, ed era la stessa sensazione che avevo provato sul treno mentre osservavo l'immagine degli occhi tristi di Shara.

Il sangue cominciò a riscaldarsi e d'istinto afferrai la maniglia della porta ma la porta era aperta. Un lungo corridoio nella penombra e quei gemiti sempre più articolati e io ero stato morso da stringenti pulsazioni d'ansia al petto e alle mani e alla mente. Muto mi ero addentrato nella penombra fiancheggiando la statua di un puma nero seduto su due zampe alla mia sinistra e un mobile con una specchiera enorme, una porta aperta forse della cucina e altre porte dai vetri traslucidi fino alla porta socchiusa in fondo al corridoio da dove filtrava dalla fessura in basso della luce e delle grida smorzate. Era la voce di Shara quella!

Non appena spalancai la porta, nei miei occhi scorsi l'immagine del crocifisso che si stagliava sulla parete bianca e sotto c'era Shara sdraiata col volto soffocato nel cuscino e una mano che l'afferrava per i capelli e un uomo vestito per metà che si agitava crudelmente fra le sue gambe.

Quell'uomo si voltò di scatto verso di me e Shara, smollata la presa, riuscì a districarsi fuggendo e cadendo giù per il letto macchiato di sangue, lei con un occhio ferito e due occhi lucidi, lei con il labbro gonfio e la bocca grondante gocce di sangue nero, lei pallida in volto, umiliata per sempre. Le mie gambe cedettero sotto la pressione di quell'indefinibile peso del vuoto che dal mondo infero mi era piombato alle spalle. E in ginocchio, senza riuscire a parlare, senza neanche pensare, da soli i miei occhi nel silenzio piansero. Ero rotto dal battito del cuore e dal battito delle lacrime che a terra precipitavano.

Al che quell'uomo sorpreso d'istinto latrando ferocemente di corsa con un calcio violento allo stomaco mi colpì e poi un altro e un altro ancora e uno di striscio sulla bocca mentre cadevo definitivamente quasi svenuto per terra, fra i suoi pantaloni gettati e il sangue del mio naso che schizzava sui suoi piedi e i gemiti impauriti di Shara ritratta e accucciata vicino a un comò. Quell'uomo sfogava la sua cattiveria repressa investendomi da tutte le parti, sferzando le sue mani sfregiate sul mio volto esitante e ancora affondando dei calci violenti nello stomaco.

«Lascialo stare! Non c'entra niente lui papà!» biascicò Shara piangendo ma lui accecato e affaticato concentrava sempre di più i suoi colpi ora deboli sulle mie braccia e sulle mie gambe ormai livide, con cui cercavo di difendermi strenuamente dall'odio della sua vergogna umiliata.

Tre colpi secchi. Fulminei. Assordanti.

Quell'uomo giaceva a terra con tre fori nel petto, con la mano distesa verso la croce, l'odore di piombo nell'aria, la scia fumante dalla pistola nelle mani di Shara, i suoi occhi iniettati di sangue, proiettili lanciati nella stanza, la pistola cadente fra le sue mani piegate, i rimbalzi stridenti del ferro inanimato a terra. E il silenzio più cupo.

Giacevo a terra anch'io, prostrato e confuso. Uno spiffero animato singhiozzava ipnoticamente dal mio inconscio: «E adesso? È finita! Scappa! Veloce! Scappa!»

Con fatica riuscii a voltarmi verso di lei e lei era irriconoscibile, sfigurata, nel corpo e nell'animo violentata, ormai senza più nome.

Il sangue nelle vene iniziò a tremare e con esso il cuore a palpitare e i miei occhi in convulsione fremevano e dalla rabbia il mio animo vibrava. Gli ingranaggi meccanici del mondo infero cominciarono a sciogliersi fatalmente a contatto con il liquidi fiammeggiante delle fiamme del mio rancore. A fatica riuscii ad alzarmi e con una mano allo stomaco con l'altra raccolsi la pistola. La guardavo negli occhi ma non avevo più il coraggio di parlarle.

Alzai il braccio con la pistola puntata verso il volto di quell'uomo. Lui mi guardò agonizzante, piangendo, insanguinato.

«C-chiedile scusa...» balbettai piangendo di rabbia.

Non parlava.

«Chiedile scusaa!»

Il braccio cedette per lo sforzo. Mi voltai per guardare gli occhi vuoti di lei. Erano morti. Mi voltai per fissare la croce e con la croce negli occhi sparai a quell'uomo. Un colpo senza guardare nel mio cuore senza alcuna pietà.

La nenia sibilante delle sirene sulla strada avanzava sempre più, fino a spegnersi per riflettere solo lampeggianti blu sui vetri della stanza.

SECONDA PARTE

Non si udiva alcunché, solo il dolce scrosciare delle onde sulla spiaggia deserta. Nel buio le stelle del cielo brillavano. Tante stelle, miliardi di puntini luccicanti riempivano il cielo intero di ricca profondità, estensione libera di forme primitive che risplendevano nell'acqua sobria del mare.

Ero solo, a piedi nudi sulla sabbia bagnata. L'acqua del mare ravvivava i miei piedi che ad ogni flusso si pulivano della sabbia per poi sprofondare in essa ad ogni riflusso. E con la bocca ispiravo il sapore dell'acqua del mare che alterava i miei pensieri ed ogni sospiro era un sorso frizzante d'infinito. Contemplavo ubriaco la notte e il mare che si univano all'orizzonte per miscelarsi di stelle e di sale per poi bagnare la spiaggia fin oltre i miei piedi di una spumeggiante acqua stellare.

D'un guizzo qualcuno sfiorò la mia mano senza toccarla. Mi voltai trepidante e una dolce bambina dai capelli rossastri che ricadevano fino alla sabbia sorrideva e con gli occhi di gemma parlava al mio animo di amore e di pace. Strinse la mia mano e nel silenzio accompagnò la mia fantasia nel profondo del mare...

Un rollio stridente di serrature mi svegliò contro la mia volontà. Saranno state come al solito le sette del mattino, l'orario in cui la guardia di servizio passa a controllare che ogni detenuto non sia scappato dalla cella o sia ancora vivo. Ma come al solito non volevo neanche guardarlo. Ancora dormiente in quella culla di quell'insolita sensazione, mi rimboccavo sotto le coperte mettendo la testa fin sotto al cuscino.

«Scuola! Scuola! Scuola!» sberciò smodatamente uno degli agenti di guardia della rotonda, fra i muri echeggianti della sezione. Avvertiva tutti i detenuti iscritti a qualche corso di svegliarsi e di prepararsi in fretta in attesa dell'apertura. Non si risvegliavano solo loro, e forse l'agente ne era a conoscenza, non glie ne importava più di tanto perché era una delle regole del suo lavoro, si alleggeriva dalla colpa schermendosi dietro le sue "responsabilità". Sveglio e perplesso non mi sarei mai più riaddormentato.

Ma cosa voleva dirmi quella bambina? E chi era?

«Buon giorno Demon? Vuoi un po' di caffè?» disse il mio compagno di cella. Di chiamava Peter, almeno così lui affermava. Serbo, sulla quarantina, a dire il vero non gliel'avevo mai chiesto quanti anni avesse, non m'importava. Viveva in Italia da circa vent'anni e si era sposato con un'italiana che lo veniva a trovare ai colloqui settimanalmente, condannato a tre anni e due mesi per furto aggravato ((che rimanga tra noi: ne aveva scontati in passato altri cinque per rapina a mano armata, almeno così lui sosteneva)). Gli mancava poco tempo per uscire in libertà e per quel poco si era iscritto a un corso di scuola media, ma non che gli servisse q qualcosa se non per far passare il tempo della prigione.

«No grazie, ora non mi va!» mormorai ritornando sotto le coperte. Era una di quelle poche mattine che mi svegliai senza odiare nessuno. Assaporavo ancora il dolce liquore di quel sogno, uno dei pochi perché in carcere le notti sono interminabili, anche di giorno è notte e col tempo non si riesce più a dormire, ancora meno a sognare.

«È pronto lei?» apostrofò la guardia con la chiave dorata inserita nella serratura della porta a sbarre. Peter non lo calcolò di striscio, fece un cenno col capo e quell'uomo in divisa gli aprì la porta per poi richiuderla automaticamente lasciandomi da solo nella cella.

Perché avevano tinto di un colore simile all'oro quelle chiavi? Chi le aveva tinte? E chissà per quale assurdo motivo quell'uomo, non più di trent'anni, avrebbe scelto d'impiegare tutto il tempo della sua vita ad aprire e chiudere porte. Forse non era stata una sua scelta. Un altro individuo spersonalizzato come la maggior parte della gente che vive di fuori? Ma lui era uno di fuori, io non me ne rendevo più conto. Perché ormai erano trascorsi più di tre anni da quando mi avevano arrestato. E se provavo a tornare indietro nel tempo, la mia realtà di fuori appariva come mera fantasia perché ormai ero dentro ed era come se lo fossi sempre stato. Ormai la vita fuori era diventata soltanto un ricordo e a furia di ricordare, senza accorgermene, avevo perso l'abito della sua concretezza. O forse non l'avevo mai indossato...

Tre anni! Quanto tempo è passato... speriamo che Michelle si sia calmata...mi avrà dimenticato... avrà continuato gli studi... mi piacerebbe sapere come sta?... le scrivo... no, non posso... vorrei almeno riascoltare la sua voce... e Shara? Forse sono stato davvero uno stronzo... aveva ragione Michelle... ma non potrei sopportare l'idea di poterle stare vicino solo poche ore al mese con la speranza che un giorno io possa ricompensare il suo sacrificio nell'attesa. Quello di una divina ragazza che spreca tutta la sua giovinezza per uno che ormai non ha più futuro, per uno come me che ha ancora vent'anni da scontare.

Vent'anni... si fa in fretta a pronunciare questa parola. Trecentosessantacinque per venti più cinque giorni e ogni giorno composto da ventiquattro ore e ogni ora di sessanta minuti per sessanta secondi ciascuno e ogni secondo è una pulsazione del cuore e un desiderio della carne e un pensiero della mente. Non credo che il giudice o quale attore lui rappresenti sia consapevole oggettivamente di tutto questo, in particolare per un ragazzo che non ha ancora compiuto i vent'anni di età.

Il giudice metabolizza solo un fatto: è morto qualcuno e sentenzia: non sono io che t'infliggo questa pena bensì il regolamento, la colpa è sua non è la mia, la colpa è tua non di chi codifica il regolamento, hai ucciso una persona, un essere umano come te che non può più ridere né soffrire, rimediare ai suoi errori, e il responsabile sei tu, tu sei il male! Sei il peccatore e devi pagare il prezzo della tua libertà. Il regolamento comanda che dovrai rimanere fermo del tempo in un bugigattolo con le sbarre all'ingresso e all'unica finestra e una televisione per rimpiangere la vita che sta correndo. Non potrai avere relazioni amorose con una donna perché nell'arco di tutto questo tempo dovrai rimediare alla tua colpa. Questo è stato sempre un punto controverso, sinceramente non l'ho mai capito. Perché non posso fare del sesso? Perché gli uomini condannati Devono stare insieme reclusi con altri uomini e le donne insieme alle donne? Che la libertà che ci viene concessa di fuori non sia altro che un effimero piacere?

Il sesso è la nostra libertà? Pensandoci meglio, ma perché l'uomo e la donna corrono dalla mattina alla sera? Cosa stanno cercando? Oro o lustrini?

Un'altra cosa che non mi è mai stata chiara. Come posso rimediare alla mia colpa alterando la naturale fisiologia organica del mio corpo? Non è forse il sesso una necessità fisica, un istinto che vuole sfogarsi naturalmente, un impulso che represso degenera in odio? Non era lo stesso metodo adottato dai collaboratori del partito del Socing come pratica consuetudinaria per tutti i membri, in modo tale da razionalizzare e trasformare il loro istinti compresso in odio profondo da sfogare contro i nemici del partito? Che ci stiano preparando alla lotta contro eventuali attacchi? O forse il regolamento sottintende che il detenuto, per espiare la sua colpa, per un idoneo reinserimento nella vita sociale, debba per tutto il tempo della condanna fare avanti e indietro con la manina? Oppure debba lasciarsi andare ai rapporti omosessuali?

Dev'essere un sistema terapeutico molto eccentrico questo, che là fuori siano stati tutti froci e non me ne sia mai reso conto?

«Aria? Aria? Chi deve andare all'aria?» guaiolò come al solito l'agente della rotonda fra lo spazio vuoto cementato della sezione, per avvertire i detenuti che avevano intenzione di andare a passeggio.

Era una strana giornata, mi ero svegliato bene e avevo proprio intenzione are due passi. Un caffè veloce, una sigaretta rollata di fretta, un maglione addosso e un paio di jeans, scarpe da tennis «Agente aria... !» e dopo dieci minuti di attesa, su e giù su e giù per la cella, solo per farmi innervosire niente di più, solo per questo ma è giusto, in coerenza con l'impeccabile teoria sanatrice, «Agente per cortesia ariaa!» gridavo incollerito, e l'agente giunse sorridente, come se avesse assolto appieno il suo compito di educatore.

Uno stridore agghiacciante di chiavi e di serrature ed eccomi in sezione. Venticinque celle disposte tutte su un lato con il blindo verde semiaperto e qualche asciugamano sul bordo superiore per richiamare l'attenzione dell'agente di turno, per avvertirlo della necessità di poter essere accompagnati in doccia. Una doccia al giorno esclusa la domenica, comandava il regolamento. Ma perché la domenica non ci si può lavare? Pensai, mentre percorrevo il lungo corridoio verde e bianco fino all'uscita fino all'uscita per la rampa delle scale dove mi attendeva un agente per la solita perquisizione. M'inoltravo sulle scale lentamente, un gradino alla volta con le mani in tasca, tranquillo ormai per la presa di coscienza del trabocchetto. Non erano semplici scale. Scendevi e man mano ruotavi su te stesso senza accorgerti, ritrovando stesso nella parte opposta dell'edificio, forse al piano terra, smarrito in un labirinto di ferro e cemento, vanificato ogni inconscio desiderio di fuga.

Un altro agente accostato alla porta sorvegliava l'ordinaria circolazione dei detenuti sulle scale, altra perquisizione per accertarsi che il detenuto non nasconda qualche lametta o della droga oppure oggetti non consentiti dal regolamento, un lungo corridoio marrone spezzato da tre corridoi a sbarre di ferro spalancati che ne allungavano lo spazio libero disponibile, ombroso spazio rischiarato da alcune striature di luce penetranti da due finestroni blindati disposti lungo un lato del bislungo corridoio. Un agente di guardia davanti all'ultima porta blindata, un buongiorno e finalmente l'aria invernale di un altro vicolo cieco.

«Buon giorno Demon!»

«Buon giorno Demon!»

«Buon giorno Demon!!»...

«Ciao a tutti!» berciai. Che fantasia! Il primo incontro fra i detenuti, ogni mattina, si apriva con un buongiorno, come segno di educazione e rispetto, consigliava il codice fra i prigionieri. Ma era più forte di me, mettendocela tutta e proprio tutta non riuscivo proprio a pronunciare quella parola con cortesia e il più delle volte la spuntavo con un semplice «Ciao!»

Gente ambulante avanti e indietro su un asfalto deteriorato e rotto da mura imperiose che sbarravano ogni orizzonte. Sovrastanti lastre di cemento impermeabili verdi e arancione, armate contro ogni tentativo di umana profondità. Ma non era neanche gente quella che camminava perché si camminava come la gente di fuori, gente che pagava la libertà con il denaro, come le guardie e chi lavorava nell'istituzione. Noi non rappresentavamo nient'altro che una serie di numeri tutti uguali, tutti prigionieri ugualmente senza nome per la gente di fuori, ognuno di noi scontava il prezzo della propria libertà con il tempo.

Quella mattina all'aria avevo portato con me il walkman. MI ero stancato di ascoltare i soliti ciclé: "Perché sei dentro? Quanto ti manca? I giorni li hai chiesti? E l'art.21?" Frasi pronunciate con una marcata variazione d'accento, dal siciliano al calabrese, dal napoletano al marocchino al milanese. Ma non era quella la loro colpa.

Eravamo tutti dei numeri ma in modo differente. Loro camminavano a passo lento, si fermavano sedendosi su una sporgenza di cemento, altri riuniti in terra prospiciente al cielo e distratti nel gioco delle carte con un unico desiderio: tornare a far parte della gente, far passare il proprio tempo per ricominciare a pagare la propria libertà con il denaro. In questo consisteva tutta la loro forza morale, l'unica speranza. La stessa che poco prima li aveva associati per poi dividerli e condannarli al carcere.

Ma quella mattina, come non mai sprizzavo d'euforia, riempito dagli occhi dolci di quella piccola bambina dai capelli rossi, eccitato da uno strano piacere a starmene in disparte.

Ero contento di essere una cifra senza più nome, sereno per non esistere più fra la gente. Cosa significa il nome di una persona? Un qualcosa che ti viene assegnato al momento della tua nascita senza prendere parte alla decisione, che distingue la tua identità! Ma quale identità? Quella del contesto in cui vivi. Io non voglio più chiamarmi Demon! Voglio essere solo una cifra! Ma anche la cifra a un nome! Io voglio essere e basta! Essere un qualcosa che vuole ritrovare la sua identità e che ha bisogno del tempo, tanto tempo, o forse no!

Michelle aveva ragione quando disse che non serve conoscere se stessi ma bisogna non importarsene... avrei voluto incontrarla per dirle che finalmente avevo capito... ma era impossibile, sogni che svaniscono in un istante e in un istante alzavo lo sguardo per ammirare il cielo. Perché in carcere si parla con se stessi oppure con il cielo, per chi ne ha il coraggio.

Il freddo di dicembre bruciava l'azzurro rattrizzendo ogni atomo d'aria che si arrendeva esangue in fumo gelido e trasparente. Una foschia incolore ma pungente che tagliava la carne per lasciar sgorgare liberi come acqua arcani sogni della mente. E camminando il mio animo vaporava in fumo e con essa pensieri e limiti si ghiacciavano nell'aria fredda invernale per sciogliersi in un'intensa emozione, il dolce brivido di un bambino che succhia ingenuamente del latte caldo dal seno della volta celeste, tentando di non smettere, tentato dal desiderio prepotente del gioco e trasportato dalla lascivia occulta della madre sudata che bruciando ogni senso di pudore e sempre più eccitata più rapita, ruba l'animo creato che non serba il timore di riunirsi nell'amplesso incestuoso con la natura.

Uno stridore dissonante di serrature segnalava le undici del mattino, la fine dell'aria, il ritorno alle celle dopo la perquisizione a pian terreno, il labirinto di scale, la perquisizione in sezione, l'attesa di circa dieci minuti davanti al blindo ancora chiuso, il nervoso, la guardia che viene ad aprire, la cella.

Quindici metri quadri imbottiti di un bagno, due letti a castello fissati a terra, due tavoli di ferro cementati al muro, due sgabelli di ferro bullonati al pavimento, alcune pensiline di legno scheggiato avvitati alle pareti, una finestra sbarrata e alcuni piccioni affamati di pane fra le sbarre. Peter era già in cella. Seduto su un tavolino con i piedi appoggiati allo sgabello e il telecomando in mano, fissava il telegiornale.

«Cosa raccontano di nuovo?» dissi sedendomi sul letto mentre mi rollavo una sigaretta.

«C'è stato un attentato in Palestina. Una donna kamikaze, pensa un po' un medico, ha fatto saltare in aria un posto di blocco di soldati israeliani!» ha esclamato come se stesse parlando ormai di una partita di calcio.

E poi silenzio. Dopo i primi tre giorni, ore in cui i due coincellini si conoscono, non c'è più nulla da dire, almeno niente più d'interessante. Qualche battuta per qualcosa di sporadicamente insolito, qualche parolaccia mentre si gioca a carte ogni tanto e niente più rumore se non il brusio del televisore. Dopo aver preso il vitto dal carrello delle undici e trenta (pasta scotta al sugo, patate bollite e uova sode, sempre kiwi), un'ora e mezzo di silenzio in attesa dell'aria per ritornare nuovamente a camminare, per incontrare il cielo, due ore di permesso per sognare (sempre a discrezione del direttore), e dalle tre del pomeriggio fino alle nove del mattino seguente sei tu, il tuo compagno di cella e ancora il televisore.

Giunta sera si celebra un rito: la cena. Non perché il carrello del vitto non passi, ma per far passare o per ingannare il tempo cercando di spezzare l'apatia del silenzio. Un po' di acqua con sale, una pentola in miniatura e un fornellino da campeggio, piatti e forchette di plastica e Peter e io seduti sugli sgabelli mangiando un piatto di carbonara, seguita da un caffè con la crema e una sigaretta rollata e sempre gli occhi rivolti contro il muro. Io leggevo continuamente una poesia che avevo inciso nel cemento con il tagliaunghie, non era mia ma di Rimbaud:

Le sere turchine d'estate andrò nei sentieri,
Punzecchiato dal grano, calpestando erba fina:
Sentirò, trasognato, quella frescura ai piedi
E lascerò che il vento m'inondi il capo nudo.

Non dirò niente, non penserò niente: ma
L'amore infinito mi salirà nell'anima,
E andrò lontano, molto lontano come uno zingaro,
Nella Natura – felice come con una donna.

Peter saldava i suoi occhi alla vernice verde scrostata.

«C'è qualche bel film stasera alla televisione?» disse Peter sovrapponendo la sua voce all'inizio della sigla polifonica del telegiornale.

«A me lo chiedi? Che ne so io della televisione!» ho detto continuando a pensare.

«Scusa, mi sono dimenticato che tu non fai parte di questo mondo!» disse Peter accennando un sorriso.

«E tu sei contento di farne parte?» dissi guardando ora la silhouette del volto inclinato verso il piatto.

«No! Non ne sono contento, però sono obbligato ad esserlo!» biascicò.

«Bhé! Io no!» dissi alzandomi per andare in bagno.

La luce di spegneva e con essa quella della luna. Peter inchiodato sul letto superiore nell'oscurità, fra le mani il telecomando, sicuro del calore dello schermo che alterna immagini magnetiche di gente imbellettata che recita e gente lunatica che discorre, gente appiattita e introiettata nel suo inconscio per animarsi virtualmente come capriccio di essere, in realtà un altro desiderio represso. Ed io sdraiato sul letto inferiore ripensavo alla bambina dai capelli rossi, con gli occhi toccati dal buio, ricordavo Shara e Michelle e i miei anni trascorsi in carcere.

DUE

Dove mi stavano portando?

Ero assorbito nell'odore appiccicoso della pelle nera dei sedili posteriori di una macchina a strisce rosse, attanagliato da entrambi i lati dalla pelle in divisa di due uomini che mi sorvegliavano. Davanti a noi, un graduato in borghese faceva battute di spirito cattivissime con chissà chi come lui c'era dall'altra parte del microfono di una ricetrasmittente posta alla sua sinistra. Il conducente dell'auto era concentrato per precauzione con una mano sul volante e distratto dalla noia con l'altra appoggiato al finestrino semiaperto.

Correvamo sulla strada. I raggi luminosi di un sole invisibile annacquavano l'aria sterile all'interno della macchina inondando i nostri respiri di un vento fresco del primo mattino. L'aria lambiva i miei capelli e il mio volto e i miei occhi e dentro, ero stranamente elettrizzato.

Osservai senza attenzione i vari edifici che fiancheggiavano la strada, farmacie, edicole e tabaccherie che aprivano i battenti per un'altra giornata di lavoro, bar, panetterie e supermercati bloccati nel calore del passato, macchine, camion e motocicli di ogni tipo pilotati da gente della stessa marca, viaggiavano verso al futuro come al solito, indifferenti nell'oscurità presente. Un semaforo rosso e la macchina degli sbirri si fermò in colonna. Sulla mia destra, un bambino rinchiuso in una macchina ordinaria, col naso schiacciato contro il finestrino, mi scrutava incuriosito. Sua madre forse, seduto al posto di guida, sfogava la tensione causata dalla nostra presenza fissando costantemente lo specchietto retrovisore interno. Con una smorfia tentai d'impaurire quel bambino, lui mi sorrise nascondendo con le piccole mani i suoi occhi neri. E ripartimmo come riparte il vagone di un treno blindato.

«Posso fumare una sigaretta?» chiesi all'uomo in borghese che stava maneggiando una mitraglietta depositata sotto il suo sedile.

«Se sei stanco possiamo anche fermarci a prendere un caffè e una briosche?» disse rivolgendo verso il basso il parasole per riflettere nei miei l'autorità dei suoi occhi dallo specchietto quadrangolare.

«Se paga lei va bene perché non ho un soldo!» dissi disputando col suo sguardo.

«Se sarei in te non mi preoccuperei dei soldi ma di come fai a bere un caffè con le manette!» disse convinto il conducente, l'anarchico della grammatica.

«Si dice "Se fossi in te!"» esclamai, consapevole del fatto che correggere il discorso di una persona mentre parla testimonia arroganza.

«L'importante è che ci siamo capiti!» disse alterando il tono di voce.

«Tu mi sa che ancora non hai capito in che guaio ti sei cacciato! Ancora sei un ragazzino!» disse l'uomo alla sua destra.

«Ho appena ucciso un uomo che stava violentando sua figlia! Non mi sembra di aver fatto qualcosa di male!» dissi impulsivamente, strappando il suo sguardo austero dallo specchietto per gettarlo verso le macchine che correvano al nostro fianco.

«Questo lo deciderà il giudice!» affermò il conducente, sfiorando i miei occhi dallo specchietto retrovisore.

«Se dovesse succedere qualcosa di male a quella ragazza un giorno uscirò e quel giorno verrò a trovarvi di corsa in caserma imbottito di tritolo!» dissi senza più dire, mentre il nostro vagone deragliava in una strada secondaria deserta.

«Che è? Adesso vanno di moda i kamikaze?» proferì l'uomo alla mia sinistra rivolgendo lo sguardo alle sterparglie sporgenti lungo i margini della strada che si diradavano man mano che rallentavamo di velocità.

Due guardiole angolari dai vetri verde antiproiettile si allontanavano sempre più una dall'altra come un enorme sipario chiuso di cemento prima dello spettacolo, quando la sala è gremita e le luci sono ancora accese e gli astanti brulicano per la sala del teatro alla ricerca dei posti migliori. Nel mezzo, una porta compatta d'acciaio e cemento si aprì per richiudersi lentamente dietro di noi. Le luci si spensero e la sala si quietò nell'ansia dell'attesa. Come la precedente, un'altra porta blindata si schiuse e la scena comparve. Non era un film quello che stava per cominciare ma l'immagine cruda della realtà.

Arancione e lungo, molto lungo, si stagliava davanti ai miei occhi un edificio rettangolare di tre piani con una cinquantina di finestre per ogni piano, come tanti quadri appesi al muro, sbarrati e squadrati, ognuno dei quali raccontava la stessa fine tragica di storie di gente diversa. Ma che gente era? Chissà chi era l'architetto che aveva progettato quella struttura? A giudicare dall'opera avrebbe dovuto trattarsi di un maniaco senza dubbio, uno di quelli senza impegno che non usa la fantasia ma solo la ragione e non la sua. Cercai di non guardare l'opera d'arte perché era talmente brutta e riluttante che quasi sembrava una prigione. Allora esistono per davvero?

Un signore vestito con una mimetica grigia e due anfibi neri lustrati e il basco azzurro infilato nel cinturone mi attendeva davanti all'ingresso per aprirmi la porta "Che cortese" pensai, accorgendomi poco più tardi che ognuna delle porte di quell'edificio non disponeva della maniglia. Erano le chiavi, ognuna di esse lunga quanto un pennello inorpellato. E il mazzo di chiavi era esposto in bella vista al lato del cinturone che tintinnava seguendo il passo del signore. Forse simboleggiava qualcosa, ma che cosa?

Dietro quella porta c'era un altro signore vestito nello stesso modo. Mi accompagnarono in una cella e mi rinchiusero dentro, dietro una porta a sbarre verdi. Mi trovai in un piccolo stanzino mal illuminato con un minuscolo bagno senza doccia, con un lavandino incrostato e una turca ingiallita. Non c'era la branda e neanche un armadietto ma svariati segni di mozzicone lanciati sul muro e mozziconi per terra, svagati segni e scritti su ogni parete. Frasi che non si trovavano in giro per la strada: "28-8-2001 libertà", "I napoletani sono infami e i siciliani anche", "Tutti i pugliesi sono delle carogne", "Romani carabinieri di merda", (Che bello essere italiano), "Succhiami l'uccello", (Non tanto differenti poi da quelle di fuori).

Iniziai ad andare avanti e indietro per la cella aspettando, camminando, fumando, non che ne avessi particolarmente voglia ma non sapevo cosa fare. Per qualche oscura ragione mi venne in mente mio zio a casa, mia sorella in Australia e Cristo che sorrideva nella cappella dei giusti quella sera. E mi vergogno ammetterlo, ma per un effimera frazione di secondo fui quasi contento: non ero a scuola, ma in un posto diverso, non era decisamente una giornata come le altre, ma ero ancora inconsapevole che quel giorno sarebbe durato ventitreanniundicimesiequindicigiorni della mia vita (Pignoli!)

«Guardia! Guardia! Posso avere un pacco di cartine che le ho finite?» vociai, ma non rispose nessuno. Dopo circa una ventina di minuiti comparve un uomo in divisa con fare minaccioso, infilò i suoi occhi e la sua bocca fra le sbarre e mi disse: «Noi ci chiamiamo agenti penitenziari! Non guardie!»

«Mi scusi ma che differenza fa?» ribadii scrutandolo nei suoi occhi corrucciati.

«Vuoi giocare sbarbatello? Allora rimani lì un paio d'ore» comandò.

«Mi scusi, ma le cartine?» dissi a lui e lui scomparve. Cercai di estromettere la testa oltre le sbarre ma non ci passò. Afferrai con due mani le sbarre e iniziai ad agitare la porta ma non c'era nulla da fare, non si apriva, e non avevo nemmeno le chiavi. Ecco cosa rappresentavano allora! Ogni chiave apriva una porta e ogni porta aumentava lo spazio per camminare e per... Insomma, per muoversi. Questa è la nostra libertà, lo spazio che ci viene concesso? La gente che vuole essere libera in realtà anela ad aumentare il proprio spazio? Sì! La proprietà! Ecco perché ci sono così tante contese, ognuno cerca d'invadere lo spazio di un altro per occuparlo e sentirsi con ciò più libero. Che quell'attentato alle torri sia l'auspice della conquista dell'America? E il responsabile che cosa ne farà poi di tutto quello spazio? Sarà il proprietario, ma sarà poi realmente libero? Non si stancherà prima o poi di camminare?

Un rumore sferragliante e la porta si aprì. Un agente guardia barbuto e con tre freccette stampate su entrambi i lati dell'uniforme blu mi ordinò di seguirlo. In una stanza avvelenata dalle solite luci al neon, un altro uomo in divisa contento nel digitare i pulsantini della tastiera di un pc e uno seduto che fumava intanto che fissava le sbarre della finestra davanti a lui, mi accolsero indifferentemente incuriositi.

Imbrattarono le mie dita d'inchiostro, mi scattarono fotografie da ogni prospettiva, mi consegnarono una coperta, uno spazzolino da denti e due rotoli di carta igienica.

Quello che prima era seduto, masticando uno stuzzicadenti, mi accompagnò con passo veloce lungo un angusto corridoio bianco e verde, ricco di celle da ogni lato e in una di queste mi rinchiuse.

«Devo rimanere qui?» dissi a lui ma lui non mi rispose.

A parte la branda e il lezzo di piedi era una cella simile alla precedente. Tentai di accendere la luce ma non funzionava. Fissata nel muro con due sbarre di ferro saldate tra loro per evitare di estrarla, la televisione ritraeva qualcosa di familiare. L'accesi, e dieci secondi dopo, comparvero in bianco e nero le immagini di Lennon che cantava "Imagine" su Mtv. Andai vicino alla finestra e fuori il miraggio di una povera aiuola con due piccoli corvi selvaggi in cerca di cibo... mi accasciai per terra, nell'oscurità sfuocava il volto di Lennon che suonava dietro un pianoforte bianco... ripensai alla neve, agli occhi di Shara e alla fiamma tremante di una candela. Il video terminò senza interruzione ricominciò daccappo e non so per quanto tempo Lennon continuò a cantare la dolce magia di "Imagine" da quel televisore.

Piansi. L'angoscia si sciolse nell'anima vibrante di quella melodia. Avrei desiderato parlare con qualcuno, raccontare le cose com'erano andata, non importava chi, una persona qualunque che rimanesse lì tacita ad ascoltarmi, senza impietosirsi. Le avrei raccontato di non aver mai avuto l'intenzione di uccidere una persona eppure l'avevo appena fatto, le avrei spiegato che era ingiusto che un padre violentasse una figlia eppure era successo, le avrei fatto notare che era sbagliato che una persona violentasse un'altra persona eppure tutti continuavano a farlo indifferentemente, le avrei sussurrato all'orecchio cosa significa sentirsi abbandonati da Dio.

Ma era troppo tardi ormai per parlare, il limite era stato superato e non solo, distrutto. Chi avrebbe avuto il coraggio di capire?

L'ombra di un agente guardia comparve all'improvviso inquinato dall'acida luce del corridoio, aprì il blindo, m'ingiunse di seguirlo. Ritrovai me stesso in un'angusta saletta blindata rimpinzata da uomini in divisa appoggiati alle pareti e un uomo calvo con la pelle nera e il camice bianco seduto dietro una scrivania. Dopo avermi fatto sputare a furia di domande la ragione per cui mi trovavo in carcere e i miei dati personali, mi suggerì di buttarmi "tossico", in altre parole di dichiararmi consumatore abituale di alcool e droghe per rientrare nella sfera di competenza delle misure alternative che tutelano gli individui tossicodipendenti, da sommare a una detrazione di pena supplementare grazie alle attenuanti generiche concesse per la mia giovane età.

«In questo modo verrà in parte giustificato!», così mi disse. Dissi a lui se poteva farmi uscire in quel momento. Non proferì, inclinò il volto sul registro per scrivere e comparve dietro di lui il ritratto della Madonna appeso al muro.

«Io non mi giustifico con nessuno, e poi non sono di questo tipo le mie giustificazioni!» e mi riportarono in cella, dopo tre giorni, fui trasferito in sezione. Quella sezione era destinata ai detenuti comuni in attesa di giudizio. C'erano altre sezioni all'interno dell'istituto: due per i detenuti con pena definitiva, altre due per i tossicodipendenti, una per l'alta sicurezza, e una assegnata ai collaboratori di giustizia (in gergo gli infami).

Le celle erano tutte delle stesse dimensioni, ognuna conformata al regolamento. Quella in cui mi recapitarono era corredata da pentole e generi alimentari, un frigo e una televisione a colori con telecomando incastrata e saldata nel muro, un letto a castello verde e un individuo sulla quarantina piccolo e brutto, dentro da più di tre anni per il reato di omicidio, ancora in attesa di giudizio. Litigammo dopo il terzo giorno, lo pigliai a schiaffi in chiesa senza dirgli una parola la domenica mattina. Sosteneva che mi ero mangiato tutte le uova sode che il detenuto lavorante del vitto aveva consegnato quella sera come tante altre, quando a me le uova non mi erano mai piaciute, poi quella sera non le passarono neanche. Lui non so che fine fece, io dopo essere stato encomiato dalla direttrice per aver picchiato uno di quelli che si arrogava il diritto di comandare sugli altri più giovani della prigione con prepotenza, fui gettato in isolamento per sette giorni. Un po' come essere arrestati quando si è già in prigione. La cella si trovava nei piani sotterranei. Non c'era né televisione né finestra, soltanto la branda e un odore nauseante di urina. Isolamento significa che non puoi vedere nessuno, sei solo con te stesso, con i tuoi pensieri, solo con le tue paure.

Terminato i sette giorni, pallido e dimagrito, mi riportarono nella stessa sezione al secondo piano nella stessa cella. Era quasi tutto sistemato come prima, pentole, piatti, donne nude appese ai muri e in bagno. Le lenzuola e gli indumenti di quell'uomo erano scomparsi. Restavano gli armadietti vuoti e il materasso di spugna verde rivoltato contro il muro. La finestra a sbarre era prospiciente allo spazio aperto destinato alle quattro ore d'aria al giorno. Uno fianco all'altro, suddivisi e cintati da pareti di cemento armato arancione e verde alti all'incirca cinque metri e sorvegliati da telecamere su ogni angolo, i due recinti d'aria si allungavano sulla terra asfaltata di una trentina di metri. Trenta passi e dovevi per forza tornare indietro.

Se in galera fai a botte sei rispettato e la voce si sparge fra i detenuti e non solo. Se rifiuti di combattere sei un vigliacco e un infame, unno che sta dalla parte degli sbirri, lo sanno ugualmente tutti ma tutti fanno finta di non saperlo. E dopo quello che era successo, alle undici di mattina e alle tre del pomeriggio, ore in cui l'aria terminava, detenuti anziani e giovani si avvicinavano alla mia cella per conoscermi e salutarmi, alcuni mi conferivano del "Voi", gli agenti guardia mi trattavano con tutte le dovute precauzioni, il portavitto lezioso abbondava il riguardo. Più tardi mi confidarono che non andava matto solo per le donne. Fu il secondo con cui litigai in una settimana di carcere, senza che nessuno ne venne mai a conoscenza.

È orrendo ammetterlo, ma non mi ci volle poi tanto abituarmi alla vita del carcere. Svegliarmi alle otto del mattino, fare colazione e aspettare le nove per andare a camminare all'aria per due ore avanti e indietro pensando. Tornare in cella speranzoso o disperante per aver o non aver ricevuto della posta, mangiare dal carrello del vitto, attendere l'una per tornare a fare avanti e indietro per altre due ore, inoltrare delle domandine per chiedere qualunque cosa,

chiamare urlando nel corridoio l'agente guardia per farmi
aprire e andare a far la doccia, cucinare la sera, aspettare
ansioso, innervosirsi senza motivo, calmarsi per la
disperazione e l'impotenza, rassegnarsi, pensare e languire
nei pensieri, addormentarsi. Dopo una decina di giorni di
galera ricevetti una lettera da mia sorella.

Sera, 25 settembre 2001

Ancora non riesco a credere a tutto il casino che hai
combinato! Appena Marìe ha telefonato a casa di zia
affermando cose del tipo: «Demon è scappato di casa, ha
ucciso un uomo e lo hanno arrestato, giurando che non si
trattasse di uno scherzo cattivo, io e la zia abbiamo prenotato
recisamente il primo volo nella notte per Milano. Siamo giunti
alla villa dopo ventiquattro ore di viaggio, una sosta a
Singapore e una a Calcutta. Tuo zio, impallidito e
vaneggiante, vagava per il parco malignando da solo e
piangendo. Lo so che è passato tanto tempo dall'ultima volta
che ci siamo sentiti per telefono e che non è il momento più
opportuno per esigere delle spiegazioni da parte tua. Da
quello che mi hanno raccontato, sono venuta a conoscenza
del rapporto non idillico con lo zio. Anche se lui non fosse il
migliore dei padri che un figlio si possa aspettare, ma non è
tuo padre Demon, o forse te ne sei dimenticato? E credimi, in
questo momento è molto depresso e se tu lo vedessi ne saresti
a dir poco sorpreso. Se continua di questo passo si ammalerà
di certo.

Mi ha riferito che ha cercato di venire a trovarti ma tu hai
rifiutato il colloquio. Questo tuo modo di comportarti è
arrogante, infantile e controproducente! Poi Marìe mi ha
raccontato di una certa Shara che ha subito delle molestie
sessuali e ora è ricoverata presso una clinica privata a spese
di tuo zio. Andremo a trovarla questo pomeriggio e venerdì
saremo da te. Non farti vivo e non ti parlerò mai più.
Promesso. Un bacio dalla zia e da Marìe.

Con affetto, la tua sorellina.

Venerdì mattina andai al colloquio. Mio zio aveva un aspetto a dir poco larvante. Sembrava quasi che avesse sperduto tutti i suoi averi e le sue proprietà e ridotto sul lastrico meditasse in segreto il suicidio. Marie, sicura di una bellezza procace e abbigliata con una pelliccia di tigre, convinta credo che il carcere fosse una specie di circo (e sotto certi aspetti chi le poteva dar torto?), scapestrava le sue attenzioni dalle mie per legarsi fuggevolmente agli sguardi arrapati degli agenti di guardia. Mia zia, molto invecchiata da come la ricordavo nelle fotografie, infondeva nel cerchio del nostro tavolino di plastica bianca e sudicia calma e saggezza, come un medico di fiducia che prescrive agli ammalati pensieri palliativi a cui attenersi. Mia sorella con i capelli raccolti e i suoi occhi neri e luccicanti, su una sclera bianco azzurra, lussureggiava tra le misere pareti della sala vibrazioni mediterranee.

Dopo i primi cinque minuti di baci e saluti, ci sedemmo tutti e cinque su degli sgabelli di legno di un indescrivibile color marrone, attorno al tavolino, senza parlare, tentando di prendere coscienza dell'infido posto nel quale eravamo riuniti.

«Come stai Demon? Hai bisogno di qualcosa? Ti posso aiutare in qualche modo?» disse mio zio con gli occhi densi la voce rauca.

«Sì! Ho bisogno di uscire di qui al più presto! Perché non offri un po' di soldi a quelle guardie così mi lasciano andare via?» dissi ammirando gli occhi latini di mia sorella, pensando che per la prima volta mio zio ci chiamava per nome.

«Non ti preoccupare per questo Demon, per nostra fortuna ho delle amicizie fra i magistrati del Foro di Milano, pagherò il migliore degli avvocati, avrai tutte le attenzioni e le cure possibili per tutta la tua permanenza in questo posto, ... da parte del direttore, del personale, ... uscirai molto presto Demon!» disse mio zio tentando di rassicurarmi, di rincuorarsi.

«Ormai è troppo tardi per uscire! Ora posso soltanto uscire per andare all'aria e camminare avanti e indietro come uno psicopatico!» dissi fissando l'orologio nero a cifre bianche, sporgente dal muro sopra la testa di mio zio, segnava le 18:30.

«Dovresti cercare di adeguarti alla situazione Demon! Quello che hai fatto è irrimediabile. Non puoi più tornare indietro ma con un po' di tempo vedrai che le cose miglioreranno!» disse mia zia con la sua particolare cadenza italo inglese. Non risposi, zitto non volevo ferire mia zia, non se lo meritava, non lei. Forse era stata l'unica volta nella mia vita in cui non avevo fatto niente di male.

«Di me non vi preoccupate. Io so badar a mestesso! Voglio che vi prendiate cura di Shara, lei ha bisogno di aiuto» dissi amia zia.

«Non angustiarti per lei, è già tornata bella come prima e continua a chiedere di te. Non appena il magistrato le concederà i documenti verrà a trovarti, desidera solo questo» disse mia sorella, gesticolando con le sue mani vellutate dal sole.

«Non voglio vederla!» esclamai mentre l'agente guardia spalancò la porta blindata per annunciare la fine del colloquio.

«È già passata un'ora?» disse Marìe sfoggiando il suo orologio d'oro e brillanti.

«In questo posto il tempo non esiste!» dissi mentre mi allontanavo con una stretta alla gola. L'orologio a cifre indicava le 18:30.

Andai a ritirare il pacco che mia sorella mi lasciò al casellario. C'erano dentro dei vestiti, qualcosa da mangiare, un lettore cd con il disco dei Pink Floyd, alcune tragedie di Shakespeare raccolte in un'antologia.

Arrivai in cella e mi trovai un nuovo ospite. Un signore anziano sulla sessantina con tre denti in bocca e un'espressione molto simpatica. L'avevano appena arrestato: stava trasportando blocchi di marmo grezzo dalla Colombia all'Italia ripieni e stracolmi di cocaina pura a sua insaputa. Si chiamava Cesare e nutriva una passione sfrenata per i libri di filosofia. Era sicuro di uscire l'indomani. Un giorno mi disse che quando era giovane scopava come una scheggia: io e Scheggia condividemmo il piccolo spazio della cella n.13 per tutti i due anni a venire. Fino a quando dieci giorni prima di uscire Scheggia si ammalò gravemente di broncopolmonite

Morì due giorni più tardi in una cella del centro clinico di quella prigione.

Quella sera, mentre scheggia dormiva, rollai una sigaretta e iniziai a leggere il libro di Shakespeare:

Morire, dormire,... null'altro. Morire, dormire... Dormire! Sognare forse! Chi vorrebbe portar sudando e gemendo la soma di una logorante esistenza, se la paura di qualcosa dopo la morte – l'inesplorato paese donde nessun viandante fece mai ritorno – non trattenesse la nostra volontà facendoci preferire i mali presenti ad altri che non conosciamo?

Un paio di settimane più tardi ricevetti una lettera di Shara.

2001, 10 ottobre

Mia mamma ha detto che piangono tutte quelle persone che non riescono a toccare il tempo con le dita.
E io quando piango mi nascondo perché mi vergogno.
L'amore è il sogno più bello di tutti i bambini.

Ti amo
Shara

«Scheggia dammi un foglio e una penna, presto, ho voglia di scrivere, solo scrivere capisci?» dissi camminando a passo spedito avanti e indietro per la cella e ogni passo era un istante sprizzante d'estasi.

«Ehi, che ti è successo? La Madonna ti ha rivelato il mistero della vita? Uhm!» biascicò Scheggia sorridente e agitato anche lui.

«Forse!» dissi e scrissi d'impeto a Shara.

Sera, 17 ottobre 2001

Quando t'incontrai non furono parole, non furono pensieri, ma un semplice e selvaggio batticuore che impedì il mio respiro per annunciare solennemente...

...prima ancora dei tuoi occhi e prima ancora delle mani, senza ascoltare la tua voce, l'intellegibile divino dai recessi del subconscio incoccò come per incanto la freccia d'oro del destino e per tutti quegli anni dalla fine della notte, diversi i miei sospiri ma uguali le mie pene, sono finalmente valsi per godere liberamente di lacrime sincere, una goccia limpida di vita e un'emozione divampante... quell'istante compresi che cos'era piangere per quello che era stato il mio piacere e sorridere per quello che era stato il mio dolore... in quell'istante mi riempì stracolmo dell'ineffabile profondità della parola vita e vibrai del chiarore del lampo e del fragore del tuono, del caldo solare e della brezza lunare, dei marosi degli oceani e delle grida della terra fino ad esserne parte integrante consistente delirante...

... impaurito non riuscii a fuggire... rapito potei solo prendere, pretendere tutto all'ennesima potenza, una fragile vittima fra mille umane prede... e nei pallidi miei smarriti si rifletté lo zeffiro dei tuoi occhi, dai miei occhi fatti incerti si risvegliò l'anelito impellente dell'umana sorte e la mia mente crepitante, nel fuoco accesa, bruciata e soffiata come niente come morte e la mia paura e la vergogna riflessa di rosso nel tuo sguardo...

... finalmente quel bagliore del cielo tanto atteso, sperato e ansimato, il lampo e le sue radici luminose di provenienza ignota, oscura, apparve all'improvviso forse da un altro tempo, da un altro spazio, ma nella coscienza è radicata la sua furia... nella furia cieca i miei occhi parlarono al tuo spirito...

se verrai a trovarmi ti darò il pezzo mancante!

Sei dentro di me
Demon

«Scheggia sono disperato, aiutami, voglio uscire al più presto da questo posto!» affermai balzando sul letto in alto per scendere subito dopo e aprire la porta del bagno per poi richiuderla all'istante e sedermi sul tavolino inchiodato al muro per rollare una sigaretta.

«Adesso non puoi fare niente! È inutile agitarsi, anzi è stupido! Confida nelle possibilità di tuo zio, non ti abbandonerà, non preoccuparti. Poi sei ancora giovane e incensurato, un buon giudice conserva sempre una buona dose di comprensione e di sensibilità, è pur sempre una persona umana non un robot... a mio parere ti condanneranno agli arresti domiciliari! Umh!» disse Scheggia mentre all'improvviso si udì la voce rimbombante dell'agente guardia che mi chiamava dalla rotonda ingiungendomi di prepararmi per andare dall'avvocato.

«Hai visto? Con un po' di calma tutto si aggiusta. Siddartha consigliava di aspettare, digiunare, pregare!»

L'avvocato tutto incravattato accolse me in tuta da ginnastica in una sala grigia dalle doppie dimensioni rispetto a quelle di una cella, con un tavolo lungo al centro. Mi disse che il magistrato era una donna, e che non era il meglio che mi potesse capitare. Un ex detenuto, per vendetta trasversale, uccise suo marito con dodici pugnalate un paio di anni addietro. Mi consigliò di confessare sinceramente le mie colpe, in modo tale da avvalermi del rito abbreviato. Mi esortò a raccontargli precisamente la mia storia, il motivo per cui avevo sparato, se mai avessi covato l'intenzione di spargli in passato, se realmente la mia versione dei fatti combaciava con la verità, il motivo per cui la ragazza bionda è stata ricoverata presso una clinica privata, se anche lei ha premuto il grilletto, di sottolineare la ragione per cui quella ragazza ha subito molestie sessuali da parte di suo padre in modo tale da deresponsabilizzarmi e coinvolgerla indirettamente per avvantaggiarmi, che avrei ottenuto le attenuanti generiche per la giovane età, la legittima difesa per una totale di anni 10 di galera.

Dissi all'avvocato sbirro che ero stato solo io a sparare e che Shara era immune da colpe, e che io fondo non avevo fatto nulla di male e che volevo uscire immediatamente agli arresti domiciliari e che, se il giudice non avesse capito, mi sarei ucciso impiccato alle sbarre per liberarmi a modo mio!

Una settimana più tardi, alle quattro del pomeriggio mi chiamarono dalla rotonda per il colloquio: era Shara. Ormai era passato più di un mese dall'ultima volta che l'avevo vista, e non riuscii a trattenere le lacrime e lei ad abbracciarmi forte. Le sussurrai all'orecchio, per timore che ci fosse qualche microspia, di non rivelare mai a nessuno di come fossero andate realmente le cose quella sera, che quello era il nostro secondo segreto, e che l'amore era il sogno segreto di tutti i bambini. La baciai per un'ora di fila senza parlare, lei seduta sulle mie gambe, lei che mi stringeva forte al seno, nel silenzio della sala deserta: parlavano le nostre sensazioni intrecciate nella tela d'oro di un piccolo ragno che intesseva dolcemente i nostri sospiri.

L'agente guardia spalancò la porta sferragliando con le chiavi per segnalare la fine del colloquio.

«Andiamoo!» latrò.

«Non ti vergogni più?» sussurrò Shara trattenendo le lacrime.

«Non di te» accarezzai la sua guancia e le dissi di dare un bacio a Michelle da parte mia. Me ne andai.

Shara ed io continuammo ad incontrarci ai colloqui per le sei ore al mese previste dal regolamento. Tutto il resto del tempo lievitava di pensieri e di speranze, immagini di lei al colloquio che sedimentavano impresse nella mia mente e bruciavano quel tempo dell'attesa come se mai fosse esistito. Mi scriveva ogni giorno.

2001, 30 ottobre

Ieri sera Michelle mi ribadiva che per il cervello le cose sognate e pensate valgono quanto le cose vissute, nel senso che le assimila e le ricorda nello stesso modo. Se questo è vero, non puoi immaginare quante cose abbiamo fatto insieme nell'ultimo mese. Ieri, ad esempio, mi sono addormentata fra le tue braccia e tu mi guardavi dormire. Poi mi sono svegliata e guardavo te addormentarti. E ora invece ti sto respirando.

In questo periodo ho bisogno della mia solitudine. Ho voglia di fuggire, ho voglia di starmene da sola, a pensare, a leggere. Questo in passato mi avrebbe fatto male, ora mi fa BENE. Quando ero più piccolina, l'idea di passare una serata a casa non mi piaceva per niente, cercavo qualcosa da fare perché avevo paura. Ora rimanere in casa e non avere niente da fare mi permette di liberare la mente da tutte le rotture quotidiane e di sognare. E in tanti di questi pensieri e sogni ci sei tu.

Nella mia solitudine ci sei tu e forse e per questo che la cerco così tanto e mi fa stare così bene.

Sei dentro di me
Shara

Mia sorella ed io parlavamo al telefono per tutto il tempo previsto dal regolamento, meno di dieci minuti alla settimana. Per sua fortuna l'avvocato non lo rividi più fino al fatidico giorno del processo, circa un anno più tardi quando si chiusero le indagini.

Ma il primo Natale che passai dietro le sbarre fu il più bello di tutta la mia vita. Scheggia con in mano un forchettone di legno preparava la cena in piedi davanti al tavolino verde fissato al muro, su cui due fornellini riscaldavano il fondo di una pentola rossa ripiena d'acqua. In un'altra pentola Scheggia aveva soffritto dell'aglio, olio e peperoncino. Io stavo disteso sul letto in alto leggendo un romanzo di Haruki Murakami che Shara mi aveva portato al colloquio.

In sezione non si udiva alcun rumore. Ogni cosa giaceva muta e il silenzio era uno strano silenzio perché il corridoio e il muro verde e bianco fuori dal blindo s'imponevano nella loro rigidità. Sembrava quasi che Scheggia ed io fossimo gli unici detenuti in tutto l'istituto.

Fuori nevicava nella notte. E una nivea presenza ammorbidiva l'asfalto del passeggio e i suoi muri, la muraglia di cinta e le guardiole e i riflettori circolari spenti, i pini e gli abeti lontani al di là della muraglia. E una nivea presenza sopiva il taglio di una luce ululante nell'oscurità, gridava per l'ansia della ferita, la luna.

«Cosa stai leggendo? Uhm!» biascicò Scheggia immergendo gli spaghetti nell'acqua bollente.

«Tokyo Blues – Norwegian wood» dissi.

«E di che si tratta? Umh!» proferì Scheggia voltandosi per ammirare i fiocchi di neve che danzavano ala di là della finestra.

«Narra di una ragazza ventenne di nome Naoko che subisce un trauma psicoaffettivo dopo che il suo ragazzo Kizuki, ventenne anch'egli, si toglie la vita con l'ossido di carbonio. Questo evento la trascina in una crisi angosciante e confusa che le impedisce di parlare e di esprimere i propri sentimenti fino a degenerare in una malattia autistica, fino a fossilizzare le sue emozioni che si trasformano come uccelli di metallo fissi su i rami di un salice che cadono a terra sferragliando. E non riesce più a vivere perché sente dentro di sé l'oscurità, ha paura di cadere dentro il pozzo buio del non ritorno. Allora viene ricoverata in una clinica molto particolare che utilizza come pratica terapeutica una medicina molto semplice: Per guarire devi aprire il tuo cuore!» dissi alzandomi per tirare fuori una cartina e rollare una sigaretta.

«Come hai detto che si chiama l'autore? Uhm!» disse Scheggia immergendo gli spaghetti nell'acqua bollente.

«Haruki Murakami!» esclamai accendendo una sigaretta.

«Quell'Haruki dev'essere una persona molto saggia. Aprire il proprio cuore... uhm... è molto facile a dirlo ma metterlo in pratica? Tu riesci Demon ad aprire il tuo cuore alle persone che ti stanno accanto? Umh!» biascicò mescolando la pasta appoggiando il coperchio sopra la pentola.

«Qualche volta riesco ma non è così facile!» dissi.

«Allora vuol dire che tutte le altre volte sei malato e neanche te ne accorgi! Uhm!» disse Scheggia accennando un sorriso.

«Sinceramente... non lo so... ma tu cosa intendi con aprire il proprio cuore alle persone che ti stanno vicino? Forse l'amore?» dissi sbuffando il fumo verso la lampada della luce al neon.

«Per me una parola può avere un significato, per te può riserbarne un altro! Se per te significa l'amore per me vuole dire non vergognarsi di essere se stessi, non timorare di scendere nudi dentro di sé per risalire imbottiti con gli abiti delle proprie emozioni e riscaldarsi nell'inverno della propria semplicità! Umh!» disse aprendo la finestra. Il profumo dolce della neve s'infondeva nella cella esilarando le nostre sensazioni.

«Ma se una stessa parola può significare due cose differenti qual è quella giusta, voglio dire cosa significa in realtà questa parola?» dissi seduto sul letto in alto guardando Scheggia che contemplava oltre le sbarre la neve, oltre la neve il silenzio.

«Un significato non ha una sola esistenza!» disse.

«Non ho capito!»

«Tutte le cose esistono ma non hanno un solo significato e ogni cosa che esiste è significato dalla tua coscienza... umh!» disse appoggiando il mento su una sbarra orizzontale della finestra tentando a stento di estromettere gli occhi.

«Oh io non ti capisco lo sai Scheggia? Quando fai così il filosofo mi sembra che vivi su un altro pianeta!» dissi scendendo dal letto per spegnere la sigaretta dentro una scatoletta vuota di tonno.

«Vieni qui vicino a me! ti svelerò un segreto! Cosa vedi davanti a te? Umh!»

«... vedooo... vedo le sbarre, la notte e la neve!» affermai.

«Ora appoggia il mento sulle sbarre come faccio io! Cosa vedi ora? Umh!»

«... non vedo più le pareti!... La notte profonda!» esclamai affascinato e rapito, estasiato e rabbrividito.

«Tutto quello che vedi riflesso nei tuoi occhi mostra il significato di una sola parte. E il resto delle parti ti è oscuro. Può darsi che Naoko intuisse l'oscurità senza intuirne il colore, toccasse quel buio senza comprenderne la liquidità e ne odorasse le profondità senza comprenderne l'essenza. Forse Naoko non vedeva neanche un barlume di significato o forse ne gustò l'intera luce e abbagliata e incantata fuggì per paura. Perché l'integrità del significato Demon lo troverai direttamente con gli occhi del tuo cuore! Umh!»disse mentre l'acqua spumosa rigurgitava ribollente al di fuori della pentola ingiallendo e aizzando azzurre le fiamme dei fornellini.

«Allora Haruki ha ragione?» dissi ammaliato dall'estensione misteriosa della notte soffusa di bianco.

«Ha la sua di ragione! Una persona che dispiega le ali del cuore e ne batte l'aria si libera dalle catene per librarsi nel cielo! Umh!» disse dirigendosi verso la pentola.

«E qualsiasi cosa una persona faccia seguendo quel volo sarà sempre un bene?» dissi entusiasta.

«Il cuore trascende il concetto ortodosso di bene e di male! Umh! Il bene e il male sono due parti limitate di uno stesso significato. Se tu sentirai, se tu ascolterai il tuo cuore Demon, non prendere mai in considerazione il giudizio di quelli che non hanno il coraggio di seguirlo! Umh! Perché come potranno capire quello da cui stanno fuggendo? E con la colpa che li inuma a terra e con il rimorso che li imbacucca di un sudicio sudario tenteranno di legarti disperatamente a loro! Umh! Hai capito? Hanno tutti paura in maniera diversa ma è sempre e semplicemente la stessa paura che si trasforma tra loro e in loro! Umh! Ti vedo pensieroso... ti sconvolge quello che ti sto raccontando? Umh!... non è poi niente di così sconvolgente. Voglio che tu mi prometta di rispondere con sincerità alla domanda che tra poco ti porrò!»

«Promesso!»

«Cosa significa per te aprire il proprio cuore? Umh!» disse.

«Morire per un'altra persona!» ribattei senza indugi e Scheggia si voltò sconcertato per guardarmi negli occhi.

«Sarà un gesto molto nobile questo... ma ne sarai capace o avrai mai il coraggio per farlo significare? Umh! Forse...»

«Forse voglio dare una ragione a questa assurda vita!...» dissi «... ma lo sai Scheggia che con una vestito e un cappello rosso potrebbero scambiarti per Babbo Natale stasera?»

«Ma Babbo Natale non può essere arrestato la sera della vigilia! Vuole portare i regali a tutti i bambini del mondo, uhm!» disse scolando la pasta nel lavandino del bagno.

«Mi dispiace francamente per tutti i bambini ma questa sera ha per me un significato speciale! L'onore di cenare con Babbo Natale in persona!» dissi sedendomi sullo sgabello ferrato e fissato al pavimento.

«E sentiamo un po' cosa vorresti per regalo? Non esagerare però umh!» disse riempendo i piatti di plastica.

«Quello che mi hai regalato questa sera va al di là di ogni esagerazione, al di là di ogni prigione, al di là di ogni cosa!».

... quella sera mentre Scheggia dormiva, le luci del corridoio si spensero e con esse anche la lucina rossa del televisore. Ma forse nessuno se ne rese conto perché forse tutti dormivano e forse anche la corrente esausta si addormentò... l'impressione di un freddo in silenzio inviolabile, e il bianco candore della neve proiettava l'ombra delle sbarre sul pavimento della cella riscaldata... scesi dal letto piano piano e lentamente riaprii la finestra... un'intoccabile brezza di ghiaccio passò tra le sbarre trapassando la mia pelle... la neve ondeggiava fluttuava ballava a boccoli nel vuoto spettrale pettinando la notte di Natale di riccioli doni filanti, cadenti... accostai il mento sulle sbarre cercando di estromettere gli occhi insonni e in un guizzo senza tempo la carne rattrappì e l'anima mia s'inspirò nel sonno della notte impregnandosi di esso... socchiusi gli occhi per stanchezza e per paura ma la paura svanì come aria spirata morta e stanca e i miei occhi si svegliarono... la mia volontà si plasmò involontariamente delle tenebre infuocate di neve come acqua senza forma che corrode indugi e inonda freni evaporando in minuscoli atomi fertili d'aria che fecondavano la mia coscienza per oggettivarsi in fuoco di metallo liquido e formarsi integralmente nell'immagine profonda della volontà della notte... e la mia volontà fiammeggiante penetrò le profondità gelate del buio lanciando brividi di stelle luminose urlanti nell'oscurità del vuoto che filavano come scie brillanti di sentimento pizzicate dalle dita sacrosante di Dio che nasceva in ogni bambino e in ogni fiore e in ogni insetto e in ogni roccia e in ogni cosa incarnando la gioia infinita... che nel tempo si spegneva di note e pensieri in un dolce canto del dolore per risorgere come melodia ancora eternamente...

«Cosa sta combinando?» disse all'improvviso con tono autoritario l'agente guardia che passava tutte le sere per contare i detenuti, puntandomi il faro addosso. Mi voltai di scatto penetrando nei suoi occhi. Impietrì. Spense il faro e andò via senza respirare.

Lo stesso agente guardia montò in servizio l'ultimo dell'anno. Era una mattinata fredda e senza sole, con una briosa euforia invernale accompagnata dall'aria e mascherata dalla nebbia. Scheggia era già in piedi serrato nel bagno per non far rumore, o almeno cercare. Strapazzava in un bicchiere di plastica dura zucchero e alcune gocce di caffè che si raddensava in crema fluida da miscelare al gorgoglio amaro di ogni risveglio. Traccheggiavo tra gli spifferi aculei che trapelavano tra le fessure della finestra senza la guarnizione ordita alle mie spalle e il morbido calore pruriginoso delle coperte logore e marroni prestate dall'amministrazione penitenziaria, tra il trambusto sordo di porte che si aprivano e si richiudevano e lo stridore continuo di carrelli in fase di preparazione per la prima colazione, la nenia lenta della sigla di un telegiornale che si effondeva sommessamente nella sezione.

Il lavorante sembrava impazzito. Si muoveva a passo spedito avanti indietro per il lungo corridoio con un secchio poi una scopa, un fornello poi una stecca di sigarette ed infine si accostò vicino al nostro blindo.

«Demon ti vogliono in doccia!» affermò accennando un mezzo sorriso e scomparve com'era venuto. Era un marocchino alto tutto nero e muscoli, con baffi folti e neri e due occhioni rotondi e bianchi da bambino, il naso tamponato. Dentro per droga in attesa di giudizio, era stato campione europeo dei pesi supermassimi categoria dilettanti. Da Casablanca si trasferì per vivere a Parigi ma, poco tempo dopo, fu arrestato in un blitz e venne trasportato per indagini in Italia su ordine della magistratura. Conosceva l'arabo, il francese, l'inglese, lo spagnolo, l'italiano. Si chiamava Alì ma per me era il Baffo e lui ne era contento e dopo circa una settimana, tutti i detenuti della sezione lo chiamavano il Baffo.

Anche gli agenti guardia lo chiamavano in quel modo: forse per stemperare il timore dovuto alla sua prestanza, per cercare di tenere a freno quella straordinaria esuberanza fisica, per non lasciar smascherare la loro impotenza di uomini dalla solennità della divisa.

Baffo e io diventammo amici non appena lui arrivò in sezione. Un italiano, uno di quelli che non sapeva parlare l'italiano per niente e vantava il suo nome come simulacro di appartenenza a qualche conosciuta e rinomata "famiglia" e ai decenni buttati in carcere della sua vita, iniziò a urlare perentoriamente contro gli agenti guardia dal cancello chiuso della sua cella balbettando teso e impaurito dinnanzi alla sagoma immobile di Alì con due sacchi neri in mano, perché lui "era" e quindi non voleva marocchini (in gergo maomao) in cella. Alì, con i sacchi rimpinzati dai suoi indumenti personali, rimase impietrito e indugiante fuori dalla cella fra due agenti guardia visibilmente in apprensione. Impietrito per la paura di se stesso e per quel che avrebbe potuto fare a quell'uomo se non fosse stato barricato al sicuro nella sua cella e indugiante fra sensi di colpa e frustrazioni discriminatorie che incrinavano lo specchio delle sue doti imponenti per riflettere una dignità ora invilita d'ogni senso d'umanità.

Alì passò in un silenzio umiliante davanti alla nostra cella e Scheggia, assorto nella lettura del "Grande Gatsby" di Scoot Fitzgerald e disturbato dal trambusto, con cinque passi dalla finestra arrivò velocemente al blindo per offrire una sigaretta a quell'uomo nero. Scheggia lo guardò appena appena di sfuggita, si voltò verso di me che ascoltavo della musica sul letto, «che ne dici? Umh» disse sorridente, «per me!» risposi e Baffo Scheggia ed io condividemmo lo scomodo spazio della nostra cella per due settimane.

Fino al mattino in cui quell'uomo che velleitava protervamente il suo nome rigettando Baffo fuori dalla cella, sicuro del suo onore andò tranquillamente in doccia per essere poi urgentemente trasferito al centro clinico con un taglio profondo nella carne dall'orecchio fino al mento, e il suo volto onorato da una lametta ripiegata di una scatoletta di tonno, condita con aglio, per segnare e mai più cancellare i sapori amari della sua vanità. Lui "era"! Alì occupò lo stesso giorno il suo stesso posto letto.

Essere chiamati in doccia di primo mattino in carcere non è certamente di buon auspicio. Scheggia uscì dall'incomodo bagno cucina con in mano i due bicchierini ripieni di caffè alla crema fumanti, mi consigliò di non badare e continuare a dormire ancora un po'. Gli dissi di non preoccuparsi, ed ero già spogliato dalla pesante coperta e rivestito con un accappatoio ricamato di arabeschi bianchi e neri che Shara mi aveva regalato, avevo accostato l'asciugamano sul blindo per avvertire l'agente guardia che mi venne ad aprire con un tempismo da primato.

Esortai Scheggia fuori dal blindo a chiamare la polizia semmai mi avesse sentito urlare! Mi suggerì di non urlare altrimenti si sarebbero svegliati gli altri detenuti della sezione che dormivano e che mi avrebbero fatto dimenticare per sempre l'ultimo giorno dell'anno!

Percorsi sciabattando il mezzo corridoio umidoso per metà illuminato e per l'altra fiancheggiato da celle spente di vita fino a raggiungere il blindo verde del locale doccia. Mi affacciai con ansia curiosa dal vetro quadrangolare dalla pesante porta semiaperta e non c'era nessuno fuorché un sottile odore di calcare che compenetrava le piastrelle bianche e pulite dalla sera prima, gli asciugacapelli e il lavatoio e i due divisori, l'aria vuota e compressa di quello spazio illuminato al neon.

Attesi per una attimo che l'acqua si riscaldasse e subito dopo mi buttai infreddolito sotto la pioggia densa di gocce allungate che distendevano la tensione accumulata dai miei nervi, le inconsce sfaccettature ansiose di pensieri che vaporizzano in fumo caldo e acquoso. Socchiusi gli occhi e mi abbandonai a quella materna sensazione di piacere ma qualcuno d'improvviso aprì la porta , e una vampata d'aria gelida s'insinuò tra il vapore fino alla mia pelle per rabbrividirla, per richiuderla così come era stata aperta.

Cercai di focalizzare attraverso il fumo liquido la figura apparsa dietro il vetro di plastica quadrangolare della porta e c'erano due baffi neri e folti che mi sorridevano. Baffo mi stava osservando. Non capii in un primo momento e ricambiai il sorriso. Chiusi lo spruzzatore d'acqua e mi rivestii frettolosamente del calore spumoso dell'accappatoio quando mi accorsi che ai miei piedi c'era una bottiglia in vetro di vino rosso.

Pensai in un lampo a Scheggia e a Babbo Natale e a Baffo e a un complotto per punirmi. Poi cercai di non pensare a più di tanto e la occultai nella tasca dell'accappatoio insieme allo shampoo alla menta e al balsamo al cocco e al bagnoschiuma alla fragola e alla mia mano tutti i frutti. Uscii gocciolante con l'asciugamano sui capelli bagnati in modo da velare anche il volto e non destare alcun sospetto e arrivai quasi fino all'entrata della mia cella quando l'agente guardia della rotonda pronunciò il mio nome.

«Venga immediatamente qui!» strillò con cadenza austera. Ristavo immobile e angosciato e infreddolito dall'esitazione se passare la bottiglia a Scheggia a non più di qualche passo fingendo di non aver sentito, oppure voltarmi e assumere la maschera della più spaventosa indifferenza. Ma i riflessi mi avevano già tradito e optai per la seconda.

Fradicio di una congerie di profumi detergenti e slittamenti sudici di alterazioni emotive giunsi dall'agente guardia. Stava con i piedi sul tavolo calmo e tranquillo misurando la sua astuzia nel gioco delle parole crociate e dei rebus impossibili, senza rendersi conto semplicemente di come stava scialacquando nel vuoto il tempo pieno della sua vita.

Disse che c'era posta per me. Il mittente: Shara. Aprì la busta, controllò il francobollo, la carta e le interiora per accertarsi che non ci fosse niente di precluso dal regolamento e aggiunse cantilenando: «Queste donne che fanno impazzire i detenuti e che li fanno strapensare la notte di Natale, che li fanno dimenticare il freddo della neve e li fanno ingelosire per la dubbiosa intenzione di tradire!»

L'ansia passiva del mio cuore si attivò in un istante palpitando getti di ormoni nel sangue: «Sul serio, ma lei non ha mai pensato di fare il cantastorie? Se fossi in lei mi darei da fare per coltivare questo patrimonio artistico che madre natura le ha gentilmente donato! Ha anche l'espressione del rapsòdo!» dissi ai suoi occhi che ricomparivano istantaneamente alla memoria ricordando lo stesso sgomento dell'agente guardia che mi puntò il faro negli occhi la notte di Natale.

«Il chee...?» disse appoggiando di scatto i piedi per terra ed estraendo il pacchetto "Diana" dal taschino.

«Niente, niente, lasci perdere!» esclamai sicuro ormai delle sue evidenti intenzioni.

«Non prendertela, non ce l'ho con te ragazzo! Anch'io una volta ero sposato con una donna di cui ero fedelmente innamorato, ma col tempo ho scoperto che quando io montavo in servizio lei si faceva montare da un mio collega! E ogni volta che ci penso, quasi ogni minuto, mi viene soltanto da ridere e credimi è amaro, molto amaro questo ridere. Poi sei giovane, e ancora non puoi capire ma col tempo comprenderai anche tu che le donne vogliono solo una cosa nella vita!» disse accendendo una sigaretta.

«Non è forse la stessa cosa che desidera lei?» dissi con la mano che incominciava a sudare infilata nella tasca. Non rispondeva forse non trovava le parole, forse i pensieri o forse la coscienza. Mi scrutava con gli occhi sgranati.

«Allora perché rimpiange e giudica in questo modo sua moglie? Può darsi che sua moglie non l'amasse già più quando iniziò a frequentare il suo collega. E se non c'è amore non c'è tradimento. Ma se sua moglie l'ha concretamente tradita allora significa che non meritava il suo amore e dovrebbe ringraziare il suo collega perché le ha aperto gli occhi» dissi in un registro clemente mentre Baffo si avvicinò alla rotonda con apparente estraneità e con la scopa. Il telefono squillò.

«Sai cosa ti dico giovanotto? Stasera bevi alla mia salute quel vino che ti ho regalato e che non ti ho mai consegnato! Consideralo come un dono carino del destino. Il vuoto della bottiglia affidalo a Baffo che è già stato informato su come farlo sparire. Però non prendere l'abitudine!» disse e rispose al telefono e così fu assorbito da un altro mondo.

Baffo specchiò il mio sorriso. Rimasi allibito e sconcertato, dubbioso per quell'insolito comportamento e a un tempo sovraeccitato per la sorpresa che avrei fatto a Scheggia e per la lettera di Shara, per averla fatta in barba al regolamento e perché forse Dio quel romantico in fondo non mi aveva totalmente abbandonato.

TRE

Non ero mai stato partecipe della fredda concretezza di un processo giudiziario in vita mia, e non avrei mai pensato, mai, che un giorno ne sarei stato coinvolto come oggettivazione protagonista e per lo più accolto con il massimo dell'ovazione, con l'accusa di omicidio.

Né che un giorno mi sarei ritrovato ristretto in un piccolo spazio di un metro maleodorante di fumo paludoso e ferro arrugginito con manette di metallo grosso che avvinghiavano i polsi tanto più cercassi di svincolarmi, né scortato ristrettamente da quattro agenti guardia uniformate da divise blue riservate ai giorni della festa e con grosse pistole nere oliate e cariche di non so quanto proiettili, né compulsivamente seduto su uno strausato furgoncino Ducati nero con l'insegna "carabinieri" in rosso acceso e la cantilena sirenante dispiegata al massimo che lacerava il frastuono depresso del traffico ancora in letargo e i gemiti rauchi delle marce mal ingranate, tirate fino alla nausea.

Giacevo in uno stato inerte di attività repressa dove i miei pensieri schiarivano ad una tenue pioggia di sole invernale labili idee di speranza come concrete gocce di luce imprendibile. La luce s'insinuava evasiva fra le marginali fessure del finestrino verniciato di nero, alimentava l'ansia fredda che si raggrumava in gocce salate di sudore. E il sale inumidiva la bocca e assaporava le mie sensazioni he si scioglievano dai pensieri ghiacciandosi nel metallo delle manette e nell'odore vischioso del piombo e olio e nello strepitio nauseabondo delle marce grattate, e lo squillo palpitante della sirena che batteva dei battiti del mio cuore.

Arrivammo finalmente dopo circa due ore di saltellamenti e fermate improvvise e ripartite a fatica al palazzo di giustizia. Fui condotto attraverso l'entrata secondaria nei sotterranei a ancora deserti e da lì fui scortato fino all'aula di tribunale dove mi rinchiusero dentro un'altra gabbia, dopo aver tolto le manette. Una ventina di panche di legno simili a quelle di una chiesa prenotate per gli astanti e un enorme bancone inarcato destinato alla corte e al giudizio. Dietro sul muro imperava l'iscrizione marmificata: "La legge è uguale per tutti (Ma noi siamo tutti uguali?)

Nell'aula non c'era ancora nessuno e ne approfittai per fumare una sigaretta di tabacco nascosta tra i miei capelli. L'agente guardia, l'unico rimasto, mi scrutò dimenticando l'immagine dei suoi occhi e il fumo che ravvivava l'aria immobile.

Da un giorno all'altro mi ero ritrovato mio malgrado dai banchi legnosi di scuola alle brande di ferro arancione della galera, dalla dinamicità frenetica di gente preoccupata che corre in ogni direzione alla passività compressa d'individui che camminano avanti e indietro, da un guazzabuglio di sensazioni che congestionano la mente a qualche stimolo superficiale che col tempo si spegne inavvertitamente.

Ero seduto a gambe incrociate dietro le sbarre di una cella di un'aula giudiziaria ascoltando quel freddo silenzioso. Quello che rimane nell'aula di una scuola dopo la fine di una lezione o quello che cosparge l'atmosfera di uno stadio terminata la partita. Dove prima c'erano urla e squittii e risate e cori di gente che respirava e saltava e sussultava dopo non rimane nient'altro che il riverbero lontano di un eco fantasma che sospira fra i banchi e le poltrone e le panche di legno. Restano delle oscure e impalpabili sensazioni inghiottite dal silenzio della scenografia. La gente svanisce ma lo scenario rimane.

Mi sembrava di essere l'unico ricordo superstite di antiche generazioni passate e giudicate e condannate in quella medesima aula di tribunale, io sempre lo stesso che osserva e assimila come un qualunque cencio d'arredamento immagini e parole del tempo che scorre muto e cieco. E forse ci ero realmente diventato dopo un anno di carcere.

L'aria si smosse all'improvviso le porte si aprirono e la cella fu circondata da alcuni agenti guardia in livrea. Entrarono Michelle e Shara, mia sorella e mio zio, mia zia e Marìe, la prof. di storia e alcuni miei compagni di classe incluso il mio compagno di banco, alcuni giornalisti, il mio avvocato e forse la sua assistente, altra gente che non conoscevo.

Tutti posarono i loro occhi su di me fuorché Michelle. Elegante di un cappotto di tweed bianco e verde resta impassibile appoggiata al muro in fondo all'aula con le mani infilate nelle tasche. Shara e mia sorella le erano accanto e discorrevano con la mia prof. di storia come se fossero in attesa per entrare a bere qualcosa fuori da una birreria mentre mio zio scrutava tutt'intorno masticando la tensione e flashato dalla sua fotografia riconquistata di uomo d'affari. Anche mia zia mi sorrise come per dire stai tranquillo, non ti preoccupare, è solo questione di minuti.

Marìe gettava furtivamente occhiate svenevoli ad un agente guardia alto biondo e robusto che tentava di far finta di niente, fingendo nei panni della divisa via via smentendosi progressivamente intanto che il mio compagno di banco si avvicinò alla cella per dirmi che mi salutavano tutti e che nel pomeriggio sarei tornato a casa ma che il motorino ormai era suo.

Era la prima volta che vedevo tutte le persone della mia vita riunite tutt'insieme che attendevano spassionatamente il mio ritorno nella loro vita e fu una sensazione poeticamente drammatica giacché forse ero l'unico che nutriva quello strano presentimento di rottura netta, insanabile, senza alcuna possibilità di ritorno.

Poco più tardi entrarono il giudice e i suoi assistenti e un uomo alto e allampanato che assomigliava brutalmente a quel controllore che c'inseguì per tutto il treno. Con gli occhi indemoniati e gli angoli della bocca arruffati e una vena sinuosa e verde sulla tempia che s'ingrandiva proporzionalmente alla sua crescente agitazione, quell'uomo non appena entrò cominciò ad attaccarmi e ad accusarmi e ad insultarmi senza che io e lui ci fossimo mai scambiati alcuna parola, con u odio tale che se fossi stato io il giudice avrei fatto arrestare lui. Ma era il pubblico ministero, anche lui era un giudice. Puntava il dito contro i miei occhi e il giudice lo assecondava, quasi compiacente.

Dopo circa un'ora di pressante e animato dibattito personale fra il Pm che attaccava e il mio avvocato che incassava e ribatteva e il giudice che tamponava o almeno tentava di lenire la chimica delle loro reazioni, astiose frustrazioni radicate nell'infanzia che si risolvevano e socializzavano come soluzioni acidificate e gioco di ruoli, il giudice si ritirò per deliberare e ogni parola morì nel silenzio.

L'avvocato si avvicinò alla cella consigliando di non preoccuparmi nel contempo che il Pm lo invitò a bere un caffè senza degnarmi nemmeno di un accenno di attenzione.

Mia sorella impegnò Shara in una conversazione e Michelle ruppe il nostro silenzio di sguardi. La grazia smeraldo dei suoi occhi ridestava in me il ricordo di lei quando mischiò il nostro sangue nel calice della comunione per offrircelo, per vanificare quei limiti che ci asserragliavano sicuri nelle nostre famiglie, per gustare l'inizio di un sogno. Ma chi continuava a sognare ora? I suoi occhi erano tristi e i miei sbarrati, abbandonati all'ansia del vuoto, smarriti nel buio infernale dell'ineluttabilità. Forse lei era l'unica persona che riusciva a percepire, intuire che quella cortina di sbarre che ci separavano, riflettevano per vendetta contro di noi spettrali ombre di paura che abbagliavano d'oscurità le nostre impressioni, che pigliavano gentilmente la nostra mano ninnando l'anima nostra nella culla dell'autodistruzione.

Rientrò l'avvocato chiaccherando amichevolmente col Pm, mi strizzò l'occhio e andò a sedersi accanto alla sua assistente che rimase a conversare con mia zia per tutto il tempo dell'attesa. Un attimo dopo ricomparve il giudice e la corte mentre Michelle con passo spedito e le mani infilate nelle tasche, sorda dall'indifferenza, uscì di fretta dall'aula. Tutti si alzarono e il giudice sentenziò: "In nome del popolo italiano condanno..."

Tornai in sezione giusto in tempo per andare all'aria. Nel giro di cinque minuti si erano decisi in modo inesorabile le sorti di tutta la mia giovinezza e non solo. Appena salite le scale, varcata la porta del cancello, nel corridoio c'erano Baffo e altri suoi connazionali e altri detenuti che discorrevano con un paio di agenti guardia in servizio. Prima ancora che qualcuno di loro aprisse la bocca dissi a Baffo con tono arrogante, prepotente, in modo tale che tutti ascoltassero, che quelle parole si diffondessero in ogni angolo e in ogni cella e in ogni testa, perché una volta per tutte ero stanco di ripetere parole, movimenti, sentimenti, dissi a Baffo e a tutti e a tutto che ci saremmo fatti compagnia per i prossimi vent'anni e più. Baffo mi disse di non scherzare mentre un agente guardia mi venne incontro tutto contento affermando che tra vent'anni lui avrebbe terminato di pagare il mutuo della casa. Lo guardai come si guarda un uomo che appena violentato sessualmente sua madre. Esitavo impulsivamente fra l'intenzione di commettere un altro omicidio e farla finita una volta per tutte con questa realtà quietando a un tempo le sue ambizioni mediocri di una vita per bene che va a finire scelleratamente male o lasciarlo soffrire nella sua inconsapevole ipocrisia. Fu una giornata sfortunata per lui perché me ne andai dritto in cella da Scheggia fra sguardi silenziosi e voci smorzate e sorrisi deglutiti ma Scheggia non c'era.

Baffo mi disse che era andato dall'avvocato. Non avevo voglia di leggere niente, non avevo voglia di sdraiarmi sul letto, non avevo voglia di rimanere da solo con me stesso. Organizzai lì per lì una partita a pallone e le mie parole furono accolte da tutti e per la prima volta tutti scendevano all'aria con pantaloncini e maglietta e calzettoni e scarpe da ginnastica per giocare insieme.

Sembrava che ognuno di loro fosse tornato indietro nel tempo all'età dell'adolescenza quando le lezioni di scuola venivano interrotte dal tanto sospirato intervallo e ogni alunno scendeva nel cortile per smangiucchiare la merenda o fumare una sigaretta o riscaldare un po' di hascisch. E a parte i detenuti che fumavano ai margini del campo d'asfalto, noialtri ci raggruppammo in due squadre per cominciare la partita più breve del mondo perché a Baffo venne la stravagante idea di tirare da metà campo verso la porta colpendo il pallone, che per lui aveva le dimensioni di una pallina da tennis, con tutta la forza dei suoi piedi scialuppa e la palla finì inevitabilmente dietro la muraglia senza alcuna possibilità di recupero.

Imprecammo tutti quanti contro Baffo che da dietro i baffi sorridenti tirò fuori un fazzoletto bianco dalla tasca tendendo il braccio verso il cielo. E per tacito accordo, senza alcuna proposta esplicita, trenta carcerati di ogni nazionalità tra i venti e i cinquant'anni, italiani e arabi, albanesi e sudamericani, si trovarono un lunedì pomeriggio di un freddo gennaio schierati in due squadre pronti per giocare a rubabandiera, mentre in una vita parallela milioni di uomini e donne impiegavano il loro tempo rinchiusi negli uffici o reclusi nelle fabbriche o a correggere temi in classe, a decretare leggi o a dormire.

E che risate...il freddo tagliente sembrava quasi fendere le nostre pelli seminude e congelare la carne e le ossa delle dita e delle mani e dei pensieri che si elettrizzavano nella corsa e nel gelo e nel sudore acido per essere poi trasmessi come corrente di rabbia e tensione di rancore a tutto quanto ancora resisteva alla ragione e al discernimento e ad ogni scoria della civiltà.

Correvamo frenetici verso Baffo che innalzava quel fazzoletto come fosse una bandiera di pace, un'invocazione al mondo, all'universo, all'infinito e Baffo ripeté a ripetizione il mio numero per non so quante volte e una volta scivolai ansimante sull'asfalto sfregiando il ginocchio da cui grondarono gocce di sangue sulla terra infreddolita e mi rialzai guizzante e sorridente fra le urla e gli strepitii e i cori dei signori carcerati seduti e tutti quanti alzati e uniti e incattiviti per la storia di un mondo borghese che vantava giudiziosamente i colpevoli in mostra alla società ogni giorno, colpevoli di essere gente comune che non accetta di esserlo, di aver rubato, rapinato o ucciso per insignificanti pezzi di carta, peccatori per essere stati così educati, per essere i soli arrestati. Ma come non mai quella volta il mondo aveva commesso un grave errore, il responsabile prepotente era morto e la legge aveva punito un ragazzino, uno sbarbato, ancora un bambino e in carcere chi uccide un bambino è un infame.

Nell'aria ondeggiava quel sentore come alcool che accende il sentimento infiammando lo spirito di vampe dannate, lumi repressi e al vento d'impulso sprigionate infernalmente. E ora quel mondo ci doveva per forza porgere le sue scuse, umilmente, con la fronte nella sabbia d'asfalto rovente perché in quel momento un unico fuoco scioglieva le barriere convenzionali dei cascami di distinte culture nazionali per fonderci bruciati nella rabbia gioiosa, non definibile ma presente, non violenta ma impetuosa, molto pericolosa, la rabbia di vivere.

Baffo tirò fuori all'improvviso un altro fazzoletto bianco e ora c'erano due bandiere innalzate e frullanti e a turno quattro signori detenuti schizzavano da una parte all'altra del muro di cemento fino a Baffo per tornare alla base contenti e incuranti del tempo, dell'età, del reato, del passato, della famiglia, della realtà, sprezzanti di sé.

L'asfalto cominciò ad essere punteggiato da qualche goccia di pioggia fino a che ogni puntino svanì assorbito dal nero grigio completamente lavato. L'odore alcoolico dei fumi neri esalati esaltava allegria, bagnava la carne dello spirito nudo, incendiava ogni sorriso di acqua e di fiamme, di amara dolcezza. Alla pioggia fine e fitta che urgeva sempre più si unì un getto d'acqua molto violento. Era Scheggia che dal portone blindato d'ingresso del passeggio stringeva con forza la bocca impazzita di un idrante che lo sballottava da una parte all'altra. Baffo lasciò andare i fazzolettini inzuppati nell'aria e corse ad aiutare Scheggia.

In un attimo ognuno iniziò a correre scalpicciando nelle pozze lucide, inondati dalla pioggia e dal vento e da Scheggia e Baffo che sparavano cannonate d'acqua limpida verso noi sciagurati, accalcati l'uno sull'altro e in cerca di riparo vicino ai muri e negli angoli e in ogni modo in un quadro immobile di cemento e asfalto e ferro dove mancava per legge ogni difesa perché non noi bensì la gente di fuori si doveva salvare da noi.

I due agenti guardia in servizio osservarono impotenti e terrorizzati la rabbia esondante che non riusciva a prendere forma in nessun pensiero, parola, regolamento. Cercavano conforto uno nell'altro fingendo di parlare perché si rendevano conto che non eravamo né più arrabbiati né più carcerati ormai, ma sfrenatamente invasati dalla pazzia di vivere.

Gli agenti guardia di servizio smontarono come al solito alle tre e i due nuovi al lavoro rimasero inerti con gli occhi sgranati riparati dal vetro blindato. Né un tintinnare di chiavi né un richiamo né una parola. Ancora sotto l'acqua, esausti e sdraiati sull'asfalto, parlavamo e ridevamo e scrutavamo il cielo. Poi uno stormo di colombe si lasciò cadere dal tetto libero nel vuoto fino a lambire Baffo che danzava nel centro del passeggio. Immerso fino ai calcagni da un enorme specchio d'acqua risvegliava ricordi sommersi di antiche tribù che ritornavano in superficie dal suo inconscio per inspirare l'euforia febbricitante di anime vive condannate all'inferno.

Scheggia cominciò a starnutire a raffica, quello fu il segnale per tornare in sezione. Fradici d'acqua, tremanti dal freddo, sfumature della prima sera nel cielo, con passo stanco, parole assopite e imprecazione del detenuto lavorante che aveva appena terminato di lavare il lungo corridoio della sezione.

Regolarmente, il tempo destinato alla doccia coincideva con le ore d'aria sia del mattino che del pomeriggio e in quelle ore ogni detenuto aveva a disposizione dieci minuti di tempo per lavarsi. Questo implicava saltare un'ora d'aria o perderla completamente. Quel giorno affollammo il locale doccia fino alle sette di sera. Fui l'ultimo ad uscire e per non so quanto tempo rimasi con la testa all'indietro e gli occhi chiusi, nudo e svuotato da ogni pensiero dall'acqua bollente che sprizzava densi chiodi affusolati dallo spruzzatore.

Scheggia in cella preparava la cena, un po' di latte caldo zuccherato con del pane affettato ricoperto di nutella. Mangiammo in silenzio, poi mi buttai sul letto accendendo la tv e Scheggia si appoggiò vicino al calorifero grigio per leggere il quotidiano. Non era solito starmene impalato davanti alla televisione ma quella sera volevo rimanere un po' da solo, lontano anche da me stesso. Le immagini elettromagnetiche si alternavano alterando l'equilibrio delle mie percezioni con la stessa velocità con cui il mio cervello trasmetteva il segnale al dito che premeva il tasto sottile sul telecomando. Da uno spot che promuoveva la prima visione di un film per bambini prossimamente si succedevano le immagini delle macerie afghane ancora fumanti per l'imminente attacco americano, l'atmosfera briosa e sgargiante di ragazze in mutande forse ancora minorenni e truccate che vendevano le loro sessuali ambizioni venali per l'orario di cena ballando attorno al conduttore miliardario contento e pelato, un talk show di politicanti cravatta che accusavano il dittatore iracheno di nascondere armi nucleari come se loro vantassero le loro esposizioni atomiche in bella vista, una televendita dedicata a pubblicizzare una marca di assorbenti senza ali, il cipiglio indifferente del giudice quando proclamò la sentenza: ventitreanniquindimesiundicigiorni.... Giacevo sul'orlo di una crisi epilettica.

«Sai Scheggia in questo momento ho un'orrenda sensazione, come se il carcere mi abbia aperto gli occhi, come se servisse realmente a qualcosa!» dissi afferrando il tabacco sopra la televisione.

«Uhmmm! Quello che ti posso consigliare giovanotto è di non sentirti mai in colpa per quello che hai fatto. Quello che è stato è stato, ormai non puoi più cambiarlo, pensaci, ammetti le tue colpe, correggi i tuoi errori, ma non serbare mai sensi di colpa nel tuo cuore figliolo, perché in quel momento dovrai dire addio alla tua libertà di essere! Umh!» disse Scheggia con gli occhi rivolti sul giornale.

«Penso di essere colpevole di aver ucciso una persona ma quell'uomo meritava di morire!» dissi umettando un lato della cartina.

«Nessuno merita di morire eppure prima o poi dobbiamo morire ugualmente tutti quanti!» affermò Scheggia incrociando il mio sguardo, con i suoi occhi verdi trascesi, oltre le lenti rotonde degli occhiali da vista.

«Quello che ti volevo dire è che da quando sono in carcere mi sembra di vivere in una dimensione superiore di quando ero abituato a vivere!»

«Ma che diavolo stai farneticando povero diavolo!» disse Scheggia posando il giornale sul tavolo.

«Voglio dire che prima non mi rendevo conto della realtà che mi circondava. Recitavo una parte da attore ma non sapevo di esserlo perché lo eravamo tutti quanti. Ed eravamo tutti felicemente contenti di esserlo, capisci Scheggia? Mi lamentavo tutte le mattine della scuola come i miei compagni eppure ci andavamo lo stesso ei panni degli studenti che vogliono ribellarsi ma davanti alla realtà si prostrano necessariamente e non ce ne rendevamo conto. La mia prof. di storia mi riprendeva ogni momento e s'irritava e mi odiava ogni volta che mi parlava, ma nutriva in seno uno sgradevole piacere nel farlo e non se ne rendeva conto. Mio zio si divideva fra il ruolo di padre e quello dell'imprenditore e io nelle vesti del figlio lo ripudiavo, i suoi dipendenti gli obbedivano e gli sparlavano con me alle spalle, illusi non ce ne rendevamo conto. Poi ho conosciuto una ragazza dello stesso colore dei tuoi occhi che mi ha insegnato a trasformare in realtà i miei sogni, ma ancora non ero del tutto sicuro e oscillavo tra la paura e il coraggio e la fantasia, incerto nel presente ansioso per il futuro con i rimorsi del passato. Da quando mi hanno arrestato ho aperto gli occhi totalmente, senza alcuna possibilità di richiuderli, sono uscito dalla recita e ho cominciato a scrutare e a osservare, a fare da spettatore. E ho rivisto la mia vita nei sogni e nelle speranze della gente del mondo. Vanità, ipocrisia, pietà, disprezzo, questo ha rapito il mio sguardo come un vortice vizioso che gorgheggia e la compassione mi ha salvato dal risucchio del mio disgusto. Vanitosi riversano ogni giorno sudore e fatica, imprecazioni e spergiuri, missili e sangue. Ipocriti si arroccano nel calore degli amici e dei parenti della propria famiglia e la pietà e il disprezzo sono sentimenti affettati per chi è giudicato perché giudicare li fa sentire meglio, buoni o cattivi. Non si rendono conto che dovrebbero impietosirsi o disprezzarsi in se stessi Scheggia, perché tra un istante dimenticheranno ogni cosa di ciò che presumono di essere o di conoscere o di ricordare, per ricominciare» dissi sbuffando verso il soffitto acido di luce il fumo biancastro.

«Stai affermando che la gente commette l'errore di prendere sul serio qualcosa quando non c'è niente di serio in questo mondo? Umh!» disse Scheggia.

«Intendo solo ora che è meglio essere inconsapevoli per non soffrire. Ho compreso troppo tardi del motivo per cui dispensano tantissime, forse quasi tutte nozioni inutili per ogni uomo o donna che spacciano questo insegnamento per conoscenza e i conoscitori s'abbigliano con trucchi e con trastulli da intellettuali ed eccoli fatalmente rapiti dal vortice vizioso fino a essere ossigenati dalla loro ragione. Ma qual è il nome di questa conoscenza? Storia? Matematica? Medicina? A cosa serve sapere che la storia è un rosario di guerre interminabili se ancora oggi continuiamo a combattere, che la matematica è un vangelo fatto di regole che vengono utilizzate per fare le guerre e la medicina è una preghiera sviluppata per sanare capziosi errori di calcolo? Dissi contemplando il bianco turchese delle volte fumanti.

«Il dolore è come il vino! Inebria d'oblio le serrature della paura esaltando le verità sbarrate vive nella prigione del cuore! Umh!» borbottò Scheggia dirigendosi verso la finestra.

«Stamattina in quell'aula di tribunale, appena il giudice ha pronunciato la sentenza è scoppiato un pianto generale, mio zio, mio zia, mia sorella, Shara non ne parliamo, perfino la mia prof di storia e i miei compagni di banco, anche la gente che non conoscevo, tutti in lacrime... in quei momenti l'ultima cosa che vuoi è piangere, ma come fai a non farlo se lo fanno tutti?...» dissi con un nodo alla gola.

«Michelle è stata l'unica persona che ha capito!»

«La cosa più bella del mondo sta nell'essere compresi da qualcuno! Umh!» disse Scheggia.

«Solo i bambini si comprendono per davvero!» affermai rivolgendo i miei occhi al piccolo crocefisso di legno appeso al muro sopra la televisione. Della cenere cadde sulla coperta.

«Il mondo è una grande prigione! Umh...» disse Scheggia citando Shakespeare, e aprendo le finestre «... oggi, nella pagina di questo giornale dedicata alla cultura parlano di Aldous Huxley, intellettuale e poeta inglese del 1900, Umh! Suo fratello scienziato vinse anche un premio Nobel. Aldous, poco prima di morire, venne inviato a un convegno di scienziati a Santa Barbara   proferì loro: "Sono molto imbarazzato perché ho lavorato per quarant'anni, studiato di tutto, facendo esperienze, viaggiando per il mondo, e tutto quello che posso dirvi è soltanto di essere gentili uno con l'altro! Umh!» L'aria della notte profumava la cella di freschezza.

«Con vent'anni di carcere da scontare è difficile, molto difficile riuscire ad essere gentili con gli altri!» dissi spegnendo la sigaretta nella scatoletta di tonno. Oggi ho detto a mio zio e a mia sorella e a Shara di lasciarmi in pace perché ci saremmo rivisti tra vent'anni, se ne avranno ancora voglia.

«Cerca di non essere cattivo con te stesso Demon, Umh!» disse Scheggia ispirando l'aria libera.

«Cattivo? Io non mi sento una persona cattiva, tu non sei una persona cattiva, ma se non siamo noi i cattivi che siamo in carcere chi sono allora?»

«Il nome non lo conosco però ho parlato con il mio avvocato stamattina, della mia situazione e della tua tragedia, dell'Afghanistan, della sua parcella e del carcere, e mi ha riferito che l'architetto che ha progettato questo lurido edificio è stato arrestato per truffa e tangenti! Ecco, lui è uno dei cattivi perché ora si starà tormentando per non aver disegnato le celle un po' più spaziose!» disse Scheggia appoggiando il mento sulle sbarre.

«Me lo immaginavo!» dissi infilandomi gli auricolari nell'orecchio. Ascoltai l'ultimo cd che Shara mi portò al colloquio: "Theatre of Tragedy". Drogai i miei pensieri con le dolci note di Venus.

Appena Scheggia si addormentò l'agente guardia fece il giro di conta di routine, le ultime voci elettroniche svanirono nel silenzio, scesi dal letto attentamente senza far rumore e andai in bagno. Anche la luna tramontò nell'oscurità.

Nel piccolo specchio quadrangolare incollato al muro si riflettevano gli occhi salati di un fantasma che piangeva. A un tratto la porta si aprì e Scheggia mi strinse forte a sé, mi abbracciò con rabbia, pianse come una bambino. Quella sera, nel bagno di una sporca cella di un carcere, compresi per la prima volta l'intero significato della parola amicizia.

Con la morte di Scheggia morirono la mia adolescenza e tutte le incertezze che oscurarono il mio passato. Il ferro e il cemento e gli sguardi dei detenuti e degli agenti guardia che montavano in sezione s'impregnarono di silenzio. Ogni singolo detenuto della sezione si rifiutò di uscire dalla cella. Il corso fu scioperato, il passeggio deserto, le docce desolate. Il portavitto non servì né il pranzo né la cena mentre il lavorante di sezione musulmano, insieme ai suoi paesani, pregarono inginocchiati verso la Mecca, l'est in Italia, per tutto il giorno e la notte. Gli agenti guardia di turno si aggiravano quatti quatti per il lungo e ombroso corridoio, camminando lentamente e sfiorando il pavimento con gli anfibi, le chiavi d'oro immobilizzate nel pugno della mano.

Al cambio di guardia non si udì nessun tonfo sordo di porte blindate in movimento. Le televisioni di ogni cella parteciparono al requiem. Neanche un tintinnio di filtri di caffettiera contro il lavandino. Solo il fitto malinconico scrosciare della pioggia di un cielo ingrigito che si scioglieva dalle profonde altitudini in minuscoli atomi d'acqua affilati e scagliati con rabbiosa accelerazione contro l'indifferenza di una terra di cemento. Anche i corvi fradici e anneriti volteggiavano in cerchio partecipi al rito e torme di colombe correvano e ricorrevano nell'aria di piombo.

In cella da solo,

... e il vento freddo sprigionò il mio spirito traspirando verso la terra delle illusioni... e nel sonno contemplai il turchese infinito lavato dai bagliori del sole e ombre dense di uomini vagavano a piedi nudi nell'aria salina del mare che rispecchiava le loro ombre di fuoco danzanti nel tempo dell'amore...

Un sussulto leggero, intenso, riportò la vista dei miei occhi al di là della finestra sbarrata, verso i muri squadrati, lavati d auna pioggia senza fine. Andai in bagno e rasai i capelli a zero. Ripensai per l'ultima volta a Scheggia e all'energia che trasmetteva con le sue parole e giurai a me stesso che non avrei mai avuto più paura di niente.

Il grigio sfumò nel buio e giunse la sera. Aprii la finestra e il profumo del cielo avvolse il mio spirito. Appoggiai il volto sulle sbarre estromettendo gli occhi così come mi aveva insegnato Scheggia e una lacrima libera si unì alle gocce di pioggia. Presi un foglio, una penna, rollai una sigaretta e accesi una candela, la stessa che Scheggia rubò nella cappella del carcere durante la celebrazione della messa di Natale.

"Che una sera d'inverno, la pioggia dolce che canta
 Sulla terra che freme, gocciante si ridesta
 Un antico lamento su su fino alla luna
 Echeggiando in tutto il firmamento, la luce
 Delle candele e dei lidi tremanti
 Dalla paura e il vento, nel silenzio

Carezza i brividi delle anime sognanti"

A mio padre

«Sveglia! Sveglia! Raccolga la sua roba! Deve partire! Ha un'ora di tempo per prepararsi!» ingiungeva con registro autoritario un agente guardia mai visto con le fauci intromesse tra le sbarre della cella.

Disteso sul letto, infilato sotto le coperte, assuefatto al tepore pruriginoso, i miei pensieri colorati ancora dalle tinte dei colori della notte, le mie sensibilità percettive assorbite dai rumori e dagli odori di un altro greve risveglio di piombo.

Dalla finestra penetravano striature di raggi solari che pennellavano di luce annacquata le piastrelle marroni del pavimento, oltre la porta a sbarre, fino al pavimento del corridoio punteggiato di bianco e nero e grigio dal quale giungeva lo strepitio di chiavi pesanti scagliate con monotonia in vetuste serrature non oliate, il cigolio di porte blindate aperte e richiuse, il tonfo sordo di porte sbattute, il vociare sommesso d'individui sparlanti e le note commerciali di una canzone trasmessa e ritrasmessa da MTV.

In cella ogni oggetto giaceva fermo e fisso, in apnea. Peter non c'era, forse si era recato a scuola come al solito e come al solito l'ansia della noia mortale abbagliava il mio risveglio oggettivandosi nel primo pensiero di ogni mattina: "Ma cosa mi alzo a fare?" E senza neanche la voglia di respirare lasciavo fluire ogni motivazione nell'eccesso accidioso del non volere, vanificando l'estenuante travaglio del pensare.

«Ehi ragazzino! Cosa stai facendo ancora a letto? Sveglia! Sveglia! Devi essere trasferito! Ti stanno aspettando in matricola! Mi vuoi prendere in giro? Hai cinque minuti di tempo per preparare la tua roba!» replicava alterato l'agente guardia risvegliandomi.

«Collega! Collega! Chiama il lavorante e digli di portare subito due sacchi neri alla cella n°13 che se questo non si alza tra due minuti la roba gliela prepariamo noi!» comandava l'agente guardia adirato e stizzato davanti alla cella.

«Guarda che io non sono un oggetto da alzare e spostare a tuo piacimento! Se tu usi quel tono con me io lo uso con te perché tu non sei nessuno!» ho detto ancora sdraiato nel letto, con 1 emani fredde e la punta del naso sudato, cercando il tabacco per rollare una sigaretta, malgrado non avessi ancora bevuto niente.

«Ti conviene sbrigarti ragazzino!» affermava l'agente guardia con gli occhi iniettati di sangue.

«Conviene invece che te ne vai "Collega"!» ho detto freddandolo con lo sguardo, come se cercassi le sue minacce con avidità, senza paura anelassi a uno scontro, cosa mi restava da perdere ormai? Sbiancato in volto e con gli occhi piatti fingeva di non sentire dirigendosi verso il suo collega.

In carcere il regolamento vieta che gli agenti guardia si chiamino per nome, per il timore di qualche ritorsione. Il loro epiteto è "Collega": esiste un collega della rotonda, uno della sezione, i colleghi della matricola, del passeggio e via dicendo. E dopo ogni anno, la cricca di tutti questi colleghi stabili nel loro ufficio vengono trasferiti per eludere legami e confidenze con i detenuti. Almeno questo disponeva il regolamento perché alloggiavo in quella sezione da circa tre anni e in tutto questo lasso, la prima traduzione di colleghi risaliva a due giorni prima. L'agente che contrabbandava del buon vino per Baffo e me non era stato incluso nella cricca per fortuna ma per sfortuna quel giorno toccava a me essere trasferito.

«Finalmente è arrivato anche il tuo turno!» ha detto Baffo colmo d'entusiasmo, accostando i due sacchi neri nella spazzatura tra le sbarre.

«Mica sto uscendo Baffo! Mi stanno deportando in un altro carcere!» ho detto ancora sdraiato sul letto, accendendo la sigaretta e sbuffando.

«Amico, vedrai che troverai un posto migliore di questo per vivere!» ha detto Baffo con inflessione sperante ed espressione sconfortata.

«Forse perché peggio di questo non ce n'è! Poi mi sono abituato ormai e ho ancora tanti ricordi che mi legano a questo posto, anche se sono sempre gli stessi ripetuti!» biascicavo assonato, stiracchiando le braccia, ancora fra le coperte.

E non era una bugia. Quando vivevo fra la gente, nella casa di mio zio, la mia presenza riguardava esclusivamente l'orario di pranzo, la cena, la notte per dormire. Nella cella n°13 della quarta sezione di questa prigione avevo trascorso venti ore al giorno per un anno e mezzo di fila, eccezion fatta per l'assenza di quelle pochissime ore in cui tempo prima mi ero recato ai colloqui e con l'avvocato, la scorribanda la palazzo di giustizia, l'asettica conversazione di circa cinque minuti in una cella di quella sezione adibita ai colloqui con educatori e psicologi, la passeggiata accompagnata di venti minuti circa fra i labirinti di cemento dell'istituto verso gli uffici della matricola per suggellare con una firma la mia assenza nell'aula di Tribunale della Corte d'Assise d'Appello.

"Tanto non sarebbe servito andarci" così mi disse Scheggia poca prima di morire "da ventiquattro anni di pena a ventidue non è che cambi più di tanto" ma forse era quello che in quel momento volevo sentirmi dire.

Inoltre da un paio di mesi mi avevano comunicato tramite ufficiale giudiziario, una di quelle persone travestita d'indifferenza borghese che corre contento da una sezione all'altra della prigione con fascicoli di carta prestampata compilate con anni di carcere e firmate dal giudice, che l amia pena era diventata definitiva, senza né possibilità né opportunità né sensibilità per cambiare le mie sorti. E la mia presenza in quell'istituto si avvertiva nell'aria come uno spettrale presentimento ineludibile poiché quell'istituzione era predisposta dogmaticamente per dimorare imputati in attesa di giudizio o detenuti definitivi con una pena non inferiore a cinque anni. Solo per questione di poche ore non ci potevo rimanere.

Dopo il mio anno e mezzo di fila rinchiuso in un carcere giudiziario stavo per essere trasferito in un carcere penale e chissà per quanto tempo... non appena la sigaretta iniziava a bruciare la spegnevo nella scatoletta annerita alzandomi per andare in bagno. Uscito, tutti i miei abiti e i miei libri e i miei cd erano già preparati dentro i sacchi della spazzatura. Baffo si era fatto aprire dall'agente guardia per aiutarmi.

«Ti ho messo dentro anche un pacco di zucchero, uno di caffè, un fornellino e una stecca di sigarette che mi ha regalato il nostro amico agente, così almeno non devi elemosinare niente a nessuno almeno per i primi giorni!»

«Sai che non fumo le sigarette. Prendile tu, accettale come un mio regalo e offrine qualcuna ai tuoi paesani, ricordati di me ogni tanto!»

All'improvviso la cella si riempì di tutti i detenuti della sezione che tornavano dai corsi.

«Un agente ci ha informato del tuo improvviso trasferimento e abbiamo chiesto al prof di terminare le lezioni per venirti a salutare!» ha esclamato Peter ansimante. Il detenuto è consapevole del fatto che con ogni partente, liberante o trasferito, si conclude una parte di vita, un buongiorno o u buonasera o forse un'intima amicizia, comunque sia una possibilità di sentire. È incredibile, quale straordinario legame affettivo si crei fra persone che non hanno niente in comune e di anormale se non l'esuberante elettricità di vivere, una corrente tale che imprigionata si scarica tra le sbarre come u unico e puro sentimento che si liquefa in tante piccole parti quante sono i detenuti, in tante profonde sofferenze quante sono i ricordi spezzati e le speranze di uscire, tante profondità mute che parlano dagli occhi di ogni detenuto con le lacrime cieche della compassione. E ogni detenuto sente dentro di sé di essere un pacco, un oggetto, di essere niente ma quando c'è un partente il cuore del detenuto batte e sbatte come un'onda carica di gioia per il fortunato, per colui che riaccende in tutti la speranza di non essere poi totalmente abbandonati al niente, oblio stagnante. E appena il cancello si richiude dietro il fortunato lo sciabordio di gioia si arena nella sabbia spegnendosi in fondo allo stagno dove annegano i ricordi di colui che ha condiviso la nostra prigione e che da quel momento per noi è morto per sempre.

Sono quei pochi momenti in cui ti accorgi che tutto è così fragile, così insensato, così folle, che è tutto così bello! E lo accetti per questo.

«Ricordatevi quello che disse una volta Scheggia: "Nell'amore ognuno vuole amare se stesso!"» ho detto mentre spingevo fuori dalla cella in mezzo alle persone detenute due sacchi colmi.

«Come farò senza la tua poesia Demon!» ha detto Baffo con scherno aiutandomi a sollevare un sacco.

«La poesia è il fiore del sentimento, se sei stanco di poetare
lo sei anche di vivere!» ho detto ricambiando il sorriso.

«Agente! Agente, si sbrighi a portare via questo pazzo! Non
ne posso più!» affermava Baffo con una goccia trasparente di
rammarico intanto che l'agente guardia mi chiamava per
consegnarmi la posta. Era ancora una lettera di Shara, come
ogni mattina, come tutte quelle che avevo fatto rispedire al
mittente. Per caso rivedevo ancora l'armoniosa calligrafia di
lei, i caratteri morbidi ed eleganti e verdi pennati sulla busta
della lettera bianca. Era stato un caso perché mi ero scordato
di avvisare i nuovi agenti guardia che non accettavo nessuna
lettera, ad eccezione di quelle di mia sorella. Come u bambino
che si rifiuta di andare a scuola perché non vuole smettere di
giocare ma è costretto ad andarci dalla madre e dalla legge e
si porta con sé il suo gioco preferito, così quella mattina ho
ricevuto la lettera di Shara senza spiccare parola, infilandola
nella tasca del maglione.

Per al quarta volta in tre anni rivedevo gli uffici della
matricola e dopo qualche attimo di sosta nel corridoio, mi
richiusero nuovamente nella cella che battezzò il mio nome il
mio primo giorno di prigione. I mozziconi per terra erano
ingialliti dal tempo, anche i geroglifici sulle pareti sembravano
non fossero aumentati. Eppure di nuovi giunti in sezione
eccome se ce n'erano stati! Ma forse non erano loro gli autori.

Camminavo avanti e indietro scalciando qualche mozzicone.
Sfilai fuori dalla tasca la lettera di Shara quando un agente
guardia vestito da festa aprì la porta verde e mi ordinò di
seguirlo in un altro ufficio: il casellario. Due agenti in
mimetica, uno giovane e pallido in volto, l'altro barbuto e
andato con gli anni scrutavano fra i miei calzini e le mie
mutande se ci fosse chissà che cosa, e loro malgrado non
scovarono né armi né droga.

«vedi di farci stare tutta questa roba dentro queste due
sacche» disse l'agente guardia barbuto con tono arrogante e
sbrigativo.

«Guarda che è impossibile, almeno ne servono altre tre!»
dissi fissando i suoi occhi impersonali.

«Hai sentito collega? Glie ne servono altre tre! Il
regolamento ne prevede a vostra disposizione due. Tutto

quello che rimane te lo spediremo poi in seguito a nuova destinazione!» ha detto sporgendomi la penna per firmare la ricevuta della chiusura del mio conto corrente.

Uno zaino e mezzo è bastato a malapena per i miei libri e tutti quelli che Scheggia mia aveva regalato. Nell'altra metà ho buttato dentro spazzolino e asciugamano, alcuni indumenti intimi e il pacchettino che Baffo mi aveva preparato.

Ancora le manette ai polsi, ancora lo stesso furgoncino che mi trasportò al palazzo di giustizia, altri agenti guardia mai visti. Qualche minuto imbottigliato nel traffico locale, una veloce fermata al casello e poi le corsie recentemente asfaltate suddivise da uno spartitraffico di cemento che si allungava linearmente sottopassando maestosi cavalcavia e cartelloni verdi rifrangenti impalati artificialmente nella plaga della terra selvatica che fiancheggiava l'interminabile autostrada.

La falda di nero laccato incollata al finestrino si sgranava per fortuna da un lato e benché non ci fosse alcunché d'interessante d'ammirare se non i fumi veenefici che esalavano da assembramenti di plastica e gomma e latta e ferro di ogni forma e dimensione in movimento sulla strada, rendersi conto che dopo tutto quel tempo passato d'interdizione la gente di fuori ancora non si rendeva conto trasformava ogni presunto rimpianto in un sorriso.

«Quanto tempo di manca ancora da fare sbarbato?» ha detto uno dei tre agenti guardia in mimetica , intanto che il suo collega dai capelli arruffati e ingialliti discorreva tramite un telefonino e l'altro leggeva il rotocalco sportivo.

«È importante per lei saperlo?...» ho detto continuando a guardare fuori dal finestrino «... quando forse lei avrà finito di pagare il mutuo della casa!» Non ha risposto, la nostra conversazione era durata solo pochi istanti. Meditavo su quali misteriose circostanze avevano influito per farci incontrare quel giorno per scambiare quelle poche parole. Se celavano un senso, sia per me il cattivo che per lui il buono, se in un'altra dimensione io e quell'uomo ci fossimo mai incontrati magari con altre poche parole, altri significati in altri contesti.

Il furgoncino con i lampeggianti accesi si spostava sulla corsia di sorpasso mantenendo costante la velocità per non so quanto tempo. Da quella posizione riuscivo a incrociare lo sguardo di gente concentrata e altra gente corrucciata e gente assonnata e altra indifferente che viaggiava in senso opposto, sguardi fuggitivi di gente mai vista, rapporti di sguardi nati per morire in un istante.

Un corvo nero spiccò il volo da alcune frasche rinsecchite ai margini della strada accompagnando i miei occhi nel cielo vergine e sempre giovane, innocente come quando ero ancora un bambino. Quando camminavo nel mio bel giardino, quello dei gigli e dell'ombra infinita sull'erba, sfinito dal gioco sedevo su una panchina di legno, asciutto di sudore nell'estate polverosa, assetato dell'ombra che rinfrescava i petali mossi nell'aria lillà. Quando mi toccò con una tenerezza disarmante la brezza di finissimi baci sulla pelle, sprizzi di pioggia tra sprazzi di luce del tardo pomeriggio, e l'acqua del cielo cristallina che assorbiva ogni colore contrastando il bianco acceso del marmo di una fontana in mezzo al giardino. Quando un sussurro tremendo dalle viscere della terra stregò di concupiscenza le fibre nervose della mia immaginazione, quando i miei occhi o forse il mio animo dai getti di quella fontana schizzi orgiastici dell'amore inconfessabile.

Il furgoncino terminava la sua corsa davanti a un altro gigantesco portone blindato nero.

CINQUE

Ritrovavo me stesso ad ascoltare salmodie e sermoni incensanti del sacerdote canuto della cappella di un carcere penale. Una domenica mattina, a tre giorni esatti dal mio arrivo in quel microcosmo, avevo chiesto gentilmente ad Guglielmo, il mio nuovo compagno di cella, di svegliarmi per accompagnarmi suo malgrado alla cerimonia rispettiva della santa messa cristiana.

Non che io nutrissi particolare sollecitudine, ma era un dovere più precisamente un favore che dovevo accondiscendere per riportare messaggi e saluti tra individui allora amici ed associati a tempo pieno ora divisi e allontanati da condanne di una caterva di anni e fine pena mai, murati vivi in circostanze orrendamente identiche e vicine per dialetti e speranze e modi di dire ma in contesti edificati a decine di km uno dell'altro, contingenze simpaticamente disparate per disciplina e privazione.

In questo carcere penale era prevista nella lista della spesa la pizza. Perché è bello riassaggiare un trancio di pizza anche se surgelata dopo tre anni d'interdizione di pizza discretata dal direttore. Perché, mi domandavo, privare un individuo di generi alimentari come di capi di vestiario e aggeggi e strumenti all'avanguardia come telefonini, frigoriferi, pc, e tutto quello con cui la società moderna blandisce gli appetiti della gente libera, non fa che aumentare il desiderio? Cosa ci si può attendere da un individuo costretto ad anni di proibizione e sogni concretizzato all'improvviso fra la gente senza un soldo un tasca? È davvero strana questa terapia... pensavo questo mentre il prete rimbrottava e gesticolava dal pulpito e alla sua destra un uomo di colore con l'espressione da prigioniero seduto su una panca intonava in sottofondo con la chitarra la melodia di "Laudato sì o mio Signore", e il coro degli astanti partecipava al ritornello.

Come me anche Guglielmo giaceva in silenzio, forse gli unici due. Naso aquilino e sguardo scrutatore, trentacinque anni di vita di cui quindici di carcere, calvo e pallido di carnagione, provato da estenuanti scioperi della fame che aveva svolto in passato per rivendicare la sua dignità di uomo, molto spesso e quasi sempre dimenticata dal regolamento dell'istituzione.

«Non conosci le parole di questa canzone?» mormoravo avvicinandomi al suo orecchio in punta di piedi porgendogli il libretto dei canti rivestito di pelle marrone con una croce dorata, ricalcata sulla copertina.

«Conosco la musica, le parole non sono importanti!» ha detto sogghignando, con la sua peregrina "r" blesa, inclinando leggermente verso di me la testa.

In tutta la mia vita passata, poche, pochissime volte, da contare sulle dita di una mano, andai a seguire la celebrazione di una messa cristiana. All'inizio fui spinto dalla curiosità che i miei insegnanti e tutori m'infondevano narrandomi di Dio come il padre di ogni essere vivente, che purifica l'animo dei fedeli intercedendo con noi per mezzo del prete e prodiga munificenza e giustizia a tutti coloro che pregano e si pentono e che hanno la buona predisposizione ad accogliere i sacramenti divini, raccomandazioni necessarie per godere del premio eterno, i sette numeri vincenti che garantiscono la beatificazione in paradiso.

Ma poco mi ci volle per comprendere la realtà delle cose, che chi sentenziava non era il sentimento di Dio, che chi comandava era la ragione di un uomo e il disincantamento di un bimbo ingenuamente dabbene e la frustrazione per essere stato ingannato e il senso di smarrimento per la paura di essere l'unico ad accorgermene, deprecazioni disprezzanti per tutti coloro che accettavano con remissione l'inoccultabile ipocrisia. D'allora, decisi d'incontrare Dio nelle ore insolite, nei momenti in cui il gregge brulicava negli uffici e nelle fabbriche e il pastore gironzolava per le strade del paese benedicendo le case con al seguito un altro chierichetto sempliciotto, insieme predicando la povertà e riscotendo del denaro per sbarcare il lunario. M'inginocchiavo e pregavo replicando la sequela delle stesse preghiere, identiche parole. Col passare del tempo, mi balenò in mente l'idea che se un Dio c'è è onnipresente, non serve andare in Chiesa, che se un Dio esiste, ognuno dovrebbe rivolgersi in modo personale, non serve ripetere la liturgia.

E dopo l'avventura con Shara e Michelle nella cappella dei giusti quella era la seconda volta che mi presentavo al cospetto di una mensa cerimoniale. Sontuosa di fiori artigianali, carta colorata incollata allo stecchino degli spiedini e tagliuzzata e ripiegata in volte, un messale ricucito di porpora e due ceri bianchi e consunti disposti rispettivamente su entrambi i lati, un drappo verde ricamato con filamenti finti tinti d'oro. Alle spalle del sacerdote, una croce di legno laccato, rifletteva, fissata al muro grigio, spoglia della carcassa insanguinata di Cristo, che cosa?

Più larga che lunga la cappella si squadrava irregolarmente su una superficie di venti passi per dieci, rimpinzata da tre file di sedie sverniciate da scuola elementare e non so quante panche di noce disposte una fianco all'altra per altre tre file. Da un lato due finestroni sbarrati, dall'altre detenuti polietnici accantonati al muro. La luce fredda di gennaio s'introduceva furtivamente a quadri dalle finestre impallidendo le pareti e la pelle e le parole spifferate fra i prigionieri devoti, assenti, ravveduti, sofferenti.

Cicatrici in volto e sorrisi sdentati, espressioni corrucciate e belle presenze, membra allampanate e striminzite, impinguite e quadrate, carne di ogni colore e firme su giacche e pantaloni da mercato, tute da ginnastica di ogni tipo e scarpe da tennis.

È difficile da spiegare nonché da ammettere ma quella mattina in quella rudimentale cappella mi rapiva l'impressione di essere stranamente a casa, non nella villa di mio zio. A prima vista ero il più giovane presente nella sala, appena arrivato per giunta e confabulazioni e sguardi di sottecchi lambivano le mie percezioni come se fossi coinvolto in prima persona. Anche il sacerdote sembrava mi rivolgesse insistentemente l'attenzione inasprendo il tono della sua voce nei miei occhi: «Subito dopo lo spirito lo spinse nel deserto, e nel deserto rimase per quaranta giorni tentato da satana. Stava tra le bestie selvatiche e gli angeli lo servivano...»

Le parole del vangelo pronunciate dal sacerdote riecheggiavano, pulsavano, rintoccavano nella mia memoria e io assente, disciolto in esse, ritornavo alle immagini dell'infanzia... il din don frenetico squillante delle campane annunciava lieta gioia la domenica prima mattina in tutto il sobborgo e i cittadini svegliatisi, fedeli e non, lasciavano sereni i loro appartamenti contenti di respirare l'aria azzurra, tentati dalle carezze del sole. Le strade formicolavano di gente sfarzosa in abito, almeno per quel giorno, fiumane di gente strepitante sorgente sulle scalinate di pietra varcava silenziosa il portale. Un centro sociale per ogni uomo, donna, anziano e bambino mi appariva allora la chiesa e l'aroma d'incenso bruciato, infuso nell'oscurità solenne, riuniva i convitati al banchetto eucaristico. Coro di gente in preghiera, invocante in ginocchio e seduta, tacita e mormora, libagione di gente intimorita... e anche in quella piccola cappella del carcere i detenuti solo uomini accorsi si ritrovavano dopo lunghe settimane di separazione per dialogare e sorridere, pregare.

«Guglielmo, Guglielmo!» ho sussurrato.

«Che vuoi?» ha detto come se stesse parlando al passeggio. L'empio sacerdote dalla cotta rossa e bianca crociata si voltava dietro di lui fulminandolo di bieco.

«Non è che hai mica dietro una penna?» sussurravo sorridendo.

«In chiesa non si fa a coltellate!» ha replicato con lo stesso tono di voce, e il sacerdote paonazzo dalla collera in volto esortava gli astanti a scambiarsi un segno di pace.

«Nooo! Mi serve perché voglio scrivere una poesia!» ho detto stringendogli la mano.

«Ah! Dimenticavo che sei un poeta! Ma tutte a me mi devono capitare! Oh Dio non sono bastati tutti questi anni di carcere!... Tò, tieni, è una matita, va bene lo stesso no?» ha detto intanto che tutti quanti compreso il sacerdote si erano seduti e io e lui restavamo gli unici due ancora in piedi.

    ...Immaginai bimbi dannati sotto la pioggia
      Invocavano del vino dalla madre
      Linfa lattescente fiottava sui loro volti
      E rosse manine rivolte al cielo, nell'aria
      Ripiena dello spirito di Pan, nuvole grevi
      Piombi d'euforia rosseggianti in gocce
      E una preghiera d'amore custodita
      Negli occhi, spezzati spazzati via dal vento.

Schizzato di sole giaceva un Bimbo
Disteso sull'erba sbrinata, imponeva
Ingenue dolcezze al Satiro, dolcemente
Ninnava il fanciullo ninnando lascive
Gioie di primavera quando, terribile
Un sussulto di pietre scricchiolanti
E spade di roccia spiritata straziarono
L'immagine, strascicando brandelli
Di sospiri ed embrioni di colori
Nel pozzo assetato di follia senza fine
Fede e speranza e follia umana.

Violentemente imprecava il Bimbo parole
Aspri slanci di reni e sguardi e mani e guizzi
Dalla terra che sprofondava nel fondo amniotico
E il Satiro allungava disperato l'estremità villose
E la madre suggeva avida e incestuosa il sesso
Generato, per il suo bene ella lamentava
Livida, ma il Bimbo invano tentava di districarsi
In tentazione afferrando il Demone
Scivolando fatalmente nelle viscere eterne
Delle doglie materne.

«Ti piace?» ho sussurrato porgendogli il libretto prestampato e fotocopiato della preghiera domenicale.

«È angosciante Demon! Ma ti è venuta in questo momento? L'hai scritta in dieci minuti!» ha detto mentre il sacerdote livido di rabbia cercava di non guardarlo.

«Si!» ho detto, e il sacerdote rivolgeva il santo pane al cielo.

«Oh mio Dio! Vuoi un consiglio d'amico? Non fargliela mai leggere a nessuno, potrebbero fraintenderti!» ha detto mentre il sacerdote con gli occhi iniettati di sangue spaccava l'ostia consacrata con violenza alterando gravemente il tono di voce.

«Perché?» ho sussurrato.

«Sei in carcere Demon! Non puoi scrivere queste cose!» ha detto diminuendo leggermente il volume intanto che un agente guardia di servizio, dietro esplicito segnale visivo da parte del sacerdote, si avvicinò con sbattere di chiavi annesso verso di noi disturbando più lui in quel momento che tutto il continuo vociferare dei detenuti dall'inizio della funzione.

«Non potranno mai impedirmi di poetare e d'immaginare!» ho detto rinforzando il tono di proposito coronato da un «Amen!» da lontano, e botti di risate subito compressi balenati tra i presenti.

«Ehi voi due! State cercando un rapporto di prima mattina?» ha detto l'agente guardia di servizio come se stesse parlando in una piazza gremita di gente e il sacerdote sfinito, in completa crisi parossistica, si andava a sedere tremante.

In carcere se fai il cattivo, ovvero non ti conformi al regolamento, anziché la nota sul registro, compilano un rapporto relativo al tuo comportamento che viene inserito nel fascicolo personale e analizzato in seguito dal giudice di sorveglianza. Questi come la mamma supplisce alle sculacciate quarantacinque giorni in meno da sottrarre al conteggio finale di pena. Cosa possono mai significare quarantacinque giorni all'anno su una condanna di venti anni?

Ma ormai la situazione andava degenerando. Conoscenti, compari e amici iniziavano a salutarsi incuranti della santa cena in corso, con assoluta inossequienza per l'autorità dell'agente guardia di servizio e tutto quanto aveva profferto in parole fino a quel momento il povero sacerdote che, donando in mano e in bocca il pane consacrato, trasformava in un sorriso l'improvvisa indignazione. Tutti in piedi brulicanti come tante pecorelle impazzite mentre il pastore soggiaceva nel panico represso di un'acuta crisi d'identità.

Guglielmo mia aveva accompagnato dal signore che io cercavo con il nome di "professore". Un'enorme massa di grassa in bilico nello spazio vuoto tra forze gravitanti che lo sospingevano verso terra e il bastone in legno nero ricurvo che lo sosteneva in piedi. Calvo, un paio di occhiali a lente tonda appoggiati sulla punta del naso e uno sguardo da nobiluomo. Dopo una veloce presentazione caratterizzata da una stretta di mano e due baci rispettivamente sulle guance ho detto a lui il nome della persona che gli portava i "salutissimi". MI ha chiesto se anch'io ero un "amico". Guglielmo a conoscenza della situazione gli ha detto che ero solo un tramite, un conoscente non un amico, un conoscente e un poeta. Il professore sorridente ha appoggiato la sua mano sulla mia spalla esortando Guglielmo a prendersi cura di me. Guglielmo di ricambio sorrideva intanto che altri due detenuti, più giovani del professore, due quarantenni all'incirca, si avvicinavano a noi salutando affettuosamente il professore. Baffuto in abito nero con un paio di mocassini lucidi marroni ai piedi quello più brutto, l'altro brutto lo stesso era la sua copia spiccicata in miniatura.

«Sugnu amici?» ha detto – o almeno ha tentato di dire "sono amici" – quello baffuto al professore.

«Sono più che amici!» ha detto il professore regalandomi un sorriso mentre Guglielmo acconsentiva.

«Comu simu cumbinati?» ha detto – credo che abbia voluto dire "come siamo combinati" – lo sgherro con la faccia da tartaruga, senza offendere la dolcezza espressiva delle tartarughe. Stavo per rispondergli impulsivamente quando Guglielmo mi ha bloccato e il professore si è sovrapposto alla sua voce affermando con ascendente che se avessimo avuto bisogno di qualcosa potevamo, anzi dovevamo fare affidamento a lui e ai suoi due amici. Guglielmo lo ha ringraziato moltissimo precisando che non ce n'era bisogno e dopo la liturgica sequela di baci e abbracci la tartaruga e il rettile non identificato si allontanarono vantando suoni incomprensibili e gesti inconsulti verso altri amici in ghingheri. Dal corridoio affollato di agenti guardia e detenuti risvegliati si udivano sommessamente le strida rauche del sacerdote che berciava «Andate in pace!»

Il professore al centro, Guglielmo e io al suo fianco, il professore raccontava la sua storia. Senza circonlocuzioni o prolissità nel parlare ma schietto e inciso, negligente nei particolari, con un registro veterano, maliziosamente romanzava come fu stato coinvolto vent'anni fa in un blitz. I capi d'imputazione implicavano armi, droga, omicidi, dieci pentiti che lo accusavano non solo a parole, oltre duecento arrestati e lui, dopo dieci anni trascorsi in alta sorveglianza, aveva consumato gli ultimi dieci in una sezione comune continuando a proclamarsi innocente. Gli restavano ancora cinquant'anni da espiare.

«Quando uscirò la prima cosa che farò sarà quella di entrare in un bar per bere un caffè caldo nella tazzina di ceramica miscelando lo zucchero con il piccolo cucchiaio d'acciaio... e l'aroma di caffè...» affermava mentre Guglielmo ed io ci guardavamo perplessi, «... e l'aroma di caffè che mi sveglia di colpo dalla mia ignoranza per farmi rendere conto di come sono stato così stupido a sognare una cosa del genere per settanta anni della mia vita sperando di uscire là fuori per rivedere tutto lo stesso schifo che mi ha accecato gli occhi, che mi ha abituato a gustare degli oggetti fino a divenire io stesso un soggetto senz'anima!...» esclamava in un registro rabbioso «... e sono del tutto convinto che ne valga la pena!» ha ripreso il professore tristemente.

Guglielmo e io siamo rimasti in silenzio senza commentare. Abbiamo accompagnato il professore su per le tre rampe di scale, fino a davanti al cancello marrone dell'ingresso della sezione in cui erano rimasti più di cinque anni alloggiato. Nel padiglione ogni piano era costituito da tre sezioni. Il carcere era strutturato in due blocchi simili da quattro piani ciascuno, corredato da un arido campo di calcio regolamentare da cui si elevavano da un margine all'altro imponenti piloni di ferro dai quali dipartivano paurose funi d'acciaio nere per evitare l'atterraggio di qualche subdolo elicottero. Fiancheggiante la campo si estendeva un piccolo campo da tennis abbandonato. In lontananza, alzando lo sguardo, si scorgeva il bianco rivestimento dei tre piani del centro clinico e un altro mini blocco di cemento dello stesso colore giallastro dei due principali adibito alla reclusione femminile, il tutto incorniciato da rade secche sterpaglie. La stessa identica muraglia del carcere da cui provenivo, armata di guardiole e fari circolari e vetri blindati e riflettori antinebbia cingeva lo spazio chiuso. Al di là di questa si elevavano due edifici di non so quanti piani nei quali albergavano gli agenti di guardia.

Il professore alloggiava sullo stesso nostro piano, a lui toccava la sezione "C", la nostra era la "A". A parte le facce non è che cambiasse poi molto: venticinque celle disposte una di fronte all'altra dotate di blindo marrone e abbinate artisticamente al bianco marrone del corridoio oscuro. Sempre le medesime luci al neon, una sala doccia, una barberia con specchiera e sedia girevole, un bugigattolo destinato alla spazzatura.

Grazie alle raccomandazioni del professore l'agente guardia di servizio ci concedeva clandestinamente dieci minuti di tempo per prendere un caffè nella cella del professore, l'ultima in fondo al corridoio dirimpetto alla porta blindata del locale doccia. A differenza di tutte le altre celle era singola, spoglia di ogni ornamento, solo libri e un calendario, l'immagine ingrandita della Vergine Madre sopra la finestra.

Dopo cinque minuti di attesa e di silenzio il professore ci offriva uno splendido caffè con la crema nei bicchierini di plastica. Guglielmo ristava seduto accanto a lui sul letto, mentre a me era stato concesso il posto d'onore, la sedia girevole.

«Che lusso! Neanche fuori mi sono mai seduto su una sedia del genere!» ho detto rollando una sigaretta.

«Perché per l'età che hai non puoi soffrire di reumatismi e mal di schiena!» affermava ironicamente il professore.

«Magari arrivassi alla tua età!» ho detto accendendo una sigaretta.

«Se continui a fumare non ci arriverai di certo» ha detto Guglielmo col suo accento italo francese.

«Che importa, anche se non fumo un giorno morirò lo stesso!» La sigaretta era caduta per terra e il bicchierino di caffè rovesciato sul tavolo. Il professore mi aveva tirato uno schiaffo.

«Non parlare così! La vita è una cosa preziosa, sei ancora un bambino, cerca di crescere!» affermava il professore con un registro adirato fissandomi negli occhi ora increduli, smarriti, piatti.

«Ascolta Demon... Demon ascolta ti sto parlando!...» sosteneva Guglielmo con un tono duro per stemperare l'impulsiva reazione bruciante nei miei pensieri «... il professore ha ragione, non prendertela per niente. Ascolta questa storia e cerca di capire. Qualche anno fa ero iscritto a uno di quei corsi di rilegatura di libri che spaccino in carcere come pratica funzionale al reinserimento del detenuto. Con la presunzione che un detenuto durante l'espiazione della sua pena possa discolparsi e rieducarsi cucendo fogli di carta per tre ore al giorno. Eppure ne fanno di esperimenti con gli animali questi scienziati! Qual è la prima reazione di un cane abbandonato brutalmente alla cattività? Ma noi non siamo animali, siamo esseri dotati di ragione, quella del proprio interesse. Perdona la mia digressione. Ti stavo raccontando di quello che mi accadde per caso un giorno mentre, seduto su uno di quei banchi di lavoro, leggevo una stampa del Paradiso di Dante senza copertina: "Entra nel petto mio, e spira tue sì come quando Marsia traesti de la vagina delle membra sue[4]".

Me ne stavo tranquillo e beato quando un uomo calvo e baffuto, un altro rettile non identificato, si avvicinò a me dichiarando che lui non aveva intenzione di svolgere il mio lavoro, esortando blaterando che mi dovevo sbrigare altrimenti me l'avrebbe fatta pagare. Cercai di far finta di niente sprezzando i suoi insulti con superba indifferenza al che si adirò ancor di più! Io non avevo alcuna intenzione di cercar briga. Allora simulai un mal di testa e glie lo dissi all'insegnante che mi accompagnò dal dottore: mi prescrisse tre giorni di esonero dalle attività didattica consigliandomi di ritornare immediatamente in cella per riposare, secondo lui ero in preda a una crisi di tensione nervosa. Appena in cella mi buttai sul letto accendendo la televisione. Per fortuna stavano trasmettendo su MTV uno speciale dedicato a John Lennon: "Instant Karma!" rapì le mie sensazioni quando la stessa personacina si presentò all'improvviso davanti al mio blindo e con la scusa più banale del mondo s'introdusse nella mia cella. Berciava in dialetto frasi del tipo "Non mi piaci chista canzuni cangia", che in italiano viene tradotto: "Non mi piace questa canzone cambia!"

Senza che io avessi avuto il tempo di rispondergli o semplicemente di cambiare canale mi aggredirono sfilzandomi a catinelle una pioggia di calci e pugni e fuggirono via schernendomi, lasciandomi mezzo rotto sul letto.

---

[4] «Entra nel mio cuore, e ispirami tu con quella stessa intensità grazie alla quale tirasti fuori Marsia dal rivestimento della sua pelle», cfr. Dante, *Paradiso*.

Pensavo e ripensavo giorno e notte, notte e giorno, a quanto mi era accaduto, all'insensatezza, all'irrazionalità, all'ingiustificata azione, alla prepotenza, che quei tre bastardi cazzoni avevano compiuto, senza che io avessi fatto alcunché di male! Pensai alla vendetta ama anche al perdono. Se di fatto mi era stata inflitta una cosa meschina non dovevo diventare anch'io meschino di conseguenza. Smisi di pensarci, ma col tempo ricominciai. Tre mesi più tardi sarei tornato in libertà. I miei sogni, la mia barca, i miei libri da pubblicare, i miei viaggi, la mia vita solo d'amore... ma il sangue bollì bruciandomi il senno divampando sangue negli occhi con gli occhi bruciati dall'odio... procurai dell'acido di contrabbando e andai spensieratamente a trovare uno di quei bastardi... Dio volle che quel giorno nella sezione si erano ritrovati tutti e tre a giocare a carte... fecero finta di niente confabulando, beffando, inconsapevoli... mi avvicinai al loro tavolo spruzzando l'acido alcoolico sulle carte e le sigarette e tutto quello che si trovava sul piano di legno... gettai nel mezzo un fiammifero acceso e fu fuoco... guizzarono in preda la panico e senza neanche il tempo di aprir bocca spruzzai dell'alcool sulle vesti e sulla pelle del volto... e accesi fiammiferi a ripetizione... a terra giacevano due uomini cazzoni urlanti e piangenti, invocavano aiuto, spruzzai nei loro occhi dell'alcool e di nuovo altre vampe... uno di loro riuscì a uscire dalla saletta correndo pugnalato dal fuoco... morì agonizzante nel letto della sua cella... non sono mai riuscito a perdonare me stesso ancora oggi in carcere per ciò che ho fatto a me stesso.

La mia colpa non è stata quella di averli bruciati vivi, per mia sfortuna se lo meritavano, ma quella di non aver considerato il fatto che non ne valeva la pena, per me, per la mia vita, erano già stati puniti da Dio!»

«Hai agito per autodifesa, non condannarti! Hai martirizzato il tuo futuro per conservare la tua dignità!» sostenne il professore sorseggiando il caffè ormai freddo.

«Non si può penetrare il mondo nel cui ordine viviamo se non si è personalmente rinchiusi, afferma un noto scrittore» disse Demon.

«Saint-Exupéry!» esclamò il professore e Demon sorrise.

«Bhè, è ora di tornare in cella, è stato un piacere» disse Guglielmo.

«È stato un piacere anche per me! Quando avete l'intenzione di tornare, sempre nell'orario di buona guardia per carità, il mio blindo è aperto! E ricordati Guglielmo di prenderti cura dello sbarbato, è un ragazzo davvero sveglio e con un po' di disciplina un giorno sarà qualcuno!» affermò tronfiamente il professore.

Bacini e strette di mano e via in sezione...

Nelle carceri penali l'unico privilegio che viene acconsentito rispetto ali carceri giudiziari sono le celle aperte dalla mattina alla sera, per orari prestabiliti, sempre a discrezione del direttore. Vantaggi: puoi farti quante docce vuoi al giorno, puoi camminare avanti e indietro dalle sette del mattino fino alle otto di sera lungo il corridoio della sezione.

La nostra cella era qualcosa di speciale. Guglielmo aveva tinto i muri di nero e bianco, con sfumature di rosso e turchese e giallo, «i colori dello spirito quando è libero», affermava e sorrideva. Io in tre giorni avevo ricoperto le pensiline e gli angoli impensabili con strappi di fogli colorati ognuno dei quali racchiudeva in sé un segreto e una promessa, una poesia scritta con diversi colori. Era sprovvista di frigorifero ma non importava. E la tv, abbandonata e morta come un soprammobile e avvolta da un sudario verde plastica, era il piedistallo di una piantina dal vaso in terracotta. Anche Guglielmo non tollerava perdere tempo davanti a immagini artificiali come quelle promanata dalla tv: sosteneva che la televisione era uno strumento anti-pensiero, un contenitore elettrico di convenzioni e gente fulminata da speranze materiali e giochi di guerra, gente sproloquiante, vaneggiante, semplicemente gente instupidita.

Incominciammo ad andare d'accordo fin dal primo giorno in cui misi piede nel suo eremo. Prima ancora di chiedermi come mi chiamavo e perché ero finito in prigione. «Per omicidio» gli dissi! Mi chiese per quale motivo uno come me aveva ucciso qualcuno. Gli dissi che ancora non lo avevo capito neanch'io. «Ma meritava di morire?» Mi chiese. Dissi a lui che nessuno merita di morire eppure prima o poi ci aspetta ugualmente a tutti. Scrollò i miei capelli con la mano. Poi giunse le mani rivolgendosi al culo del soffitto pronunciando le seguenti parole: «Ma perché o Dio? Cosa ti ho fatto di male?»

«Guglielmo!...» dissi mentre era in bagno a preparare la cena: panini e nutella, «... ma è vera la storia che mi hai raccontato?»

«Quale storia?» urlò dal bagno nel suo registro italo francese per vincere la musica ad alto volume trasmessa dalle mini casse a corrente collegate a un cd-portatile. Suonava "Borrow Time" di John Lennon.

«Quella dei tre uomini che hai incendiato vivi!» dissi seduto sul tavolo inchiodato al muro.

«È vero che li ho incendiati ma non è vero che mi hanno preso e mi hanno condannato!» gridò.

«E cos'è che dovevo capire?» dissi iniziando a rollare una sigaretta di tabacco.

Guglielmo uscì dal bagno, appoggiò due litri di latte sul tavolo, servì pane caldo e nutella cremosa, depose nel portacenere il suo sigaro di contrabbando alla liquirizia.

«Dovevi capire che quell'uomo non mi piace. È l'orinario uomo che spera ogni giorno di galera la morte del papa perché venga concessa l'amnistia. Compiange se stesso, è un compassionevole, sogna di uscire per ritornare ad essere ciò che è, uno come tanti! A noi invece ci piace la galera perché adoriamo il dolore, perché non siamo come gli altri e conserviamo la nostra dignità nel non esserlo, siamo pazzi del sangue che sgorga dalle parole che suona come musica e deliri di rivoluzione, siamo liberi e combattiamo per esserlo, fuori e dentro poeticamente, follemente essere... noi piccoli drogati di vita fanciulli senza colpa...»

«Non credi di eccedere?» dissi voltandomi per guardalo mordere pane e nutella.

«Cos'è la vita se non un dolce eccessivo istinto d'amore?»

Oggi di quattro anni fa per la prima volta nella mia vita – e speriamo anche l'ultima, mi hanno imprigionato. Ti garantisco che non è una bella esperienza ma col tempo ci si abitua. È orrenda questa cosa dell'abituarsi, ma nell'essere umano esiste e respira una sostanza plastica che si modella continuamente a contatto con la fiamma, e si adatta alle circostanze e ai contesti, al dolore e ai sogni infranti. È orrendo poiché questo continuo plasmarsi non fa altro che oscurare brandelli della nostra vita, ricordi, non che non fossero già oscuri nel momento in cui si vivono. È questa la nostra morte? L'essere umano col tempo si abitua a morire? Ci si abitua a morire la morte degli altri? Che cos'è quella fiamma? Ciò nonostante la mattina, quando mi alzo, ogni mattina, mi guardo allo specchio e mi dico quanto sono bello. È per questo che mi hanno imprigionato, deliro.

Mi ero appena svegliato, un altro giorno, un altro anno passato. Sono poche in carcere le mattine significative. Quelle uniche eccezionali volte in cui riaprivo gli occhi alla realtà ancora colorato da fantasmagorie luccicanti, fantasie, sogni. Alcuni bagliori dolcemente ricompaiono dal mondo dei sogni. E la persona detenuta galleggia dormiente, avido ne succhia il sapore zuccherato, incoscientemente risvegliato, miseramente questuante di quei pochi stracci di emozioni.

Quella per fortuna era un'insolita mattina. Una di quelle in cui ogni cosa, anche le urla dell'agente guardia di sezione che chiama il lavorante, anche le strida dei detenuti di primo mattino, anche il rollare delle serrature e il tintinnio sottile delle chiavi, lo sbattere delle porte del bagno per protesta di alcuni detenuti, ogni cosa è piena di grazia e di benedizione. Finanche i poveri piccioni che tubano sulle minitettoie consunte e perforate dei passeggi.

Guglielmo non c'era. Dopo aver versato un po' d'acqua nella piantina, avevo preparato un caffè caldo e avevo rollato una sigaretta, avevo imprigionato la mia emozione in un pensiero scritto su un pezzo di carta da inchiodare al muro. Scrivere significa trovarsi.

Se il pigiama mi faceva sentire ridicolo, in tuta da ginnastica e ciabatte uscivo in sezione. «Comu simu combinati?» si udiva da lontano. Era già passato un mese dal mio arrivo in quella sezione e nell'arco di quel tempo, ogni mattina e ogni sera, il rettile con la faccia da tartaruga blaterava nella sua lingua sempre la stessa frase. Non ero ancora riuscito a capire con chi ce l'avesse, a chi erano rivolte quelle parole fanatiche, se fossero una battuta oppure una provocazione, ma forse ce l'aveva con se stesso.

In fondo alla sezione si trovava una parete finestra a sbarre. Dal terzo piano si riusciva a scorgere la passerella di cemento posta all'estremità della muraglia interrotta a gli angoli da guardiole e vetri blindati e sulla quale erano dislocati alcuni agenti guardia di vedetta. Gli spuntoni di ferro dell'inferriata grigia posta al di là della muraglia si distendevano come secondo bastione per tutta la lunghezza della prima barricata di cemento. Alcune dicerie fra i detenuti sostenevano che l'inferriata fosse attraversata da corrente elettrica ad alta tensione. Non ci credevo, i corvi si posavano indifferentemente su di essa e i cani, liberi di scodinzolare nello spazio esistente tra la muraglia e l'inferriata, abbaiavano insistentemente dalla mattina alla sera. Magari ci fosse stata la corrente!

Oltre l'inferriata si estendevano alcuni campi di grano tagliati nel mezzo dalla scia continua di gente al volante sull'autostrada. All'orizzonte, c'erano alcuni palazzoni arancioni e grigi conformi uno con l'altro per altezza e stile, triste espressione di banale bigotta fantasia, il tutto coronato da imponenti catene montuose imbiancate all'estremità. Più oltre, cumuli informi di nuvole sospese nel cielo.

«Ehi sbarbato, ma io ti conosco!» una voce con un non so che di familiare si spargeva nell'aria. Un uomo non tanto alto non tanto nero con una scopa in mano ce l'aveva con me! Di primo acchito non mi sovvenne nulla. Ma poi... è strano come un individuo conosciuto per caso una volta fuori, conosciuto per modo di dire poiché con lui non avevo scambiato neanche una parola, diventa ad incontrarlo in carcere un amico per forza, senza indugi, un laccio con la provvidenza e il più bello degli incontri.

«Cosa ci fai tu qui? Ti sei messo a spacciare anche tu?» gridò preso anch'esso dall'entusiasmo.

«Sì! Quella che hai dimenticato sul tavolo!» dissi alzandomi in punta di piedi con gli occhi spiccicati alle sbarre, per cercare di squadrarlo meglio verso il basso.

«E che hai fatto ai capelli? Non mi dire che li hai tagliati per amore?» replicò col suo accento meccanico, e le parole risuonarono nello spazio vuoto.

«E tu che hai fatto alla pancia? Non mi dire che hai smesso di fumare l'erba?»

«Dal tuo modo di rispondere deduco che sei un bel pezzo in gattabuia?» disse Hamid accennando un sorriso.

«Non sono poi così fortunato come dicevi? Ricordi?»

«Eccome se mi ricordo, soprattutto la biondina, qual era il suo nome? ... ah sì Shara... come sta Shara?»

«Sta meglio di noi!» dissi mentre due agenti guardia si avvicinarono a piedi verso Hamid, irritati dalle voci echeggianti in tutta l'istituzione. Il regolamento disponeva ai lavoranti il divieto di conversare con i detenuti alle finestre, principalmente con quelli di altre sezioni, per eludere il rischio di presunte "comunelle" o "associazioni", iniziative di protesta o di ribellione.

La parola ribellione rappresentava tra i detenuti un termine innominabile. Infatti, con le nuove direttive ministeriali di liberazione anticipata e misure alternative ognuno pensava come si suol dire "a farsi la galera" e in alcuni casi, allorché si propiziasse l'occasione favorevole, lo stesso detenuto come si suol dire "infamava", ovvero denunciava alla direzione altri detenuti che intendevano r... per ottenere benefici dall'istituto stesso o dal magistrato di sorveglianza, l'organo garante della prigionia del detenuto. E così lo Stato sigillava cavillosamente la coscienza di gente schiavizzata. Perché il carcere si maschera nelle televisioni e sui giornali e via satellite come centro per la rieducazione e il reinserimento di soggetti spogliati di ogni senso di dignità, ma si naturalizza oggettivamente come l'ultimo baluardo dell'"anciént regime". Di natura trascendete troviamo l'ascendete del direttore, quello dell'intera magistratura di sorveglianza, senza alcuna generalizzazione. E i detenuti come la stragrande maggioranza della gente di fuori non conoscevano o non avevano ben chiaro in mente come questo regime fu spodestato due secoli prima! E se qualcuno ne fosse stato a conoscenza si azzittiva per paura, costretto da se stesso all'omertà.

«Lavorante? Ha smesso di fare baccano oppure devo compilare una nota disciplinare da mandare all'ispettore? Si muova, le restano tre minuti di tempo per pulire i passeggi rimasti!» berciò con alterigia uno dei due agenti guardia, quello dal cipiglio più stupido: era strabico.

«Ehi amico? Qual è il tuo nome che l'ho dimenticato?» chiese Hamid con tono indifferente per i due aulici.

«Demon, Hamid, mi chiamo Demon!»

«Mi dispiace Demon per l'altra tua amica dagli occhi verdi!»

«Cosa vuol dire che ti dispiace?»

«Forza lavorante si sbrighi! Andiamo forza!» ingiunse uno dei due aulici quello meno stupido di suo ma che ce la metteva ugualmente tutta: girava con pantaloni della mimetica slacciati a zampa di fuori dagli anfibi logori, capelli chiodinati di gelatina, buchi di orecchini sul naso e sulle orecchie ma senza orecchini, qualche drago tatuato da qualche parte, la tracotanza di contare qualcosa, di essere qualcuno. Un qualunque agente guardia, nessuno glie lo diceva, centomila come lui.

«Domenica in chiesa! Non mancare!» urlai intanto che Hamid si allontanò.

Preoccuparsi di qualcosa, di qualunque cosa che coinvolga emotivamente significa sentirsi spiritualmente in prigione. Possono limitare il mio spazio, possono farmi dimenticare la nozione del tempo, possono far sì che il sesso diventi un'opera classica da solista. Ma una notizia improvvisa di qualcosa di grave che forse si è compiuto, qualcosa di brutto che s'insinua nell'animo invisibilmente, che blindi porte e finestre interne ad ogni orizzonte esterno per concentrare di getto tutti i pensieri della mente nel dubbio concreto di un risentimento che può essere e anche non essere vero, ma ancor prima della realtà dei fatti il dubbio si avvera nell'animo esasperando silenziosamente prepotenze e umiliazioni subite, represse, zittite, che trasudano maleficamente di sudore stantio dalle ascelle e dal naso e dalla fronte dello spirito che tiranneggia contro se stesso, imponentemente soffocato da sabbie vive di cemento che succhiano il midollo della coscienza fino a inghiottirne le dita nervose che cercano nel vano sforzo di carpire l'aria limpida del cielo e in ultimo estremo sospiro come tutto è inutile, significa che sei in prigione!

Il mio nome rimbombò sulle pareti marroni della sezione. L'agente guardia mi chiamò con in mano una lettera. Camminai sciabattando, in tuta, lungo il corridoio assuefatto dagli odori di vaniglia e fragola e menta dei detersivi con cui i detenuti ogni mattina lustravano i pavimenti delle celle. Non credo che esista al mondo un luogo più pulito al mondo delle sezioni di un carcere penale, si lavano come delle puttane. Dopo aver compilato la domandina per la rispedizione al mittente della lettera, l'agente guardia mi ordinò di cambiarmi in cinque minuti: il magistrato di sorveglianza mi attendeva. Ma io non volevo incontrarlo, non avevo inoltrato alcuna domandina per fissare un incontro.

Per qualsiasi richiesta in carcere, bisogna di necessità compilare la domandina gialla. Perché si chiami domandina non l'ho mai capito, forse per farci sentire piccoli bambini, oppure perché vogliono prendere le cose con delicatezza.

L'agente guardia sostenne protervamente che a lui non importava un fico secco se avevo compilato la domandina o meno, aveva ricevuto un ordine e all'ordine ci dovevamo attenere, volente o nolente. Attesi a piano terra un altro agente guardia che mi avrebbe accompagnato nella sala magistrati un'altra ora, non so quanti kilometri feci in quella sala: i piedi bollivano nelle scarpe da ginnastica. Appena arrestato ricordo che ogni detenuto sfogliava con passione le riviste di scarpe sportive, oltre a parlarne e sparlane in cella e all'aria così come si parla delle donne. Il tempo chiarì il mio dubbio.

Una signora dagli occhi neri e pallida in viso, dai riccioli luminosi e cascanti sulle spalle incorniciavano l'espressione matura di una quarantenne, m'invitò a sedermi sulla sedia di legno poco distante dalla scrivania. Questa signora, al pari di un dio, decideva della mia sorte, della mia vita e della mia morte. Buongiorno affermai sorridente e lei, continuando imperterrita a compilare un registro, mi esortò, senza rivolgermi nemmeno un'occhiata, io giudicato lei giudicante, a mantenere una condotta remissiva e garbata subordinata a imposizioni d'autorità e regolamenti vari... "ma perché avrei dovuto comportarmi male? Così di punto in bianco?" Pensai, mentre lei discorreva e tacqui, tanto era inutile, ero stato giudicato e condannato senza indugi né riserve.

Terminò il discorso con un buongiorno e arrivederci giovanotto. Non ci stavo!

«Considerando che lei rappresenta la legge, non esiste qualche possibilità affinché mi venga revocato l'articolo 4 bis della pericolosità sociale?»

«Io l'articolo 4 bis lo revoco solo ai collaboratori di giustizia in modo tale che possano usufruire di misure alternative preventive!» asserì fissandomi negli occhi, enfaticamente compiaciuta per l'improvvisa possibilità che le avevo propiziato nell'indurmi una certa disciplina, forse era proprio il motivo del nostro incontro.

Uscì dalla stanza senza neanche salutarla, covando ora ripugnazione profonda intensa esasperata che si plasmava nel circolo vizioso di un solo pensiero: per reinserirmi nel sistema devo tradire la fiducia di una persona, devo diventare un vigliacco se voglio uscire, il tradimento è il prezzo da pagare se voglio comprare la mia libertà!

La libertà non è un diritto di proprietà, non è un sintomo di debolezza, non può essere concessa da nessuno! Lasciatemi pure morire!

Giunsi in sezione e mi accorso che nella mia cella era penetrato qualcuno poiché il piccolo locale era stato messo sottosopra come se fosse stato in balia dell'istintiva avidità di sciali ladri. Si era appena effettuata una perquisizione, a sorpresa! Avevano sequestrato la piantina sopra il televisore.

SETTE

Il giorno seguente dopo il giro di conta, almeno tre al giorno – sono fissati in testa che il detenuto vuole scappare, ma per andare dove se fuori, raccontano le televisioni e scrivono i giornali, e dice la gente appena arrestata, le società sono malate, si vende e si svende di tutto nella fabbrica del grande fratello sociale, - l'agente guardia strillò in sezione fra le pareti il nome Demon per consegnargli come ogni lunedì una lettera di Catherine.

Caro Demon,

fuori sta piovendo e nel mio animo c'è il sole grazie a te. Grazie al fatto che ho appena sognato di amarti e accarezzarti, e visto che nei sogni le sensazioni sono pressoché esaltate, puoi immaginarti il dolce e piacevole risveglio che mi hai inconsapevolmente regalato.

Ci sono due concetti che prima d'incontrare te mi affascinavano ma mi sfuggivano e che ora che ti ho incontrato ho afferrato pienamente e mi hanno svelato la chiave per raggiungere un reale benessere. Il primo riguarda il sogno... esistono due vite parallele, quella concretamente vissuta e quella sognata: la vita vera è quella sognata, ora non ho più dubbi, nulla può far star bene quanto il desiderio profondo di qualcosa o di qualcuno. L'avevo dimenticato da tempo. Ora mi rendo conto che è una sensazione che avevo afferrato da bambina e che poi crescendo ho perso immergendomi nella concretezza e nella quotidianità.

Tu mi hai fatto ritornare alla purezza della mia infanzia.

Il secondo concetto che ho afferrato riguarda il tempo... il tempo non esiste! È strano sai, perché raramente sento che tu mi manchi... eppure non ci sentiamo affatto spesso penserai tu, ma il fatto è che tu sei dentro di me al di là del tempo. Sento che quello che provo per te supera le dimensioni spazio-temporali, ti sento dentro e sempre vicino.

È una strana sensazione da spiegare, come se la lontananza spazio temporale non incidesse minimamente sul tempo che ci unisce. Ho sempre pensato in un'ottica concreta e realista che la lontananza prolungata allenta il legame, forse perché semplicemente ognuno cerca di proteggersi dalla sofferenza   e così facendo si rifugia nella superficialità. In questo momento sento di affrontare la sofferenza e di vincerla o perlomeno di vincere alcune partite.

Sai, a volte t'immagino vicino a me che mi accarezzi. E tu sei realmente vicino a me perché le sensazioni che provo nel sentirmi accarezzata sono vive e vere nel mio corpo. E con presunzione sento che è la stessa cosa anche per te.

A volte sbatto la testa contro il muro perché ti vorrei qua e perché questa impossibilità di cambiare la situazione mi fa impazzire... ma sono momenti, attimi di disperazione che accompagnano inevitabilmente un sentimento forte, tutto ciò che è bello fa anche un po' male per così tanta bellezza. E comunque sono attimi destinati a passare perché la voglia di te e il benessere che questa mi crea è più forte.

Un bacio di Klimt
Catherine

Catherine era una giovane assistente volontaria trentenne riuscita ad ottenere l'autorizzazione per entrare e uscire liberamente dal carcere grazie alle raccomandazioni di cui disponeva: era la nipote dell'ispettore del blocco. Demon la descrisse in questo modo in una delle sue lettere.

12 marzo 2004

Mi hai affascinato lo sai? Dal primo attimo in cui ti ho visto non te l'ho mai detto. Era un giorno di pioggia non ricordo nient'altro. Apparivi semplice e pulita, bella della tua dolcezza davanti ai miei occhi. Trasgredivi con lo sguardo e con la bocca e l'espressione era quella di una bambina sensibile ma aggressiva, cattiva a un tempo.

Di tutto quello che ti circondava, le domande a cui rispondevi, le parole che sceglievi, quasi a esserne forzata, ti doleva quell'aria di superficialità con cui eri costretta a sopravvivere, in mezzo alla gente per vivere. Percepivo quel sentimento intimo, nascosto e represso di ribellione, una calda vibrazione elettrica dal cuore dell'anima ai misteri dell'immaginazione ti saliva e tu ed io complici, quasi a percepire le stesse cose, decidevamo di conoscerci più a fondo, le forze magiche dell'inconscio.

Demon

Dopo aver ascoltato, tollerato e nauseato le teorie filosofiche sull'amore di Demon che innestava in ogni discorso, all'aria, al campo, sotto la doccia, per schermirsi in modo razionale, per analizzare e schematizzare l'irregolare, per conferire forma all'informe, giustificazione all'ingiustificabile, esorcizzare la divinità, mi ero quasi convinto, mi ero quasi convinto, come lui del resto, che non sarebbe mai stato così insipiente da innamorarsi di una donna ma sarebbe rimasto fedele all'amore "in sé", almeno come lui sosteneva razionalmente, apposta.

Ma il suo astrattismo idealista non aveva fatto i conti con la concretezza sensibile di cui erano impastate le ambizioni di una donna, di una giovane e dolce ragazza sensuale a tal punto da fargli dimenticare tutto il suo passato, l'identità, la realtà. Probabilmente la colpa non sarebbe stata da imputare neanche a Catherine.

S'incontravano da circa sei mesi a questa parte per tre, quattro ore di fila, festività incluse, violando spensieratamente il regolamento che prevedeva al mese sei ore di colloquio familiare, ormai Catherine era diventava parte di lui a sua insaputa. Corrispondevano per lettera almeno tre volte a settimana e scrivendo si prende il coraggio di afferrare la vita per il collo e rivelare i pensieri più intimi, le sensazioni che rimarrebbero seppellite per orgoglio, cose che a voce rimarrebbero non dette. Scrivendo si vive in profondità.

Demon non mangiava quasi più, ascoltava musica di continuo e se pensava parlava con lei, e se scriveva sognava di lei. Gli consigliai di lasciar perdere questa storia poiché col tempo poteva arrecargli tanto male, molto più del male che già gli infliggeva senza peraltro che lui se ne rendesse conto.

«Demon sati attento, vivere una storia in prigione vuol dire autocondannarsi!» gli dissi una volta e lui mi rispose «la nostra non è una storia d'amore perché l'amore è una parola magica: la puoi solo ascoltare dentro di te ma non puoi mai pronunciarla altrimenti il vento spazzerà via il desiderio infrangendo l'incantesimo! La nostra è una strana amicizia!». Demon si riferì a una poesia che Catherine gli aveva dedicato un giorno regalandogli un libro di William Blake, senso e arte di cui Demon era fisicamente appassionato.

Era sprofondato nella più oscura illusione, si stava lentamente autodistruggendo. Non accettava il fatto che la loro strana amicizia risultava realmente strana, inconcepibile già da principio. Lei era una ragazza per bene di buona famiglia (a parte lo zio!), con una laurea in scienze della comunicazione in cerca di un principe azzurro che le garantisse un futuro sicuro, dei bambini e una casa e forse un cane. Lui era una ragazzo più giovane e di buona famiglia come raccontava, ma sempre odiata e ripudiata come i telegiornali e i libri di storia, ora con un omicidio e quattro anni di carcere sulle spalle, carne piena di dinamite pura. Lei sognava l'amore e la ribellione ma continuava a vivere con l'atteggiamento dell'indifferenza della gente comune, per proteggersi. Lui aborriva la solita gente e viveva di un sogno, essere libero!

«Demon ma Catherine è sola oppure no?»

«Ce l'ha ma non importa! Il vero amore è un sogno che trascende la concretezza delle cose!»

«È bello ciò che dici ma lei è convinta? Il suo amichetto non se la sbatte tre o quattro volte la settimana come la gente normale? Apri gli occhi!»

Deomn si stizzì al massimo e mi sbatté in faccia una delle lettere di Catherine, assicurando che lei non era una ragazza come le altre, che meditavano solo sul sesso e sul denaro.

3 luglio 2004

A volte mi sembra dormendo di risvegliarmi in un sogno... nel senso che a volte provo delle emozioni così chiare nei sogni che nella realtà non provo (in modo così chiaro).

Ma poi cos'è reale?

Sai cosa vorrei? – ed è quello che mi succede per la maggior parte del tempo – vivere tutto questo con il sorriso un po' pazzo come quando ascolti una musica e balli girando su te stesso, sfogando le sensazioni che la musica ti dà! Lo so che c'è dietro tanta tristezza, tante domande e tanta rabbia, ma c'è anche quella pazzia positiva e voglio cogliere questa. Se anche fosse l'1% di tutte le emozioni che provo voglio concentrarmi su questa. Forse è frenata apertamente ma dentro di me esplode.

Un bacio di Klimt
Catherine

«Guglielmo, una persona che mi scrive queste cose può solo volermi bene!» esclamò sbuffandomi il fumo negli occhi.

«Sono sicuramente delle belle parole ma a mio parere lei non ha il coraggio di dirti apertamente di continuare a fare avanti e indietro con la manina!»

Non mi parlò più per due giorni di fila fino al mattino in cui arrivò una lettera da rispedire al mittente e un'altra ancora di Catherine, che come sempre entusiasta, mi dava da leggere.

12 ottobre 2004

Tutte le cose grandi e belle fanno anche un po' male... tu mi fai anche del male... io ti faccio del male... è inevitabile data la grandezza e la bellezza di queste sensazioni che ci tengono vicini. L'intensità del sognarti a volte mi fa male, un male così brutto che mi fa sentire così viva, che mi fa assaporare seppur amaramente la grandezza del mio animo, che riesce a contenere così tanti e maestosi pensieri di desiderio per te! Chi è davvero infelice, chi non può avere ciò che desidera con tutte le sue forze o chi si assopisce e smette di desiderare ciò che ha e che aveva tanto desiderato?

Voglio accettare tutte le sofferenze che inevitabilmente provo in questa situazione, pur di continuare a sognarti e immaginarti vicino a me. Tra i tanti modi in cui vorrei esprimerti ciò che mi fai provare posso usarne solamente uno, almeno per ora, e cioè scriverti... ma non lo voglio vedere come un limite bensì come un dono. È come se in questo momento ci fosse concesso di conoscerci a fondo così, con tante privazioni ma per preparare qualcosa di grande per il futuro. Con presunzione penso che proviamo delle sensazioni che ci uniranno per sempre, non so in che modo, ma sento che sarà così.

Un bacio di Klimt
Catherine

«Una volta mi hai raccontato che nella tua vita caro Demon hai provato delle sensazioni profonde solo per due ragazze, una di nome Michelle, l'altra come si chiam... ah sì Shara! Ecco Demon, voglio che ti renda conto che quei brividi d'amore li hai vissuti fuori dal carcere, quando giovavi di tutta la tua vitalità fisica e spirituale! In carcere gli istinti vitali, che tu voglia o non voglia, sono ridotti quasi a zero. Godi soltanto quando sei fortunato di alcune emozioni e a queste ti aggrappi e ne succhi il midollo tentando di arrestare il tempo che scorre per trattenerlo a più non posso, in quell'istante fuggevole, per quel barlume di energia!» dissi quella sera prima di cena intanto che Demon scriveva a Catherine. Preparavo due panini in cucina, il bagno in realtà.

«Stai forse insinuando che Catherine se ne sta approfittando della mia sofferenza? Anche fuori non ero nel pieno delle mie forze! Non lo sono mai stato, ecco il vero e non ho la convinzione che esista un uomo o una donna che non soffra o non pianga! Nessuno è mai riuscito a toccare il tempo con le dita, caro Guglielmo» disse rollando una sigaretta.

«Toccare il tempo con le dita! Questa è davvero bella! E cosa vuol dire? Ma te ne dico un'altra: non esiste un'abnorme differenza tra il mondo di dentro e il mondo di fuori, soltanto uno sregolamento percettivo, dal macrocosmo al microcosmo! Intendi questo e sei un figo, sei uno dei pochi, e tu sei un poeta e dovresti afferrare, come un angelo che si ribella all'uomo senza dio che rivela e dona lo spirito di Dio... ma come puoi largire se ti fai intrappolare dai tentacoli di una donna? O forse non dirmi che in lei stai cercando te stesso?»

«Ho già trovato me stesso scrivendo» affermò Demon che scese dal letto aggrappandosi con le mani alle coperte.

«Scrivere significa trovarsi... ma un giorno dovrai avere il coraggio di conoscerti! Conoscersi caro Demon è più semplice e complicato a un tempo perché significa andare oltre la scrittura, oltre le parole, al di là dei pensieri, della ragione, delle regole, delle leggi e la legge come la morte è uguale per tutti» dissi sorseggiando il vino.

«Io non sono come la gente di fuori, non sono più in cerca, non ho più paura. In carcere ho vinto la paura e ora non ho più bisogno di cercare perché trovandomi ho iniziato a conoscere me stesso. E ora non ho più bisogno di nulla, né di leggi né di regolamenti perché voglio morire. Che importa di me: voglio accedere a uno stato di coscienza più elevato, sublime, divino, sacro».

«Ma tutto questo cosa c'entra con Catherine?» dissi sorseggiando acqua vite di contrabbando.

«Leggi» mi disse, porgendomi la lettera per Catherine.

Sera, 11 novembre 2004

Cara Catherine
Questa sera mi è giunta la tua lettera ed è stata la cosa più bella di tutta la giornata. L'ho scartata con ansia e il mio animo si è imbevuto di un odore delizioso, ubriacato e riscaldato, il mio animo si è eccitato, impregnato nell'odore della tua pelle ricaduta sul foglio di carta.

Sono triste perché non sei qui accanto a me, ma di dolce tristezza l'immagine di me romanticamente si è dissolta senza timore, soffiata dal vento e dispersa, frantumata in finissime gocce di pensieri, tantissimi desideri che sognano la tua pelle, toccano le tue labbra, bagnano i tuo capelli, toccano la tua verginità...

Perdonami Catherine per la mia impudenza, ma ho perso il senso della vergogna e non mi vergogno più di niente, né di esprimere quello che penso né di manifestare quello che ho dentro giacché come potrò mai vergognarmi di amare la tua anima e il tuo sorriso che mi hanno fatto far la pace con il mondo?

È una sensazione che mi sazia e a un tempo mi affama, che mi fa tollerare gli altri più di quello che meritano anche se in realtà non meritano niente.

Mi hai scritto che "hai sempre avuto la paura di staccare la spina dai tuoi impegni ma ora finalmente stai iniziando a vincerla!" Sarà questa paura l'arco che ci proietterà uno verso l'altro incondizionatamente, come una freccia di fuoco scoccata verso l'oceano infinito, come acqua e fuoco materialmente divisi ma sposati nello spirito.

Perdona la mia sincerità ma è questa pazza sensazione dimenticata ormai da tempo che è ritornata a vivere impetuosa nella speranza di averti, per la disperazione mia di non riuscire in queste condizioni a possederti.

Un bacio di Klimt
Demon

«Hai mai parlato a questa Catherine di soldi?» dissi versando della grappa nel bicchiere di plastica.

«Non importano i soldi nella nostra strana amicizia!»

«Apri gli occhi Demon, cosa mai si aspetterà da te che sei formalmente un assassino, la poesia?» dissi accendendo un sigaro alla liquirizia di contrabbando.

«Lei sa che non ho un soldo! E poi una volta che sarò fuori partiremo insieme per il mondo... saremo artisti, artisti da strada e innamorati» disse Demon rollando una sigaretta.

«Certo, scommetterei su questo tutta la mia libertà!»

«La devi guardare in faccia, soltanto allora potrai capire! Domani mattina vieni con me così te la farò conoscere!»

«Non vedo l'ora di scrutare negli occhi questa santa donna! E non usare il "tu devi" con me. Non sai che sono allergico?» affermai scolando l'ultimo sorso di acquavite in gola.

L'indomani pomeriggio Demon ed io, scortati dall'agente guardia, percorrevamo il lungo corridoio del piano terra ravvivato da quadri artigianali e manufatti in legno lungo i fianchi per giungere nella saletta adibita ai colloqui col personale rieducativo. In effetti ci attendeva una giovane e sensuale dolcezza dai capelli rossi e dalla pelle bianchissima, una voce morbida articolata d ana dialettica impeccabile.

Ma scoppiai a ridere e a stento riuscii a trattenermi e uscii dalla stanza sfiorando fuggevolmente il cipiglio alterato di nero e viola e verde di Demon, la sua rabbia improvvisa, simulata, razionalizzata, repressa, soffocata. Dopo essere tornato in cella, le lacrime e il mal di pancia mi sorpresero dal ridere e dopo circa un paio d'ore Demon tornò. Ridevo ancora.

«Cosa le hai raccontato in tutto questo tempo?» gli dissi con gli occhi rossi dal ridere.

«Nulla, ho cercato di far finta di nulla» mormorò sedendomi sul letto, estraendo cartine e tabacco.

«Che cosa? Sei riuscito a simulare per due ore? Mica male parlare con il proprio amore per tutto questo tempo senza lasciare trasparire alcunché, senza incazzarsi di brutto davanti alla lampante e inconfutabile prova del livido nero o delle labbra di un lui spiaccicate in bella vista sulla guancia di lei, sintomo di una notte precedentemente vissuta con ansia e sudore e travaglio per averti pensato interiormente e profondamente, una concreta e adeguata ricompensa pe ril vostro idillio platonico!»

«Taci tu! L'amore non vuole contraccambio!» disse Demon, accese una sigaretta, afferrò in mano carta e penna.

«Ricorda che *le parole scritte fanno più male di quelle pronunciate perché scrivere significa eternare nel tempo un'emozione!* Sii dolce!» gli consigliai, dando fuoco al sigaro.

OTTO

Sera, 12 novembre 2004

Questa sarà la mia ultima lettera.

Non avrei mai voluto scriverla, ma lo devo fare una volta per tutte, per il bene tuo e mio. Entrambi non abbiamo colpa, ma sono le circostanze e i contesti e gli eventi e il presente e il futuro e ogni cosa che tendono costantemente a dividerci uno dall'altro.

Sei una bella e dolcissima ragazza, se non fossi stato in carcere e avessi avuto la sublime fortuna di conoscerti fuori non riesco a immaginare un solo istante della mia vita in cui non ti avrei amato. E quando parlo di amore intendo intendo il senso profondo ed estremo della parola, intendo succhiarne il significato estremo per baciarti le labbra e toccare con l'infinita dolcezza il tuo animo, con l'eterna innocenza il tuo sentimento, con la divina bellezza la tua voce.

Immagino e sono più che sicuro che ci saremmo molto divertiti. Ma ora non mi trovo nelle migliori condizioni per vivere, come hai constatato. E non so ancora per quanto. Una cosa però ho promesso a me stesso, uscirò ancora giovane. Il termine "uscirò" comincerò a comprenderlo forse dopo che saranno trascorsi almeno altri quattro lunghi anni di reclusione. E per tutto questo tempo non possiamo andare avanti in questo modo.

Una volta mi hai scritto che non vuoi né la mia né la tua di sofferenza. Sostenere che ti voglio bene e poi non riuscire a vederti se non per quel poco tempo alla settimana, parlarti tramite lettera, per me questo è un intenso soffrire. Non puoi capire perché vieni qua da turista. È come se io ogni volta ti promettessi: ti voglio bene e ti mando un bacio, quando t'incontro faccio anche fatica a dartelo e poi me ne vado bello e tranquillo per tutto il resto del tempo con la mia ragazza. Non ti sembra che così facendo piglierei per il culo te e me stesso? Ed essere costretto a fare l'ipocrita non mi piace.

Non ho ancora compreso perché fai tutto questo per me. Affidare le tue speranze ad un giovane che è segnato nel passato in modo indelebile, provvisorio al massimo nel presente, incerto ogni giorno se continuare o smetterla... non con la vita, bada bene, ne sono follemente innamorato ed è questo amore che mi sospinge avanti contro la paura la sofferenza la morte contro tutto. Se voglio soffrire dev'essere per qualcosa di vero. Non mi piace la superficialità, l'ipocrisia e la pietà della gente, e pochissime cose di me stesso.

Non so ancora che idea ti sei fatta di me, ma credo di essere un povero vagabondo che cerca di scrivere qualcosa, e lo scrive anche bene, e scrive perché si rifiuta di far parte dello schifo di questo mondo. E se un giorno per sfortuna avrò del denaro, giuro che li brucerò davanti a Dio, non il mio, per fargli capire che io non sono un prodotto sociale. E credo, ne sono più che convinto, che tu non vuoi stare insieme a un pazzo autodistruttivo, anche perché non lo meriti! E non lo voglio neanch'io, per il tuo bene dolcezza.

Con questo non dico che ho smesso di volerti bene, ma lo farò in modo diverso, senza impegno. Così sarai libera e felice di vivere con chi vuoi la tua vita. Era bello ridere e continueremo a ridere insieme. Era bello sognare ma continueremo a sognare ognuno nel suo mondo. Era bello aspettare le tue lettere per leggerle e rileggerle ma se mi vuoi veramente bene non scrivermi più.

Spero che non mi odierai perché io non te ne vorrò mai. Un giorno busserò io alla tua porta di zucchero per vedere se sarà ancora aperta. Chissà se mi lascerai entrare. Così possiamo testare concretamente le nostre teorie del tempo e dell'amore. Ma sappiamo già entrambi la risposta. Perché non siamo più bambini, o almeno tu.

Un'ultima cosa:

Non cercare mai di dire al tuo amore
Amore che mai non si può dire;
Perché il vento gentile si muove
Silenzioso, invisibile.

Ho detto il mio amore, ho detto il mio amore,
Le ho detto tutto il mio cuore;
Tremante, gelido, in terribili paure –

Ah, se ne va via.

Non appena se ne fu andata da me
Uno stranierò passò per caso;
Silenzioso, invisibile –
Oh, non ci fu rifiuto.

1793[5]

Grazie per tutto
Un bacio di Klimt

Guglielmo aveva ragione, sono stato uno stupido. Mi ero fatto coinvolgere ingenuamente da una giovane bambolina, che per mesi mi ha nutrito d'illusioni disincantate in un attimo, l'attimo dell'amore. È strano cosa implichi in sé il concetto di amore fra la gente comune: lavoro, bambini, televisione, arredamento, macchina, frigorifero, lavatrice ecc. denaro, denaro, denaro.

"Lascia che sia" mi dissi, e ritrovai la mia leggerezza, felice come con una donna, ritornato nella mia solitudine d'amore, ed energia e sogni si riversavano come crema al caffè nel presente...

...era lo spirito di gravità – a causa sua cadono tutte le cose. Non con la collera, ma con il riso si uccide. Orsù, uccidiamo lo spirito di gravità! – Ho imparato a camminare, da allora mi lascio correre. Ho imparato a volare: da allora non voglio essere spinto per muovermi. Ora sono leggero, ora volo, ora mi vedo sotto di me, ora danza un Dio attraverso me...[6]

Finalmente era giunta domenica mattina. La curiosità che avevo messo da parte aveva ricominciato a pungolare, passo dopo passo lungo il corridoio, ero entrato per la seconda volta

---

[5] Blake W., The songs of innocence.

[6] Nietzsche, Così parò Zarathustra.

nella cappella dal solito olezzo d'incenso, i giri di chitarra e il coro, l'attesa per tutta la durata della funzione sotto lo sguardo bieco del sacrestano che conservano una punta di risentimento per l'ultima volta, mi scrutava covando ancora tracce di rancore, e finalmente il sorriso amichevole di Hamid appoggiato al muro accanto alla porta d'uscita.

«Non avrei mai pensato d'incontrarti in prigione?» disse Hamid, carezzando la testa pelata di Demon, fra strattonate e bacini e strette di mano e «comu simu combinati» del rettile che era passato al mio fianco, avvelenato perché non l'avevo calcolato.

«Ma che hai combinato?» replicò.

«Un casino».

«C'entra qualcosa con la morte della tua amica?»

«Di che amica stai parlando?»

«Non di Shara! Tre anni fa i telegiornali hanno trasmesso per circa una settimana la sua fotografia affermando che si era tolta la vita. Se non ricordo male sostenevano che si era suicidata, ma la ragione non è mai stata chiarita. Avevano anche pensato a un omicidio. Appena l'ho vista nel teleschermo ho pensato a quale stramba coincidenza... »

«Non può essere Hamid! Non può».

«Vuoi dire che non ne sai nulla?»

«Michelle non può essersi suicidata» mormorai mentre mi allontanavo.

«Forse mi sono sbagliato io» strillò Hamid ancora appoggiato al muro.

2004, una domenica di novembre

Voglio rivedere immediatamente Michelle. Dille di scrivermi al più presto o di venire al colloquio o di aspettare mercoledì prossimo a casa di mio zio per la telefonata. Voglio risentire la sua voce!

Non ho mai rivelato a nessuno il nostro segreto. Sogno, una volta uscito da qui, di ritornare con te all'enorme salice piangente sulla collina, il nostro paradiso. Sempre se ci ricorderemo la strada. Non ho mai smesso di pensarti.

«Ciao Marìe, lo so che stai bene e spero stiate tutti bene, vi voglio bene, voglio a tutti quanti voi molto bene, salutami mia sorella, la zia, lo zio, ora passami Michelle!»

«Ma ti è andato in cortocircuito il cervello? Ti sembra il modo di parlare? Negli ultimi tre anni a questa parte non abbiamo avuto più tue notizie, non hai voluto più rivedere nessuno, ci hai abbandonati, ci hai fatto sentire in colpa come se fossimo stati noi a condannarti e a metterti in carcere. Le condizioni di salute di tuo zio sono peggiorate al punto che è più il tempo che passa in ospedale che a casa. Tua sorella e tua zio, preoccupate per lui e per te, hanno lasciato l'Australia per trasferirsi in questo schifo di Milano, e tu ricompari così, come se nulla fosse, per lo più usando quel tono arrogante!» blaterò Marìe dall'altra parte del telefono.

«Scusa, hai perfettamente ragione ma a) sono in carcere e b) pensavo che avresti perfettamente capito».

«NO! Non voglio capire Demon» affermò Marìe con un tono rabbioso.

«Però che Milano fa schifo finalmente l'hai capito?!»

«Ho capito una cosa sola Demon, che sei uno stronzo!» Francamente ero contento che mi parlasse in quel modo. Aveva deposto le sue maschere di ceramica, aveva capito che vivere poi non è così stabile, non è denaro, così noioso, non così difficile.

«D'accordo, sono uno stronzo, ma ora passami cortesemente Michelle perché i dieci minuti stanno per terminare» affermai cambiando registro.

«Michelle non è qui!»

«Che cosa significa non è qui!»

«Tua sorella ti vuole parlare, te la passo...»

«Aspetta Marìe un attimo...» affermai con timore.

«Finalmente il nostro signor poeta è uscito dalla caverna per degnarci della sua illuminazione, a noi povere ombre! Io mi vergogno di avere un fratello come te! Anzi, tu non sei mio fratello, tu sei un pazzo!» disse con un'inflessione adirata.

«Platone raccontava che senza follia non può esistere un poeta!» dissi per stemperare la tensione.

«Ma tu non sei né vero né un poeta, ma solamente un folle» esplicitò.

«Pensavo di essere uno stronzo!»

«Quello è scontato!»

«Cara sorellina io ti voglio molto bene però adesso passami Michelle che le devo parlare!»

«Saluti prego! I dieci minuti a sua disposizione sono terminati!» esortò l'agente guardia sulla linea binaria.

«Michelle non la rivedrai mai più!»

Fine della telefonata.

Guglielmo quella sera fumò il suo sigaro, rivolgeva i suoi occhi attraverso i vetri di plexiglass della finestra, fra sbarre a riquadri rettangolari e i fitti rombi di ferro dell'ultimo reticolo antievasione.

Ascoltavo nel silenzio il canto dolce della pioggia che precipitava. La luce nella cella era spenta, così la televisione, orfana della piantina dal vaso di terracotta.

Da lontano si udì il brusio sommesso di gente a colori. Anche il blindo era chiuso. Immersi i miei pensieri nel vuoto bagnato dalla luce buia della notte. Nel dubbio l'immagine di Michelle oscillava, saliva e ricadeva per risalire, fuggiva e ritornava per rifuggire, si dilatava e si contraeva per poi dilatarsi nuovamente e poi un rintocco e si fermava.

«Sai Guglielmo che ti dico? Mi sono stancato. Sono quattro anni che sono rinchiuso e ho deciso di farla finita» dissi rollando una sigaretta a gambe incrociate sul letto.

«Se ti vuoi uccidere io ti posso dare una mano!» disse parlando con la voce della notte.

«Voglio soltanto andarmene di qui e al più presto!»

«E dove vorresti andare?»

«Ancora non lo so però voglio andare via!»

«Non ci vuole niente, chiama l'agente guardia e fatti aprire no?»

«Non sto scherzando Guglielmo! Questo è il momento più serio di tutta la mia vita ed essere serio significa realizzare i propri sogni! È un vizio che mi ha contagiato, l'ho preso da un'amica conosciuta un giorno per caso, che mi ha insegnato la libertà!»

«Libertà! Che parolone! Non mi sembra che tu sia tanto libero in questo momento!» mormorò sbuffando il fumo contro il vetro.

«Ma che importa di me!»

«Pensi che fuggire dal carcere possa farti diventare realmente libero? Cambia soltanto il contesto, ma quello che fai qua dentro lo farai anche fuori. Quante milioni di persone se ne stanno a quest'ora della sera rinchiusi in casa per guardare la televisione? Eppure sono liberi!» disse incendiando l'estremità del sigaro nell'oscurità della cella. Un corvo gracchiò in lontananza.

«Voglio toccare il tempo con le dita!»

«Allora sei davvero intenzionato a scappare?» disse Guglielmo aprendo la finestra. La pioggia intonava il battito della natura.

«Sì».

«E dove andrai non appena uscirai da qui?» disse Guglielmo accostando il mento sulle sbarre e chiudendo gli occhi così come gli avevo suggerito.

«A riprendermi il vestiario che non mi hanno ancora spedito» dissi accennando un sorriso.

«Hai un'idea su come fuggire?»

«Io no ma di sicuro ce l'hai tu».

«E cosa ti fa pensare che io sarei disposto a rischiare la mia vita per salvare la tua?»

«Semplice: né tu né io vogliamo essere salvati» esclami vivo nell'odore della notte.

Sto leggendo un libro di J.J.Rousseau. Senti cosa scrive: "Quando vedo animali nati liberi che, in odio alla cattività, si spezzano la testa contro le sbarre della prigione; quando vedo tanti selvaggi completamente nudi disprezzare le raffinatezze europee, e sfidare la fame, il fuoco, la spada e la morte, solo per conservare la loro indipendenza, sento che non spetta a schiavi discutere di libertà".

NOVE

Da tre giorni continuava a piovere di grigio nero, incessantemente, senza alcuna interruzione. Dai vetri schizzati di gocce s'intravedeva uno stormo di piccioni che scivolava nel vuoto da un tetto a un altro. In lontananza, spioventi e prati si arricchivano di colore. Macchine impersonali sull'autostrada procedevano lentamente come fantasmi immersi in scie e vapori, le ultime tracce della civiltà.

Il freddo invernale filtrava dalle finestre senza guarnizione, dal blindo di ferro, dai muri di cemento armato, e i sospiri d'aria nella cella portavano con sé brividi luminosi di una mattinata insolita.

Guglielmo come ogni mattina si rinchiudeva in bagno per preparare il caffè e leggere un libro. Io me ne stavo volentieri al calduccio sotto le coperte, passeggiando in silenzio da un pensiero a un altro, emozioni subliminali spinte dalla forza di gravitazione, immagini contratte dal sonno senza alcuna energia.

Sfuocavo i miei occhi nei colori fotografati del deserto tunisino scotchati al muro, un regalo di Catherine tornata dalla ferie estive. Un mondo di cielo e un mondo di sabbia congiunti all'orizzonte, un vortice di granelli danzanti nel cielo e la tinta del crepuscolo che insanguinava le cime affusolate delle dune e leccava con i suoi colori accesi strati di tenere nuvole solitarie.

I passi pesanti di una agente guardia e il tintinnio ipnotico della chiavi si avvicinarono sempre più alla cella, aumentando di grado, più vicino, si fermarono all'improvviso.

«Si prepari deve andare al colloquio!» esclamò l'agente guardia di turno, uno dei tanti giovani arruolati dallo Stato che aprivano e chiudevano ogni giorno porte e ogni giorno battevano finestre, contavano i detenuti, leggevano giornali di merce usata e giornalini porno, distribuivano la posta, parlavano di ciò che facevano.

Era passato non so quanto tempo dall'ultimo e non aspettavo alcun colloquio. Ero a chissà quanti kilometri distante da casa, ma quale casa ormai? Non avevo più una casa, nessun amico, a parte Guglielmo che uscì dal bagno con in mano il bicchiere deformato del caffè caldo per dirmi di muovermi, di prepararmi, e di fare in fretta.

Nel giro di qualche istante ritrovavo me stesso abbagliato dalle luci al neon, nella sala d'attesa colloqui, vestito in tuta e ancora mezzo addormentato, seduto su un ripiano freddo di cemento, con la lingua ustionata dal caffè. Pochi individui mai visti con espressioni e sguardi subdolamente indescrivibili passeggiavano avanti per la stanza blindata: cinque passi e poi indietro per ricominciare. Non volevo nemmeno pensare che fosse Michelle eppure ci speravo e di brutto. Bruciavo dalla voglia di ricontrarla, ancor di mia sorella e di mia zia, ma appena si aprì la porta dei colloqui non vidi nessuno. Gli altri pochi detenuti si profondevano in effusioni di baci e abbracci con i propri familiari e io restavo immobile all'ingresso, animato da quella sensazione propria di colui che viene invitato ad una festa a sorpresa il giorno del suo compleanno e resta di sasso perché si festeggiano gli anni dell'amico di un suo amico.

Bussai col dito al vetro plastificato per avvertire l'agente guardia che non c'era nessuno che mi attendeva, i suoi occhi corrugati dagli anni di lavoro e i baffi pettinati dalla mano destra indicavano che mi stavo sbagliando. In fondo alla sala, alcuni sgabelli rovesciati sul tavolino ne nascondevano un altro. Fra il mormorio assordante e i bambini impazziti di gioia fiondanti da un muro a un altro m'inoltrai fin oltre la prospettiva coperta dagli sgabelli e ritrovai il volto di Shara, incorniciato da lunghissimi boccoli biondi. I suoi occhi piangevano dentro di me.

«Hai tagliato i capelli?» disse col suo accento italo francese, timido, ingenuo, intenso.

«NO! Li ho strappati dalla rabbia!» ribattei, e penetrai nei suoi occhi lucidi d'azzurro intenso.

«Come stai?» disse con fiocco di voce.

Snella e più elegante nel sorriso, i suoi occhi ancora bambini parlavano con una voce senza suono né segni né macchia. Cantavano nell'aria stantìa geroglifici di un'età antica, presente e futura in un solo istante d'oro, echeggiava nell'universo intero la dolce melodia del ragno e il mondo quietava ogni sospiro, con deferenza, s'inginocchiava e pregava in silenzio.

«Una mattina mi sono svegliato ed ero contento, non c'era alcun motivo per cui io lo fossi ma lo ero. Non avevo trascorso la notte a fare sesso, non avevo avuto la fortuna di vincere alla lotteria, né mi avevano proposto di uscire di prigione. Avevo semplicemente sognato Shara, sognato una dolce e tenera bambina dai capelli lunghi e rossi che si bagnavano di acqua salata. Non puoi immaginare com'ero contento quella mattina, talmente pieno di vita che ridevo di me stesso, di tutti i detenuti arrabbiati dietro le sbarre e degli agenti guardia che lavoravano preoccupati, di tutta quella strana gente di cemento a disagio in un mondo d'argilla. Ho sorriso anche di te Shara, della nostra storia, e poi sono sceso all'aria e di mattina dopo qualche passo mi sono sdraiato sul muretto di cemento, ho chiuso gli occhi, e ogni pensiero l'ho abbandonato al mio corpo, e il cielo ha succhiato il midollo di tutta la mia immaginazione... un istante per sempre Shara... ioilcielo... leggeroleggero... quellabambina... brividimeraviglia... quellabambina... misorrideva... miamava... iol'amore... noneroio... ognicosaera... undisegno... quellemanidipingevano... sinascondevano... tantissimevoci... bambinioscillavanofracolori... puri... magialibertàarmonia... Dio... nonerasolo... pace... solopaceegioia... sveglio... sognavoepensavoeilpensieroeraunsognodelsentire».

«Michelle è morta!» disse Shara nascondendo gli occhi con le mani per nascondere il pianto.

«Prova a pensare se un giorno tutta la dolcezza e l'amore di questo mondo Shara, le persone che ti sono state vicine, che hai amato, quelle con cui hai trascorso tutto il tempo della tua vita a ridere e a gioire, a soffrire e litigare per tornare a ridere, prova a pensare Shara se tutto l'amore e la dolcezza della tua vita fosse spazzato via, via, troncato di netto, come se niente fosse stato! Si muore e si nasce senza alcun significato!»

«Demon, Michelle è morta! Non la rivedrai mai più! Il suo corpo è stato bruciato e le sue ceneri sono state sparse nel mare, dal vento, proprio come mi aveva esortato un giorno , durante la gita scolastica a Parigi... "Quando morirò desidero che..."» replicò Shara aumentando il tono di voce.

«Se ogni cosa, anche il colloquio di oggi, anche la più piccola, non avesse significato, ci sarebbe da impazzire!»

«Ma mi stai ad ascoltare? MICHELLE È MORTA!...» gridò Shara, disperata e intimorita, fantasmi di solitudine nei suoi occhi «... appena ti hanno arrestato, venuta a conoscenza della notizia tramite i giornali, si è tagliata le vene nel bagno di un lurido treno ed è stata salvata per fortuna dal controllore che ha notato tracce di sangue scorrere da sotto la porta del bagno. Ricoverata d'urgenza è stata trasportata all'ospedale centrale di Milano sotto stretta sorveglianza per poi essere affidata per un periodo di convalescenza ad una clinica privata. Un perido terminato il giorno del tuo processo! La sera in casa si è sparata con l'arma di suo padre dotata di silenziatore un colpo al cuore. L'indomani la donna di servizio l'ha trovata distesa per terra in una pletora di sangue. Hanno trovato un biglietto senza destinatario con scritto semplicemente: "Ho mantenuto la promessa!"»

...delirava forse o forse bruciava parole e pensieri. Negli occhi di Demon quel giorno un liquido nero cominciò a turbinare attraendomi sospingendomi oltre il suo ego... nel buio profondo all'improvviso comparve una bara tempestata di zaffiri e rubini abbaglianti, stracolmi di luce divina, stracarichi di energia belluina e da dentro si alzò lentamente un legno incrociato che bruciava fiamme dense di amore... era la croce di Cristo... sventolava fiammeggiante istinti e speranze al di là del bene e del male, e tutt'intono alla croce un coro di bambini levatisi a voce alta gridava: «morderemo la vita fra i denti e il latte lo sputeremo in faccia a voi poveri ricchi, a voi preti e assassini, a voi padroni di questo mondo, perché noi siamo poveri e semplici, senza padre né madre non resteremo mai soli ma semplicemente bambini... ora e per sempre come te nostro Dio».

«Non meritava di morire in questo modo!» singhiozzò Shara, piangendo.

«Nessuno merita di morire, ma si muore ugualmente».

DIECI

Fu l'ultimo giorno della mia vita insieme a Demon. Ancora oggi, dopo quasi vent'anni, un'ombra di mistero, anzi di omertà, eclissa intorno al modo in cui Demon lasciò questo mondo fatto di terra che palpita e ride, di argilla che vive.

Le fonti a riguardo forniscono tesi alquanto disparate. Alcune lettere che avevo ricevuto in seguito al suo decesso affermano che non molti giorno dopo il nostro ultimo colloquio Demon legò un capestro alle sbarre della cella con le lenzuola dell'amministrazione. Narcotizzò il suo concellino Guglielmo con alcune dosi di sedativi stipati e nascosti, prescritti dal medico. L'indomani, all'orario di apertura delle celle, l'agente guardia lo trovò con la testa inclinata e la pelle livida, le punte dei piedi ad un palmo di mano dal pavimento, il suo concellino ancora vagabondo nell'oblio.

Altre lettere sostengono che in quei giorni Demon inoltrò una domandina per essere ammesso a tenere un colloquio con l'ispettore dell'istituto. "L'ultimo dei tiranni" come Demon lo etichettava – sono notizie che mi sono giunte in virtù di una quantità notevole di racconti e poesie raccolti in quaderni che Demon scriveva quasi ogni giorno dell'internamento a cui era stato condannato soltanto per proteggermi, cercando di sopravvivere. Demon ebbe l'ardire di chiedere all'ispettore un colloquio con il magistrato di sorveglianza affinché quest'ultimo concedesse l'autorizzazione per un permesso previsto per la morte di un familiare, per andare ad offrire una preghiera e dei fiori nel luogo in cui Michelle era stata sepolta. Ma l'ultimo dei tiranni rispose seccamente con un NO, perché la ragazza morta non era inclusa nello stato di famiglia e pertanto non era legata da alcun tipo di rapporto familiare e il regolamento non disciplinava casi di questo genere, nemmeno in terza persona.

Demon tornò in cella e scrisse ad alcuni quotidiani locali con l'aiuto di Guglielmo, per diffondere la notizia di abusi e violenze morali   sui detenuti – secondo l'art. 13 della Costituzione, «È punita ogni violenza fisica e morale sulle persone comunque sottoposte a restrizione della libertà individuale.

Hamid, l'extracomunitario dall'erba buona a cui erano state affidate le lettere che dovevano essere spedite da fuori, fu colto in flagranza mentre passava le lettere a un suo connazionale con la cravatta arrivato al colloquio. Le lettere finirono nelle mani dell'ispettore tiranno che fece picchiare Hamid, inventando a proprio arbitrio che gli autori delle percosse erano stati Demon e Guglielmo. In realtà, le fonti sono unanimi a riguardo, i tre ragazzi furono picchiati endemicamente dalla squadretta armata dell'ispettore tiranno che si affrettò a trasferire Guglielmo in un carcere del suo paese natale, ovvero Parigi, mentre Hamid fu espulso nel giro di tre giorni dall'Italia.

Demon fu convocato malmenato e malridotto davanti all'ispettore tiranno e al direttore per il consiglio disciplinare, con tutta una genìa di agenti guardia mafiosi riuniti nell'edificio matricola per il consiglio disciplinare. Ancora prima di spiccicare una parola Demon estrasse dalla tasca dei pantaloni una bottiglia di acido infiammante spruzzandolo negli occhi di tutti gli astanti e sulla mobilia dell'ufficio regale, incluso direttore e ispettore. Accese un sigaro, i loro volti e tutto il resto con un fiammifero, e uscì dal fumo alla liquirizia e dal miasma d'ipocrisia e dall'ufficio comando della matricola.

Poco più tardi un agente guardia trovò Demon in cella disteso sul pavimento con ancora il sacchetto della spazzatura incappucciato e il fornello del gas nella sua mano senza vita. Alcuni detenuti che passarono davanti in quel momento confessarono che l'agente guardia scagliò sul corpo esanime di Demon colpi d'anfibio e di manganello, strappando dalla mano di Demon il messaggio che aveva lasciato. Il messaggio poi fu recuperato e fatto sparire dal lavorante di sezione.

Il messaggio mi pervenne grazie alla solidarietà di un detenuto amico del lavorante che conobbi per coincidenza il giorno in cui la sorella di Demon ed io andammo a ritirare gli scritti e gli abiti al casellario dell'istituto.

"Le parole sgualciscono quei sentimenti puri che non possono non essere l'essere e il senso del reale. Le parole sono la voce della nostra ragione. I sentimenti sono la musica della nostra creazione, a volte corrotti di rabbia, di odio, di rancore, ma la radice è per sempre amore...

...il più delle volte la ragione mente, deteriora l'essere rallentando la sua fluidità nel circuito del definito, della logica, dei numeri, fino ad arrestare l'umo in se stesso internandolo nell'oblio del nulla del sensibile...

...l'immagine del nulla è la nostra realtà, quella volontà di essere che suda e trasuda gocce pure di energia, una goccia un cortocircuito di sistemi e di regole, da una goccia l'intera coscienza del reale...

... le parole ingannano, per questo non ti ho mai parlato di quanto è vero il bene che ti voglio...

Demon

I verbali della polizia penitenziaria dichiarano che Demon tentò di evadere dal carcere circa un paio di mesi dopo il nostro ultimo colloquio.

Guglielmo, ex militante dei servizi segreti francesi e condannato per reati di terrorismo in Canada e in Italia – accuse impugnate da Guglielmo come infondate e strumentalizzate, come alibi perverso e maschera di complotto per scagionare ogni illecita implicazione governativa francese – aiutò Demon per l'evasione, almeno così è stato registrato dai verbali.

Guglielmo, durante la sua permanenza in carcere, evase tre volte, ognuna delle quali portata a termine con successo. La prima indossando i panni di un avvocato; la seconda tagliando le sbarre della cella con un filo d'angelo e scavalcando l'enorme muraglia con una scala fabbricata artigianalmente; la terza approfittando della distrazione degli agenti guardia di scorta che lo stavano trasportando ad un'udienza. Con alcuni complici Guglielmo s'impossessò delle armi e del furgone blindato e abbandonò gli agenti guardia nudi e legati in cuna campagna e se ne andò dalla sua donna come tutte le volte precedenti ma come tutte le altre volte fu stanato e riportato in carcere fra le notizie da prima pagina dei giornali e i cori acclamanti e ossequiosi dei detenuti.

Si sostiene che Demon, grazie alla complicità di un agente guardia, riuscì ad arrivare sul tetto dell'istituzione. Da oltre la muraglia, in mezzo ai boschi, un amico di Guglielmo saettò con un fucile da pesca una corda arpionata. Demon, dopo aver sabotato alcuni lampioni dal tetto manualmente, mimetizzato nella notte scivolò verso la libertà quando fu colto improvvisamente dalle raffiche di mitraglietta degli agenti guardia di vedetta e dagli altri nascosti fra alberi e cespugli. Sembra che Hamid, così si sostiene, incaricato da Guglielmo e depositario degli arnesi necessari all'operazione, avesse tramato insieme all'ispettore tiranno, in gergo cantando tutto quanto. Ha tradito i suoi amici per tornare ad essere libero! Ma un individuo che tradisce come potrà mai essere libero?

Demon morì sul colpo, almeno si sostiene. Guglielmo, il basista, fu condannato un paio di mesi all'isolamento senz'aria e con una razione di cibo ogni due giorni, e subito dopo trasferito in un carcere punitivo francese. Hamid, poco prima di uscire, fu aggredito nelle docce della sezione da alcuni detenuti armati di lametta di tonno condita con aglio. Scampò all'agguato per l'insolita tempestività degli agenti guardia di rotonda ma riportò ugualmente tagli profondi e brucianti su tutto il corpo. Sembra che dopo aver trascorso un periodo di convalescenza nella sezione "collaboratori", in gergo gli infami, sia stato fatto sparire dal centro clinico dell'istituzione.

L'unica certezza di tutte queste storie è che io ancora oggi non ho mai visto la salma del corpo di Demon. Quelle che si presumono le sue ceneri furono consegnate alla famiglia poco tempo dopo il nostro colloquio in carcere. Fu cremato per sua volontà, così si sostiene.

Poco più tardi morì anche suo zio.

...tra gemiti e sospiri e voci infere di angeli in delirio, pioggia d'amore, e angeli in lacrime per ciò che non era più un mistero... e tu ancor vestita concedevi a me merito e prestigio per togliere quel velo, rivelandomi impudica nel silenzio le tue nudità, prima incerta e intimidita vergine ancora delle tue umane sensibilità...

...fu un breve istante, estenuante respiro, i miei occhi disciolti nei tuoi per un inscindibile amplesso dell'anima il sesso, un dolce respiro per tutta la vita e il tempo fu smarrito nell'eternità... e tu a stento cercasti invano di svincolarti, per paura forse dell'errore o per timore semplicemente, giacché il tuo sguardo rifletteva magnetico l'amore... ma come il bianco e il nero, il più e il meno, nello stesso sangue continuò lo Spirito tremolante a vibrare pompando linfa pura nelle vene fino a farci soffocare di bellezza e da due cuori un unico battito di vita che stringeva violento alla gola per farci incontrare... le nostre mani in perfetta comunione si animarono non per volere nemmeno per passione... era il coraggio che le sosteneva le une per le altre e le une nelle altre le sospingeva... il coraggio della speranza... e mani ancora bambine si sfiorarono, come la pioggia una sera d'estate sfiora la pelle, si accarezzarono, come nel deserto l'aria di mare... e l'aria tutt'intorno a noi d'idrogeno e d'ossigeno scintillò per bruciare... quelle dita toccate dal Signore celebrarono di ogni giorno il natale... e tutto infuocava poiché tutto esplodeva dagli occhi incendiati dal sole divino, dal bacio di due mani accarezzate dal manto solare di una luna piena di rosso rubino...

...all'improvviso l'aria della stanza sprofondò in sé ogni rumore, non ci furono tra noi esplicite parole... orrendo per sempre impresso nella mente la sensazione di quell'assolto tremendo silenzio... e dalla quiete al di là del tempo risuonò un antico canto... come una freccia d'oro infuocata d'ebbrezza – o magico arciere scocca! E dall'arco d'oro del desiderio fu scagliata lontano lontano nell'universale infinita bellezza... un'unica emozione libera lussureggiante smarrita di sé nell'immagine inviolabile del Signore...

È il brano di poesia che Demon mi regalò il giorno del nostro primo colloquio in carcere. L'ultima che scrisse per me. E ogni volta chela rileggo due angeli d'oro risorgono luminosi dalla forza creatrice dell'intera natura, sciogliendo i miei pensieri, accarezzandomi gli occhi come solo una piuma può accarezzare e il sogno si riscalda di brividi. Allora, in questi momenti, nulla m'importa, perché nulla importa di me, sono una bambina che gioca da sempre nell'estensione della Memoria, una piccola bambina ingannata dallo Stato ma ripiena di rabbia stracolma di vita esondante d'amore che finalmente riesce a toccare il tempo con le dita perché ormai ha vinto le sue paure... una bambina che quando nasce non pensa e non parla ma immagina soltanto, una bambina che un giorno si spegnerà piangendo, piangendo per l'eccesso di un sorriso...

"...poco alla volta il suo cuore riprese a battere d'un ritmo
simile a quello di un uomo, le sue fantasie divennero gioiose,
tornò ad essere affabile rispondendo di buon grado a chi le
poneva domande cortesi, e poco alla volta sembrava ritornare
l'età dell'oro, quando la Natura per gli uomini era amica,
consolatrice, sacerdotessa, guaritrice, quando abitava in
mezzo a loro e una frequentazione divina rendeva gli uomini
immortali.
Allora le antiche famiglie abbandonate si ricongiungeranno,
e ogni giorno vedrà nuovi saluti e nuovi abbracci; allora gli
antichi abitanti della terra vi faranno ritorno, in ogni tumulto
si agiterà la cenere e si accenderà di nuovo, dappertutto
divamperanno alte le fiamme della vita, le antiche dimore
verranno riedificate, gli antichi tempi rinnovati e la storia
diverrà il sogno di un presente infinito che si stende a perdita
d'occhio".

I discepoli di Sais
Novalis